INK INK INK INK INK INK
INK INK INK INK INK INK INK
INK INK INK INK INK INK
INK INK INK INK INK INK INK
INK INK INK INK INK INK
INK INK INK INK INK INK INK
INK INK INK INK INK INK
INK INK INK INK INK INK INK
INK INK INK INK INK INK
INK INK INK INK INK INK INK
INK INK INK INK INK INK
INK INK INK INK INK INK INK
INK INK INK INK INK INK
INK INK INK INK INK INK INK
INK INK INK INK INK INK
INK INK INK INK INK INK INK
INK INK INK INK INK INK
INK INK INK INK INK INK INK
INK INK INK INK INK INK
INK INK INK INK INK INK INK
INK INK INK INK INK INK
INK INK INK INK INK INK INK
INK INK INK INK INK INK
INK INK INK INK INK INK INK
INK INK INK INK INK INK
INK INK INK INK INK INK INK
INK INK INK INK INK INK

INK INK INK INK INK INK
INK INK INK INK INK INK INK
INK INK INK INK INK INK
INK INK INK INK INK INK INK
INK INK INK INK INK INK
INK INK INK INK INK INK INK
INK INK INK INK INK INK
INK INK INK INK INK INK INK
INK INK INK INK INK INK
INK INK INK INK INK INK INK
INK INK INK INK INK INK
INK INK INK INK INK INK INK
INK INK INK INK INK INK
INK INK INK INK INK INK INK
INK INK INK INK INK INK
INK INK INK INK INK INK INK
INK INK INK INK INK INK
INK INK INK INK INK INK INK
INK INK INK INK INK INK
INK INK INK INK INK INK INK
INK INK INK INK INK INK
INK INK INK INK INK INK INK
INK INK INK INK INK INK
INK INK INK INK INK INK INK
INK INK INK INK INK INK
INK INK INK INK INK INK INK
INK INK INK INK INK INK

INK

文學叢書

085

陳春天

陳雪◎著

陳春天

【目次】

〈序〉讀《陳春天》

朱天心

嚴格說，我和陳雪一共只見過四次面，第一次是在陳俊志《美麗少年》的首映，會後，陳雪拉著紀大偉來跟我和天文打招呼，我們半點沒有初見面的感覺（起碼我如此覺得），也許是之前便都讀過對方的小說。

第二次在袁哲生的喪禮上，一群友人安民、大春、駱以軍，包括陳雪，為了要抽菸便遠遠在靈堂外，比我還小個子的陳雪哭掛在我身上，她凌亂的描述著可能與哲生類似的病況，害怕（或渴望著）與之一樣的結局。

這些年，我身邊有太多憂鬱症的友人，我不習慣也習慣了做個聆聽的人，無能軟弱的適時應和對方：「不想吃藥那就試著減量看看……」「要是吃藥利大於弊那還是聽醫生的話再服一段時間不要急……」——那是什麼地方呢？帶我去，我想要知道那兒有什麼。（《橋上的孩子》）

儘管那時我剛讀過《橋上的孩子》不久，並不知道她已開始在寫《陳春天》。

第三次是二〇〇四年的同志大遊行，我和俊穎、偉誠相約集合點見，手持偉誠買的小彩虹旗，人群中便跳出眼尖的陳雪，拉我們孤鳥三名和台灣性別人權協會的隊伍一起走完全程。

最近的一次，我們不約而同出席「反假分級制度聯盟」辦的抗議活動，除了各自上台發表意見，寒風中，我們並肩坐在音樂台的觀眾席上，高中女生上課偷傳紙條似的有一句沒一句聊，有時一起痛罵當天主題的法西斯開倒車，有時問，「你生活過得下去嗎？錢夠不夠用？」陳雪告訴我，剛寫完一部長篇。

或許這些年來都斷續讀過彼此的作品，並不覺得交淺言深。

但我眞慶幸，我們幸虧能寫，不然全都是他人（包括親人）眼中的「肖仔」。

「肖仔」，沒錯。

《陳春天》第一章：肖仔。陳雪一開始就簡單生動的描述過一些童年鄉間被放逐或囚禁的瘋人，而後她這麼暫作結語，「直到很多年長大之後在書本裡讀到許多關於精神疾病的事理，她才眞正明白，當時她在那村莊裡隨處可見的，那些面目模糊的、沒有名字的肖仔，其實是一群或者身心患有殘疾的，或者是因某種損傷而失去清明神志的，又或是無故地中斷了社會網絡而從此被放逐的（失業、離婚、喪偶、喪子），甚或只是因爲帶著某種村民因迷信而覺得不祥的疾病（兔唇、長短腳、十一指、歪嘴斜目，而她的阿惠堂姊其實是智能不足而非精神失常）或不合禮俗的身分（私生子、拖油瓶、蕩婦、無能生育的女人、來路不明的逃亡者），以及眞正飽受各種精神疾病所苦的病人（躁鬱症、憂鬱症、精神分裂症、妄想症、恐慌症、創傷後壓力症候群）如此種種，這些那些被放逐或被囚禁的人，他們的名字統統被取消了，只換上了『肖仔』兩個字，這群人，在此據說人情溫暖良善的鄉間小村落，像田埂上突然倒臥一個病末垂危之人，路過的人不但沒有將之扶起送醫診治，反而一個一個輪流上前狠踢幾腳啐上幾口，那人在尚未死透之前已經被村民一口一口吐出的唾沫掩埋了。」

（當然，我們，我、和陳雪，深深知道肖仔哪兒止於此……）

於是不願被村民、世俗所囚禁的家族，便率先選擇自我放逐他鄉，這是第一重的放逐（exile），小說中同時進行的乃有陳春天的從家庭、情人的自我放逐，以及作家本身一次經典的自我放逐演出。

此中我最感好奇又其實最不驚訝的是作者的自我放逐，這應該不需多言吧，每一個無論任何形式的創作者，若干意義上都不能也不願安於既有的與世間的各種形式關係和牽連（尤其親人、情人），於是如何的切斷這一切俾能重回生命曠野（狼一樣的獨行自由或苦行僧侶修業朝聖的磨礪心志……，極致的說法是普魯斯特的「我來到這個陌生的世界，我將像陌生人般地重新離開這個世界。」）是不少創作者終生有意識或無意識在面對和搏殺的主題。

陳雪在此中無疑是有強烈自覺的，她在此長篇中採取的眼都不眨一下的凝神逼視，使得上一本乍看處理相同題材、頗受佳評的《橋上的孩子》相形之下顯得十分甜美、非常「文學」，儘管駱以軍在《橋上的孩子》序文中十足駱氏文字風格的直陳，「讀陳雪的新作《橋上的孩子》，彷彿在最深的水池底端，抱著快要被壓力擠爆的腦袋。像壞掉的鐘錶。一邊鼻孔一絡絡地冒出血絲，一邊還用舌頭向上舔去那些腥味被沖淡的，暈開的淡紅色。」

我要說的是，熟悉陳雪的書迷大概讀後都同意《橋上的孩子》、《陳春天》的「自傳性」成分很濃，最起碼書中主人物無論年紀、學經歷、家庭、性向、身分、事件、外形（聲音）……，都與作家陳雪幾近重疊，作家何以要在如此短的時間密集寫作兩個長篇（多讓作爲同業的我欽羨！）處理同一題材，難道她只是很帶種的回應了駱以軍序文末含蓄感慨的提問：「我覺得《橋上的孩子》的傷痕童話未必難寫，但回到黃仁宇的「關係」——死生、愛慾、經濟——這本書追憶的那個「市集的孩子」，才眞是難寫，眞是難。」

我以爲，《橋上的孩子》時的陳雪，確實並沒有爲寫一個「眞是難寫」做準備與打算，她只是像很多打算寫一部好作品的作者一樣以之（儘管是自己和家人）爲題材，以旁觀者和旁觀者不能免的獵奇姿態（儘管她的生存土壤和「離奇的生活經歷」又是如何教我們這些只有城市經驗的普通人家家庭的異性戀者所豔羡），好整以暇的做了一個圓熟零缺點、文學味滿滿的演出，然而我得引唐諾一段談「作家的失敗」的文字，他說：「除非你是個二流的書寫者，你才能一直停逗在明白、沒困難沒風險沒眞正疑問的小小世界之中，從而讓書寫只是一場萬事俱備的表演而已。眞正的書寫同時是人最精純、最聚焦的持續思考過程，是最追根究柢的逼問，是書寫者和自己不能解的心事一而再再而三的討價還價，我們誠實的說，這並不是一場贏面多大的搏鬥，殺敵一萬，自損三千。」

於焉，不完美、不成就的殘缺或粗糲，有時恰恰見證了作者往難處去，「爲自己寫下一個萬難達成的目標」的可敬努力。

（陳春天對自己說，謝謝你沒有半途逃走。──《陳春天》）

且不管陳雪在步向個人的寫作圓熟期的一年之內密集二寫同一題材的動機，光從結果來看，《陳春天》當然不致粗糲殘缺龐雜，但肯定並不比《橋上的孩子》更甜美更沒困難沒風險沒眞正的疑問……，這重要嗎？這難嗎？

我原以爲重要極了但不困難。但多年的閱讀經驗告訴我，多少曾經光彩奪目的作家，在技藝聲名步向高峰的同時，卻由於種種原因（有時僅僅因爲被市場名利的不當引誘、或喪失勇氣像籠中白鼠原地踏轉、或對自身要求的鬆懈寬容……），當場掉入自我重複的陷阱不出，很弔詭的，通常這時期作者的作品往往美麗異常且吸引最多的讀者注目，此中大概只有極爲敏銳的讀者和寫作同業能察覺這一段詭譎的時間差吧。

陳雪並未像前述自我重複的作家把同一題材愈修愈美愈討讀者鍾意──每一部作品都彷彿未演出前即票房銷售一空恰如觀眾所期的經典演出──證明了她肯於「爲自己寫下一個萬

難達成的目標」的決心和自我提升的自苦能力，這些，不都是一個打算寫一輩子的作家的基本（黃金）配備？用更動人的說法是，米蘭•昆德拉在《小說的藝術》說及卡夫卡：「小說家折掉他生命的房子，爲了用磚石建築另一個房子——他小說的房子。」

說得眞好不是嗎？陳雪。

〈序〉小女孩同學會

陳文玲

我走了很久很遠，卻一直聽見妳哭泣的聲音。

——〈愛上爵士樂女孩〉

白天的時候，我教書、寫作、戀愛、帶「創造力工作坊」，但這些年來，童年被寄養在外的記憶不斷地以夢的形式重回夜晚世界。夢裡，我站在馬路上楞楞地看著對街公寓。天黑了，某戶人家開了燈，啪答……啪答……暈黃的光線從客廳流向房間，最後流回廚房。幾片老薑炸開來，一尾魚剛被丟進鍋裡，我猜。我看不清房子裡的人和事，但燈泡和油煙讓我感覺安全，儘管溫暖是那樣地疏離、微弱和遙遠。夢笑我說，「老毛病又犯囉？妳非得在別人的火裡找自己的光嗎？」我聳聳肩，誰教我是賣火柴的小女孩呢？不過，我不是安徒生筆下那個，而是捱過冬夜長大的女孩們其中之一。讀完《陳春天》，我又撿到一個同學，並且想起另外一個，她叫做Elfi。

成長的過程中我一直對自己不滿，疑惑。

——〈關於她的二三事〉

我在加拿大西岸蓋柏瑞拉島（Gabriola Island）初遇六十出頭的Elfi，那是二〇〇二年夏天的事。她是老師，長年在北美各地帶身心工作坊；也是身體工作者，擅用律動、冥想、觸碰、呼吸和聲音導出工作對象的內在能量。二〇〇四年七月，我重回小島，意圖做一個創造力的田野調查，Elfi接受了我的訪談邀約。原本我想問的是身體和創意的關係，那種可以讓我放進論文裡的五百字到一千字，但得到的卻是一個關於出走和回家的人生故事。

一開場，小女孩就已經四十了，單親媽媽，在蓋柏瑞拉島上有間小房子，平時靠按摩營生，客戶多半是來島上度假的觀光客。Elfi的獨生女剛滿二十，急著逃家。無法適應空巢生活的她決定放自己一個長假，往南，去祕魯找朋友。「我很茫然，我不知道我要什麼，」Elfi說，「但我確定我不要性生活。」

一直到昨天晚上我才明白，月經不但不髒，而且還可以吃。

——〈紅鬍子〉

「爲什麼？」我問。

「我總忍不住想叫，妳知道的，在床上，而且很大聲。我遇見的每個男人都嫌我太野、太辣。當時我想，婚也結過了，孩子也生了，在我的生命裡，性已經完成它階段性的任務。相較之下，我更討厭被嫌。」

結果Elfi一直未曾抵達祕魯。她在途中認識了一個視她如女神的中南美洲水手，他瘋狂崇拜她的長相、她的膚色、她的豐腴，尤其崇拜她叫床的音量。他們在港口附近破舊旅店裡租了一個房間鎮日狂歡，直到錢花完，一個人繼續航海，一個人決定回家。Elfi說，他們之間沒有愛情，連友情都談不上，但這個熱情的傢伙讓她重拾性的滋味和滋養，「原來除了北美洲，其他地方也有男人。」

那不能說出口的愛慾形成我身體裡最憂傷的缺口。

——〈關於她的二三事〉

回到加拿大小島，Elfi找時間在島上走路，她說：「雖然我一個人走，但心裡很歡愉、很滿足，一點也不孤單。那種感覺就是如假包換的戀愛，但這次我不需要對象。」跟自己戀愛讓Elfi充滿往內實驗和往外探索的能量，她報名參加一個「性能量工作坊」（Celebrating the Body Erotic），主辦單位是個異類學校BE（Body Electric School of Healing Arts），所有的課程在美國境內進行，原因是美國對於這類工作坊的規範比加拿大寬鬆。「那是一個安全的，嚴肅的，但同時也非常好玩的場域，」Elfi回憶道：「課堂裡有男有女，異性戀、同性戀、雙性戀和像我之前那樣放棄性愛的人混雜在一起。性別和性取向不是問題，眞正的問題是我們每個人在某種程度上都跟身體的歡愉非常疏離，因此漏失了許多潛在的能量。」

進行的方式是這樣的，「我們三個人一組，那次剛好都是女生，在尊重彼此身體界線的前提下，兩個人協助另外一個打開自己，實驗各種可能。」Elfi 停頓一下：「結果，在工作坊現場，當著別人的面，我竟然高潮了……而且是前所未有地劇烈和巨大。」她大笑：「妳知道嗎？當時我嚇壞了，因爲我從不知道也不相信也沒想過女人會讓我高潮。」之後，身體工作的意義變得更多元了，平時Elfi 乖乖在小島上幫人按摩換取衣食所需，閒時她就越界到美國參加工作坊經驗各種高潮。

我將他推倒，慢慢騎上他的腿，向上，再向上，張開我憂傷的缺口，朝向他生命的核心，讓他一下子把我刺穿，完全充滿。

——〈色情天使〉

BE 打電話給 Elfi，邀她當課程助教，「我當然滿口答應，這樣以後上課就不用繳學費了。」她說，但她完全沒料到會遇見什麼樣的試煉。

「學員裡有個猥瑣陰沉的老男人，臉色蠟黃，皮膚皺巴巴的，磨了半天，沒有人願意跟他分在一組。」Elfi 嘆了口氣，「我是助教，只好硬著頭皮走過去。」原來男人是個七十五歲的老傳教士，癌症末期，過一天算一天，之所以報名參加工作坊，是希望在死前有個機會看看「女人」——這個他一輩子刻意忽略、壓抑甚至貶損的慾望對象。Elfi把衣服脫光，打開自己的身體給他看，玩自己的身體給他看，Elfi說，「沒關係，不害怕，我就是女人。」男人看著看著淚流滿面，而她卻射了，兩個人都是第一次。

一天，女孩看見了一朵雲，那雲長了角，小小的角在那兒，潔白而溫暖，軟軟的，摸起來像棉花糖，等了那麼久就是這個啊！一隻雲的獨角獸。

——〈橋上的孩子〉

那天夜裡，Elfi作了一個夢：「我沉進地獄裡，滿布滾燙的石頭。好幾個男人懸吊在牆上，就像耶穌基督那樣，但他們其實沒有眞的被釘住，只是自以爲被釘住而已。我走過去觸碰一個人的手，想拉他下來，當我碰到他的時候，卻發現他沒有皮膚，那個瞬間，我感覺強烈的疼痛伴隨著強烈的快感，一堆蛇纏繞在我的手臂上，然後我就上來，回到人世，醒來。」「自此之後，除了原本的身心工作坊，我也開始帶性能量工作坊。」Elfi說，「性能量是複雜的，時常混和著政治、權力和生命的陰影，這樣的工作不好做。但在那個夢之後，我知道這就是我的天命。」

Elfi現在有個同居多年的男朋友Gary，年輕的時候跳舞，後來也成爲一位身體工作者。

Elfi說：「我和Gary做愛，已經不是爲了高潮，而是藉由身體的舞蹈帶出性能量，一起體會當下。性可以爲日常生活裡的高高低低找到調適之道，也一次一次地撫慰著我跟他累積在身體裡的記憶創傷。」

那樣涕淚縱橫的面孔仍是當年市場裡的那個小女孩，沒有長大的人一直都是我。

——〈橋上的孩子〉

據說〈賣火柴的小女孩〉是美國小孩最討厭的童話，那麼，Elfi和《陳春天》會不會是我們這些大人最抗拒的人生呢？我這樣推想，是因爲這些眞實的虛構或虛構的眞實都源於生命的銘記（imprinting）。

羅洛梅（Rollo May）在《自由與命運》裡面翔實記錄他的個案如何爲銘記所苦。這個叫做菲力普（Philip）的男人年逾五十，卻仍在愛情關係裡尋找一個「好」媽媽，來補償他最初生命經驗中的「壞」媽媽。羅洛梅解釋道：「一隻新生的鴨子，不管看見什麼東西，都會一直跟著牠、黏著牠。我看過一隻鴨子追著一隻兔子到處跑，雖然兔子不斷回頭咬這隻鴨子，想把牠攆走，但沒有用，因爲兔子已經留在鴨子最早的銘記裡。」銘記是最無辜的懲罰，兔子讓鴨子活得越難過，鴨子反而會更加依戀兔子，「最根本的挑戰，就是如實面對自己的命，不論失落多少關愛，都沒有復原的方法了。」羅洛梅如是說。

女孩很小就知道如何使自己脫離這所在的世界，那時她還不是一個小說家，但已經顯現出那姿態，女孩的腦中充滿了故事，想像與虛構是她存活下來的方法。

——〈橋上的孩子〉

但如實面對談何容易？

在那個完全沒有資源的記憶之初，小女孩除了抽離別無對策；等到長大，擁有一些物質和精神以後，就可以摸黑逃走，但銘記的烙印仍在；後來，小女孩想出一個與銘記共處的方法——創造性的表達，Elfi用身體，《陳春天》想到什麼就用什麼。

有些小男孩也是這樣長大的。海涅寫詩，「創造之衝動，根源於病痛；藉由創造，我康復；藉由創造，我碩健。」赫塞在〈一個魔術師的童年〉裡回憶，「當我長大成人並以搖筆桿爲生之後，我亦時常企圖在我的作品裡面隱形消失。現在回想起來，我才瞭解我的生命一直深受此種變魔術的慾望左右，由於他的影響，我逐漸逃避外在世界，全心貫注於我自己。」作爲心理學者，羅洛梅擅用客觀的語彙總結生命的存有：「生命意謂著每個人必須瞭解自己的存在藍圖……生命的意義除了接納無可改變的環境，並將之轉變爲自己的創造之外，別無其他。」

小女孩和小男孩，透過創造性的表達，進三步退兩步地回頭跟從前和解，並且在這個拉扯的過程裡逐漸辨認出所在的領域、找到自己的坐標，然後變成了詩人、學者、小說家、身體工作者以及其他。

長大之後陳春天成為一個小說家，也有許多次在新書發表會或是某個座談會上發現自己那種表演性格，彷彿被媽媽附身似地，口無遮攔地說出連自己都會驚嚇的話。

——《陳春天》

羅洛梅認爲創造力的根本是「原魔（daimonic）」——一股強大中立的能量，由自身而來，是心靈運作的原動力。但是原魔亦正亦邪的本質就像兩面刃，疏通和引導原魔的經驗可能是打開的，也可能是毀滅的，佛洛伊德就曾說：「任何一個和我一樣，意圖召喚那棲息在人類心中、半馴服的惡魔的人，都必須有這樣的心理準備——絕不可能在這趟探險中毫髮無傷。」然而，羅洛梅也指出人類越是想逃離原魔，就越是難以逃離，當代的焦慮和孤寂感正由此而生，解決之道，唯有勇敢轉身面對，展開一趟漫長的內在之旅，如同歌德所說：「只有每天重新征服自由與存在的人，才能贏得自由與存在。」

讀完《陳春天》，我忍不住再翻一遍陳雪過去的作品，意圖還原這趟小說家的內在之旅。如果沒有從前，就不會有現在，儘管「從前」有許多個版本，儘管「現在」還是有些疏離、微弱和遙遠，但因爲樂觀、務實以及一點點的狡猾，小女孩走出安徒生童話裡的那個冬夜已經一陣子了，聰明如我們，早就扔掉濕冷的火柴，改做起其他適性的買賣了。

【第一章】

肖仔

穿著鹹菜色的暗綠褲子、豬肝色長衫，烏黑雙腳上拖拉著的膠質拖鞋一邊高一邊低，胡亂剪過又發長、沒有清洗梳理的垂耳短髮糾結成團，像抱著什麼珍貴事物般緊抱著一個斑駁破爛的竹籃子，跟隨著小學生下課的路隊飄飄忽忽地出沒，口中念念有詞，有時甚至哼唱著某些歌謠，她是陳春天童年時每日從村子到街上這二十分鐘上學路程裡時常會看見被稱作「肖仔」的三名男女其中的一個女人。

肖仔，某些被囚禁在幾戶人家的磚頭房厝一角，如陳春天有次到班上女同學家玩，聽見三合院偏間原本是放置農耕器具的茅舍裡傳來某種低嚎，陳春天趁著大人不注意時偷跑去窺探，發現緊閉的木頭窗板縫隙裡幽幽探出來一雙漆矇的眼睛，繼之而來的是撲鼻的惡臭，女同學發現陳春天趴在窗口偷看立刻將她拉開，「我跟你說喔！」那同學神祕兮兮地把陳春天拉到一旁，告訴她那屋裡關著因爲被毀婚而「起肖」的姑姑，那位陳春天從未見過的「肖仔阿姑」在這茅舍裡一關就是十五年。這樣的事情時有所聞，散居在這村子裡大大小小的人家，因爲各種原因而被長期拘禁的男女老少不知有多少。另外一些「肖仔男女」則在村落裡四處遊走，時常會在某一天突然多出一位，或者少了一位，他們的出現或是消失都沒有人會認眞探究理由。多一個少一個，對人們來說並無差別。

但那對幼年的陳春天是多麼不可思議的事情，每每在任何地方看見某一個「肖仔」，她都會回家跟媽媽詢問半天，只有她媽媽會認眞跟她討論，像收集各種公仔玩具一樣，陳春天收集著那些被村人恥笑咒罵的肖仔男女的故事，在心裡不斷琢磨。

這些身分年齡性別來路各異卻均被冠上「肖仔」封號的人們，是幼年陳春天常見鄉間景色中一些神祕的人物，因著某種好奇或是性格上的溫軟，陳春天從未跟著鄰居孩童起鬨著拿石頭稻草梗等物件丟砸過他們，反而不顧大人的勸告恐嚇時時關注著這些被放逐或囚禁的瘋人，暗自在腦中想像著他們的身世與感受，有時甚至會因此感覺到莫名的悲傷與哀痛，那不應該會在小孩子身上感受到的、不知緣自於何故對人們厭棄事物的同理心形成陳春天生命重要的基調，但她沒想過有一天自己的境遇將會與那些「肖仔」的世界如此相似。

彷彿她同情的是未來的自己。當然那時候她並不知情。

很長一段時間，幾乎蔓延整個國小的記憶，每天跟著學校路隊上課下課的途中總會看見這幾個被稱為「肖仔」的人。每天晴雨無阻會定時出現的是那短髮女人，另一個常見的是老在學校外麵攤上乞食殘羹剩飯的男子，聽說是瘋得比較不厲害的，有時會幫忙打掃街道、收割稻穀、修理路燈等雜事賺取生活費用，年約五十歲的矮小瘦乾的黝黑男子，據說「未起肖」之前是一名鎮上郵局的郵差，他的「症頭」是有季節性的，只有春冬兩季會不時發作，「起肖」起來夜夜在爛泥地打滾，又哭又叫，悲哀的嚎嘯聲總要持續個幾天幾夜，有時甚至會在某戶人家的豬寮裡被人發現他摟著大母豬睡覺然後被又打又踢地趕出來，這個「肖仔」與其他瘋人最大的不同是，他有「名字」，村人不單只叫他「肖仔」，而是喚他作「肖義仔」，或許因爲他一年裡有半數的時間是清醒的，有時甚至會看到他梳洗乾淨滿身清爽地在大街上走著，孩子們大剌剌地喊他，「肖義仔來幫我揹書包！」「肖義仔做馬給我騎！」他也不以爲意反而乖順地靠近，不發一語地揹起村長兒子的大書包以及那個胖大的孩童，任由村長兒子一邊摑他的屁股一邊高聲喊著，「肖義仔跑！跑快點！」肖義仔嘴角旁深深的法令紋刻畫出如面具般的僵硬笑容，他說：「好，肖義仔跑。」

矮小的肖義仔做馬揹著胖大的村長兒子沿著大街一路跑回村子，人們都笑了，也不管其實大家都知道肖義仔是村長的親堂哥。

另一個有名的「肖仔」是個長髮女人，總是把當季時令的新鮮花朵別在頭髮上，塗胭脂抹口紅穿著花花綠綠的衣裙在街上見人就微笑，有時還會露出她的肉色奶罩，塗抹得太過招搖的脂粉使得她的臉笑起來不太眞實，又或許是因爲她明知人們背地裡是怎樣輕蔑她嘲笑她，而她仍那樣微笑，陳春天總覺得那笑容好像是一張別人的面皮被強貼在她臉上，甚至覺得她幾乎會笑著哭出聲來。這個肖仔是村裡最遭排斥與欺侮的，被冠上「賊仔」、「賤人」、「三八」等等難聽的名號，而且拖著一個私生子，這個私生子是陳春天的同班同學，戲謔般地偏巧叫做王聰明的同學其實並不聰明，也沒有起肖，安靜得幾乎令人以爲他不會說話，因爲母親是村裡出名的「肖仔」，生父又不詳，雖然身材比同年孩子顯得高大，卻因爲口齒不清加上手腳笨拙性格乖順軟弱，在學校裡受盡了各種欺侮糟蹋。

那時陳春天的父親是街上唯一一家家具店老闆的弟弟，雖然是二十一歲結婚生子之後才當起木匠學徒，但一家生活也算簡樸和樂，頭腦靈巧的陳春天甚至還是班上功課數一數二的優等生，二年級開始連著兩年當副班長，總是藉著各種機會試圖去保護或者關照王聰明。

陳春天這個名字起得怪，他們家三姊弟的名字分別是：陳春天、陳秋天跟陳冬天，她自己並不是沒有懷疑過，為什麼沒有陳夏天。身為長女被取名作陳春天的她，在十歲之前完全不知道自己其實還有個應該叫做陳夏天的大弟弟，這麼奇怪的名字是只有小學畢業的父母隨意取的，小學中學時期一直因為名字的問題而被同學嘲弄訕笑，沒想到長大後卻被當成頗有詩意的名字。

出生以來爸媽阿春阿春地叫著，整個村子裡的人也都這麼叫喚她，那之前她曾經問過爸媽為什麼身為老二的妹妹叫做秋天而不是夏天？爸媽當時編了一個理由搪塞，說因為夏天的「夏」字不好寫，用台語發音也不怎麼順口所以就跳了過去，然而她跟妹妹相差四歲，這中間奇怪的大段空白，因為字體不好寫不容易發音就隨意空跳過去的名字，如此種種怪異的跡象，在年幼的阿春心裡雖然覺得不合理，但那也不是她的年紀與知識可以設法解開的謎團。

她開始讀書識字之後懂得了春夏秋冬四季的分別，逐漸地越發對於三個孩子的名字這樣排列而感覺到怪異，直到有一天隔壁要好的姊姊不小心說溜嘴她才知道，那個不見了的夏天，也就是小她兩歲的大弟弟，其實是在滿月時因為嬰兒猝死症而夭折了。

「啊！我怎麼會說出來了啊！」她記得大姊姊一臉抱歉與驚慌，「你不要去問你媽喔！」大姊姊再三交代。

「為什麼呢？」陳春天問隔壁姊姊。

「因為你媽那時候非常痛苦，還因此起肖了啊！」姊姊神祕的表情與不安的臉色，無論是嬰兒的離奇死亡，或者是媽媽發瘋的事情，在那個時代的那個偏僻的小村落裡都是人們不願意碰觸的話題。

「而且，有人講，是你媽不小心把孩子抱在懷裡睡著，翻身壓著了他才讓孩子死去的。」姊姊雖然不想說卻又忍不住越發神情詭異起來，話題到此，原本正在幫陳春天打辮子的姊姊突然推說有事要忙就放掉手中打了一邊的辮子慌亂地跑回家了。

陳春天自己把另一個辮子打好，一邊梳頭髮一邊想著，原來是這樣啊！她有一個應該叫做陳夏天的弟弟，出生沒多久就死去了，這樣一切就都合理了，四個孩子按照春夏秋冬命名，每個都間隔兩歲，這樣簡單的命名方式是她爸媽單純的性格使然。但是她怎麼可能完全沒印象呢？也不曾聽任何人提起，況且爸爸媽媽是如何將這件事掩蓋得密不透風毫無痕跡呢？其中又有太多不合情理的部分使她納悶。

她不斷地揣想著。越來越多細節浮現，那未曾聽聞過的大弟弟的存在似乎越來越清晰只等待媽媽來證實。

好像曾經看過一張照片掛在爸媽的房間裡，印象很清晰，她一直以爲那是她自己的嬰兒照，如今想來，那應該就是夏天弟弟的照片了吧！因爲她是早產兒，個頭一向矮小瘦弱，照片裡的嬰兒卻是渾圓的大頭大眼睛胖胖的臉蛋，那根本不是她的臉啊！怎麼會一直以爲是自己呢？後來那張照片跑到哪兒去了呢？

媽媽曾經爲此「起肖」，所以那是個不可以提起的祕密囉！所謂的「起肖」是不是就像王聰明的母親那樣發作起來會在菜市場裡對著雞鴨魚肉喃喃自語，或者胡亂地闖進某家店子裡拿了東西就跑，更或者像許多謠言傳說的那樣在黑暗的田埂上跟路過的男人「胡亂來」？

或者是，一種比較安靜的瘋狂，正如她每天早晚上下學在鐵路旁總會遇到的那個短髮女人，披頭散髮、衣衫不整，老是髒兮兮怪模怪樣地盯著人看的，大家遠遠看見就會笑鬧著說：「肖仔來了！」然後拾起大大小小的石子土塊往那女人身上亂砸，隨後才一哄而散，曾經有落單的男同學被那女人抓住死命抱在懷裡不肯放開，「我的心肝仔啊！」女人嚎叫著，村裡幾個大男人出來又打又罵的才把同學拔出女人的懷裡，陳春天經常偷偷瞧著那肖仔的臉，其實長得並不可怕，如果好好地梳洗過，應該是個蠻清秀的女人吧！她的媽媽曾經萬分同情地說過，那個女人是因爲兒子被火車撞死了才因此起肖的，所以她許多年來每天都在那條以前是糖廠載運甘蔗的破舊鐵道上不斷地搜尋，「可憐啊撞得歸身軀都破糊糊變做一片一片逗不完整的肉塊啊，眞可憐那做老母的女人提著一個籃子沿路撿她兒子破碎的屍體，但卻怎麼都找不到兒子的頭蓋骨，欠那一塊頭蓋骨就沒辦法全屍，那女人每天又哭又嚎在鐵道上奔來走去，到尾就因爲那塊找無的頭蓋骨把她逼到空癲去了。」媽媽說起任何事情都是鉅細靡遺、生動萬分的，但媽媽從未用「肖仔」或「瘋子」來形容那女人，也不許家裡三個兒女跟著村裡的人起鬨笑罵，有時候媽媽甚至會把自己的舊衣物洗好要陳春天在路上遇到女人時偷偷塞給她。此後許久她看見那瘋子手裡提著的籃子都忍不住想要上前掀看，卻又驚慌地逃走，唯恐那裡面眞的裝了一堆破碎血肉模糊的頭顱四肢。

陳春天不知道頭蓋骨是什麼，但看見媽媽那無比同情憐惜的表情，總覺得心情好複雜。

難道媽媽那時候也像那個瘋子那樣瘋嗎？因爲親生兒子早夭而喪失心神，所以媽媽可以體會那女人的痛苦？甚至，村人隱隱地謠傳媽媽可能悶死了剛落地的孩子，或者說這個來自嘉義的外地新娘，父母都是知書達禮的讀書人，模樣又長得特別秀麗，因此村人對於孩子早夭的事情彷彿終於找到難得的罪證那樣不由分說地設法想拿石塊丟擲她？她想到這裡，禁不住渾身打顫。

知道自己還有個死去的大弟弟，而媽媽以此起肖之後，那天起陳春天放學後就會脫離學校的路隊跟著那個肖仔阿姨走，不知道名字的女人，年紀看來跟媽媽差不多，人人見了都會害怕的女人，陳春天像心疼著自己的媽媽那樣疼惜著她，沿著已經毀損的鐵道慢慢地跟在她身後走著，女人嘴裡總是呢喃著什麼，忽悲忽喜，有時候還會突然對著天空大聲叫嚷起來，但陳春天聽不到她說的話語，在女人身後兩公尺左右的距離跟隨著，只能看見她彷彿皮影戲般在漸暗的天色裡戲劇性扭動著肢體，以及那縈繞在空氣裡破碎的呢喃與喊叫。直到天色終於完全變暗，陳春天才轉頭回家。

始終不知道那女人到底晚上睡在什麼地方。

一個星期之後她終於忍不住問了媽媽。

「隔壁的阿姊說我還有一個弟弟對否？」她怯怯地小聲發問，那時候媽媽正踩著老舊的縫紉機縫著做加工的棉布手套。

「阿弟不是正在旁邊玩嗎？講嘿什麼肖話。」媽媽繼續踩踏縫紉機沒有抬頭看她。

「不是冬冬啦！是應該叫做夏天的大漢弟弟。」她不死心地追問著。

縫紉機趴搭趴搭的踏板聲突然停住，媽媽緩緩地把頭抬起來看著陳春天。

有那麼一瞬間，這個眼前的媽媽，長著丹鳳眼、柳葉眉、挺秀鼻梁、瓜子臉，模樣秀麗、皮膚白淨初嫁入門被當成村子裡罕見美人的媽媽，多年前因為失去一個孩子而心神喪失的狀態再度將她籠罩，剎那間轉變了她的面容，在傍晚瀰漫著晚飯花的香味的時刻，媽媽，在她眼中竟跟那個肖仔阿姨非常相似。

於是開始了她跟媽媽之間的祕密對話。

好像一開始了話題就停不下來，媽媽不斷對她訴說那個已經夭折的嬰兒的事情。

「對喔！你還有一個弟弟，噓！不通去問你阿爸，他會生氣喔！」有時候是媽媽煮飯的時間，她一邊切洗著蔬菜一邊說話。

「這是媽媽跟你之間的祕密，你咒詛不講我才要告訴你。」但不等陳春天發誓，甚至沒有注意她的表情是否理解，媽媽已經開始滔滔不絕地訴說起來。

「想起來心肝會痛到像被人硬挖出來輾碎了一樣啊！我可憐的囝仔，根本就不應該打無去的。」

「彼個囝仔生作眞水，我懷了他十一個月才生的，生下來就有八斤重，你生下來才三斤不足啊！阿弟的頭髮又黑又濃密，你卻是個大光頭呢！弟弟兩隻眼睛一生下來就是張開的，哭聲也特別大聲，甘那一落土隨時就要會走路了，又甘那隨時就會講話了喔！比你還要巧一百倍的囝仔，大家都說大漢以後一定是會做總統的人啊！」或者是看完電視新聞爸爸去洗澡的時候媽媽把她抓到一邊來繼續。

她無法阻止媽媽的訴說。

每天下課回家，趁著各種爸爸不在旁邊的時刻，媽媽就把陳春天叫來，跟她說各種大弟弟的事情。

那其中有許多不可思議的部分，比如弟弟出生就長了兩顆門牙，又白又大，吸奶的時候會咬住她的乳頭讓她疼痛，比如弟弟那特別幽黑的大眼睛是怎樣閃爍著，比如媽媽對著弟弟說話的時候他還會搖頭晃腦表示聽得懂。比如媽媽信誓旦旦地說：「你阿弟一出生就會走路啦！大家都不相信，因爲阿弟只在沒有人的時候才會走給媽媽看。」

那孩子，陳春天的大弟弟，並沒有名字，「應該叫做陳夏天，可是我感覺這名字太平凡普通配不上這麼特殊的孩子，跟你阿爸討論幾天，兩人還因此冤家起來，吵半天吵來吵去還是決定不了，結果阿弟還來不及取名字就打無去了。」

那墳墓呢？陳春天問媽媽，大弟弟的墳墓在那兒？

媽媽空茫的眼睛還凝望著那不存在的嬰孩，「你問我阿弟ㄟ墓喔？」

「沒有墳墓啊！還沒有取名字的紅嬰仔在我們這村子裡是不可以有墳墓的，自從他們把阿弟拿去之後我就不知道了，沒有人跟我講過那囝仔到底去了哪裡，到現在都沒有人要跟我講。」

「我想阿弟一定是被什麼有錢人家抱去養了，那麼巧那麼特殊的孩子誰看了都會喜歡，媽媽陪你去上學的時候都會在學校四處找尋，說不定就會在學校看見阿弟正在上課勒！」

「可是他們說我起肖了。」媽媽彷彿被什麼東西擊中了那樣瑟縮了一下身子，「他們說我起肖了。」

一切的一切，鉅細靡遺，說了又說，改了又改，一日比一日離奇的內容，媽媽像撫養一個不存在的孩子那樣撫養著她的記憶，每晚，陳春天都可以看見那嬰兒在媽媽的敘述中逐漸長大的樣子。

有時候媽媽講得入神恍惚了，會說出可怕的話。

「如果讓我選，我會甘願死掉的人是你喔！因爲你很難帶，身體不好，長相不好，脾氣古怪，又是個女孩子。」

「爲什麼只有七個月早產的你老是生病，死掉的卻是健健康康的弟弟呢？你不通怪媽媽心肝雄，換做是你可能也會安ㄋㄟ想喔！因爲千那有一個囝仔能夠活著，如果可以選的話，你也會選那個一定會變成偉人的弟弟啊！」

「他們都說我起肖，發瘋，攏講我看見的都是無影的，攏講是我自己亂想出來的，你阿爸甚至說我沒有生過這個阿弟仔，可是我都記得喔！我攏會記得那時陣我講要給阿弟洗身軀，恁阿嬤就拿了一個破糊糊的布娃仔來騙我，講要幫我洗，講我身體不好要休睏，伊就把囝仔抱走了，然後他們把我押去坐火車帶回去嘉義後頭厝，關在屋後的倉庫裡，給我吃很苦的中藥，叫仙姑來給我收驚，擱給我身體插針貼符仔，用布索仔全身綁緊緊捆在一張椅頭仔面頂，無論我按怎號都不給我放開，阮多桑臉色鐵青一句話都不講，恁阿爸摸著我的頭髮叫我乖乖不要亂動，阮卡桑一直在哭。」

「到尾多桑送我去一間病院住，那時陣我連你都看不到，什麼親人都看無，整間肖病院裡面都是肖仔，每日早晚照三頓給我吃西藥，我眞乖都按時吃下，因爲我眞想卡緊把肖病治好出院回家，我煩惱阿弟不知被人抱去什麼所在啊！」

「我攏會記得，我眞清楚其實我沒有起肖啊！」媽媽夾雜著國語河洛話跟些微日語的斷續敘述裡，再三強調著這點。

然而媽媽畢竟是與平日完全不同了啊！大約一個月的時間，陳春天的媽媽都陷入一種夢遊般的氣氛裡，每天等待著她下課，然後對她訴說關於死去嬰兒的事情。

然後有一天媽媽不再說了。

就像電視劇突然停播了那樣，住口，再也不說了。

陳春天覺得，或許那段時間媽媽的「肖症頭」發作了吧！如果沒有適時地阻止她就會像那個肖仔阿姨一樣再也無法恢復正常了。然而不知道什麼原因阻止了她使她突然回到現實世界，但媽媽的言詞卻在童年的陳春天心裡種下一顆關於瘋狂的種子，即使在媽媽已經恢復常態之後，那瘋狂的語調依然繼續無聲地發言。

「我身上流著瘋子的血液，我是一邊喝著正在發瘋的媽媽身上的奶水，一邊被媽媽悔恨著爲什麼死掉的不是你呢？逐漸長大的。所以我將來有一天也必然是要發瘋的吧！」十歲的陳春天心裡已經埋下這牢不可破的念頭。

我好害怕。那會是什麼時候呢？

從此，一直擔心著唯恐自己有一日必然也會瘋狂，開始惴惴不安地度日。

陳春天的家族就有一個「肖仔」。住在豐原的陳春天的二伯父生了四個女兒，三個都是水靈水秀聰慧可人，但其中叫做阿惠的二女兒長得特別醜怪，而且十五歲了還不會讀書寫字，沒去學校上課，天天幫忙在市場賣甘蔗汁的父母做些雜事。陳春天家裡還沒出事之前，跟二伯一家人常來往，十一歲那年，有一次阿惠堂姊跟著二伯一家人到陳春天家裡來做客，那天好像有什麼家族聚會，大家都在忙，阿惠姊突然拉著陳春天說要帶她去街上小店買「王子麵」和「百吉棒棒冰」，那都是陳春天最愛吃而媽媽平時不讓吃的，「阿春你看我有錢！」阿惠姊掏出一張五十元鈔票給陳春天看，哇好多錢，那可以買很多王子麵，如果偷藏在家裡可以吃很久呢！禁不住誘惑趁著大人不注意她們兩個就上街了，阿惠姊不走大路，「我知曉有條小路走起來很快就到了，他們不會發現喔！一下子就回來了。」陳春天沒辦法抵抗，跟著阿惠姊一路走進很奇怪的小路，沿路都是竹林，越走越森暗，但沿途開了許多鵝黃色小花，阿惠姊摘了很多小花，一路走，一路撕扯著吃，「阿春你吃看看，眞甘甜喔！」說著把一朵小花塞進了陳春天嘴裡，哇好苦！她沒法吞下肚，趁著阿惠姊不注意就吐掉了。「阿春我跟你講，我昨暗眠夢，有看到你的阿弟喔！」阿惠姊帶她到一個竹林叢蘢高的部分，「就地這啦！你阿弟睏地這，你要看否？」阿惠姊說著說著就開始用手挖土，那時大約五點鐘，阿惠好像著迷了似地拚命挖著那土，「阿春你來給我逗幫忙啊！」阿惠姊說。陳春天沒辦法，只有蹲下來一起挖土，手指碰到鬆軟的泥土時，有一種濕冷的怪異，泥土滲入她的指縫會產生些微的黏滯感，阿惠長得胖，圓圓的臉龐兩顆小眼睛彷彿被什麼擠住了，顯得特別小特別晶亮，或許是臉上有什麼地方癢了，阿惠伸手去抓撓，於是臉上出現了好幾條泥土的污痕，使得那醜怪的臉上有種古怪的趣味，陳春天並不怕這個堂姊，但這樣挖著土讓她感到不舒服，兩個人在這竹林裡其實是有點危險的，但阿惠姊並沒有意識到這個。

直到天黑的時候阿惠姊都不停止這挖土的動作，然後陳春天聽見大人呼喊她們的聲音了，「阿春仔！阿惠仔！有聽到否?聽到要緊應聲啊！」

阿惠姊沒有理會那些呼喊，挖土的雙手動作越來越狂亂，陳春天怕了，突然感覺等到這個土坑眞的挖深了，自己會被阿惠姊推進土坑裡埋掉。

陳春天停止了雙手的動作，站了起來。

就在這時候，有人從她背後拎起她的衣服將她拉進了懷裡。

那人是陳春天的二伯。

然後聽見劈哩啪啦幾個聲響，二伯母衝上前拚命掌摑著阿惠姊的臉龐。

「肖查某在厝肖不夠肖去別人家，死死欸好啦！」其實二伯母長得跟阿惠很像，連身材都像，陳春天總是不明白為何二伯母會對這個跟她長得相似的二女兒特別嚴苛，不是第一次看見阿惠姊被二伯母打了，但打成這樣厲害還是頭一回。

圍繞著她們的有好多親戚，陳春天的媽媽也在其中，大聲哭嚎著的阿惠姊，發狂地打人的二伯母，摟抱著陳春天的二伯父顯得好慈祥，阿惠姊其他的姊妹在一旁臉色徬徨無助。

陳春天那時候看著媽媽，媽媽的臉上有種難以解釋的悲傷。好像大弟弟的埋屍處只有媽媽跟阿惠姊知道似的，而那是個不可以說破的祕密，所以阿惠姊才會被那樣地毒打，媽媽才會那麼傷心。

那時她知道阿惠姊也是「肖仔」，以前她一直認為阿惠姊只是比較不會讀書而已。

然而被當成「肖仔」一樣排斥嘲笑甚至是驅逐隔離起來的時刻提早來到了，竟不是在陳春天成年之後開始頻繁出現幻聽幻視等徵候而到精神病院求診的時候，反而令人措手不及地大大提早來到了。就在她十二歲那年，陳春天一家人，因為父母欠了大額的負債，一夜之間家裡擠滿上門催債的人，父母不知在何時辦了離婚手續，而母親連夜離家下落不明，此後，陳春天在街上開家具店的三伯的妻子，那個從媽媽嫁進門就不知爲何想盡辦法欺負折磨媽媽的三伯母，靠著一張舌粲蓮花的大嘴編造了各種謊言。

「你們甘還記得那個查某把自己親生孩子活生生掐死的代誌否？那麼歹毒的女人卻生得一張水臉根本是狐狸精啊！」

「那個查某把錢都拐回娘家然後跟野男人落跑了……」

「我歹命的小叔好老實的人竟然被那嘉義女人賴著個野種娶回家欺騙了一輩子……」

「那個查某長得多水其實心比蛇蠍還毒一心只想騙走我們陳家的田產回嘉義享福……」

「我們陳家會落到出一個敗家子都是因爲他們那嘉義後頭厝一手惡毒的計畫……」

三伯母甚至還哭了啊！一邊惡意地散播完全虛構的謊言還可以涕淚縱橫地哭喊著。

從三伯母嘴裡傳出的謠言，經由左右鄰舍眾家女人的嘴裡散播得比颱風天的雲朵跑得還快。

謠言四散滾雪球般無法遏止地擴散到村落的每一處，從此一家五口的額頭上彷彿都被烙上了「肖仔」的印記，成爲那被指指點點，一步一步被村民由輕忽排斥到惡意嘲弄以至於整個孤立起來的另一個家庭。

幾乎只是一個夏天的事，放完暑假回到學校，她已經從優等生、副班長，突然變成被老師安排去坐在王聰明旁邊，再沒有人願意同她一起玩，甚至連常去買零嘴的柑仔店老闆娘也對她刻意地冷淡，下課時間她總是一個人孤單單地在座位上發呆。

她才知道走在街上被當成「肖仔」那樣指指點點，避之唯恐不及，又惡意地將之隔離拒斥的人，已經換成了她自己。

傍晚，陳春天獨自一人脫離了放學的路隊，緩緩地走著，望著不遠的前方那曾經多麼熟悉的同學們一路打打鬧鬧嬉戲玩樂的身影，好似在她與那群人之中還存在著另一大群灰暗模糊的人影。

陳春天知道那是什麼。

肖仔。

肖義仔被當馬騎著到處跑，王聰明的母親在田埂上跟某某人胡搞被抓到了，那叨念著死去孩子不全屍骨的短髮女人狂亂悲傷的眼神，關在柴房裡肖阿姑身上破爛的新娘衣裳，阿惠姊兩個胖手掌挖掘泥土時臉上呈現出與陳春天共謀的奇異眼神，以及其他陸續出現在陳春天生命的男女老少，那些被喊作「肖仔」的人統統群聚在她身後，緊貼著陳春天小小的背影垂懸在黃昏落盡的鄉間小路，走進了那棟屋子，那屋裡母親已經離家父親老是忙碌著賺錢打拚，總是在整齊的書桌前做著各種屋子模型、安靜得嚇人的妹妹，沒事喜歡把自己用繩子綁起來在鏡子前面獨自演著娃娃戲的小弟弟，陳春天則是夢遊一般忙碌在各種她其實還不會的家事、功課、幫忙爸爸賣衣服等等事務，並且疲於奔命地應付黑夜裡突如其來的哀求威嚇交替出現的父親那些難以解釋的舉動，一樁一件來不及處理應付的變化打陀螺一樣讓十來歲的陳春天腦子旋轉不停。這破敗狹小的屋子看來冷清卻擁擠得厲害，因爲「肖仔」已經充滿了屋裡每一個角落。

直到很多年長大之後陳春天在書本裡讀到了許多關於精神疾病的事理，她才眞正明白，當時她在那村莊裡隨處可見的，那些面目模糊的、沒有名字的肖仔，其實是一群或者身心患有殘疾的，或者是因某種損傷而失去清明神智的，又或是無故地中斷了社會網絡而從此被放逐的（失業、離婚、喪偶、喪子），甚或只是因爲帶著某種村民因迷信而覺得不祥的疾病（兔唇、長短腳、十一指、歪嘴斜目，而她的阿惠堂姊其實是智能不足而並非精神失常）或不合禮俗的身分（私生子、拖油瓶、蕩婦、無能生育的女人、來路不明的逃亡者），以及眞正飽受各種精神疾病所苦的病人（躁鬱症、憂鬱症、精神分裂症、妄想症、恐慌症、創傷後壓力症候群）如此種種，這些那些被放逐或被囚禁的人，他們的名字統統被取消了，只換上了「肖仔」兩個字，這群人，在此據說人情溫暖良善的鄉間小村落，像田埂上突然倒臥一個病末垂危之人，路過的人不但沒有將之扶起送醫診治，反而一個一個輪流上前狠踢幾腳啐上幾口，那人在尚未死透之前已經被村民一口一口吐出的唾沫掩埋了。

望著在時間的泥沙裡逐漸消失形影的生者，這些人假裝那人已經死絕而像鬆了一口氣般快步走過。

人們都走過去了。

明知道有許多還活著的人卻被當成腐爛屍體般對待。

人們依然面無表情地走過去了。

童年的陳春天那時並不知道這些道理，她所感知到的只是緊迫在後的追趕，那一聲一聲彌漫在村莊裡隨處可聞的喚叫與訕笑。

肖仔。

不是一個，也不是特定的一群，而是四下散落的，包含她那被遺棄的家庭以及她自己。

在下課放學的途中，甚至是不出門的時刻，她依稀還可以聽見孩童的聲音喊著：「肖仔來了！」

肖仔來了！

伴隨著孩子們吟唱的童謠，下課路隊上的捉迷藏遊戲，男生愛女生、女生愛男生的戲碼，「肖仔來了」，像是兒童劇背後突兀的合音配唱。

肖仔來了！

那一聲一聲童稚天眞的喊叫在陳春天的耳中聽來，彷彿在呼喊她的名字。

那樣的呼喚比肖仔阿姑或肖義仔狂亂的嚎叫，還要使她心驚。

【第二章】

病院（一）

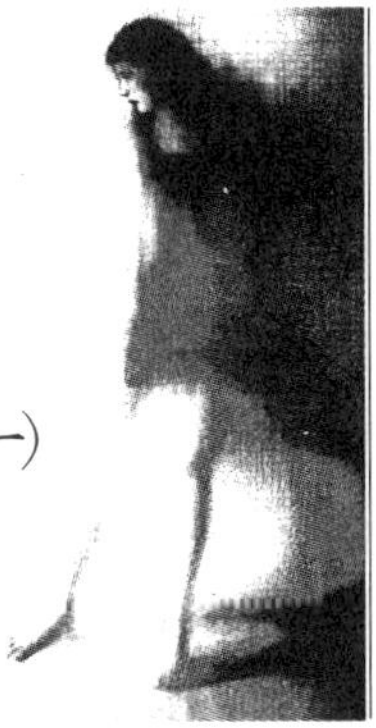

EURODIN

悠樂丁錠2公絲

外形：白色，圓扁形，直徑：7mm

用藥須知：須避免駕車或操作重機械，請勿與酒精併服

作用：安眠

主要副作用：警覺性及動作協調能力降低等

ATIVAN

安定文錠0.5公絲

外形：淺藍色，圓形，直徑：5mm

用藥須知：須避免駕車或操作重機械，請勿與酒精併服

作用：舒緩焦慮，安眠，肌肉鬆弛

主要副作用：嗜睡，警覺性及動作協調能力降低等

請核對藥袋「姓名」，當面點清「藥品數量及種類」，其他注意事項請詳閱藥袋背面說明，如有疑問請洽詢藥師。

陳春天在床上輾轉難眠，起身拿了左邊床頭櫃上的水杯配上一顆「悠樂丁」與另一顆「安定文」吃下。悠樂丁是最近 年改吃的藥，以前她吃的是「STILNOX史帝諾克司」，據說沒有太多副作用的新藥，但在陳春天身上卻容易引發失去記憶的作用，讓她經常在服藥半小時之後無法控制地做出各種奇異行徑，不知有多少次深夜打電話給朋友自己卻完全不記得，寫了許多情緒化的e-mail給朋友，第二天看了寄件備份之後簡直想找個地洞鑽進去那麼後悔。更有一次，她竟然半夜把陽台上的盆栽挖出來放進新買的瓷盆子裡，隔天早上醒來發現自己手上跟棉被上都有泥土殘餘，到了院子一看才恍然大悟，所有的盆栽都被改動過，其實只要認眞回想約略還是可以記得，對啊！好像昨晚是跑起來挖土了，原本白天才要做的事情，爲什麼三更半夜不顧外面冷風颯颯穿著睡衣在那兒一鏟一鏟地挖土呢？好可怕。陳春天不禁想起小時候聽隔壁收驚阿婆跟她講過的「掘墓人」的故事，那掘墓人每夜夢遊，心神喪失地到處亂走，必然會走到附近的墳場挖出腐爛的屍體來吃，然後心滿意足回家睡覺，隔天早上家人在他嘴邊發現血跡，他的衣服褲子跟雙手也沾上了泥土總覺得奇怪（就跟我一樣啊！陳春天好想大叫），後來家人設法跟蹤他才發現他是個夢遊症病患，那人知道自己不但是個夢遊者而且還是個掘墳盜屍之人簡直是痛不欲生，如此種種。

故事結局怎樣陳春天不記得了，只是發現自己會這樣挖土的時候，她覺得這藥是決計不可以再吃了。跟醫生討論後就停用「史帝諾克司」改吃「悠樂丁」，吃了半年也沒出什麼亂子就繼續吃下去。

至於「安定文」（醫生護士都會用一種發音說成阿提芳），這可愛的小玩意，裝在金色錫箔紙袋中，深藍色小小顆圓球，陳春天熟悉的病友們都戲稱是他們的健素糖，有人一天照三餐吃，有人則是口袋裡隨時帶著一小袋時不時就拿一顆出來嗑嗑，陳春天自己也曾在參加演講座談會之前爲了克服對人群的恐懼吃過幾回。有病治病無病強身啊！ATIVAN是她的藍色維他命。

其實十二點的時候已經兩種分別吃過，但並不見效果，只好再度吃藥，嘴裡殘餘著藥丸淡淡的苦味，陳春天手握著兩封裝有錫箔包裝藥劑的醫院紙袋，不知多少次毫無目的地閱讀這上面再熟悉不過的用藥說明，就當作是睡前打發時間吧！她反覆讀著那些字句。

久病成良醫，這麼些年下來她對各種藥物也幾乎算是專家了，有時候這樣讀著讀著會忍不住竊笑，反而是這種單調尋常的用藥說明使她安心，因爲這些精神疾病藥物的說明比起普拿疼伏冒錠的說明書看起來安全多了。像普拿疼號稱不傷腸胃，但是對肝臟確有不可預知的損傷，另外大家常吃的伏冒錠，「主要副作用」就有一長串啊！光是看了就足以令人冒冷汗。

陳春天閒來無事就喜歡閱讀各種藥物的說明書，有時候興致一來還會把她收集的大約三十六種藥物說明書拿出來一張一張攤平在書桌上認眞重讀好幾次。

雖然那只是一些文字敘述而已。

就在她把藥袋放回櫃子的時候，視線餘光突然瞥見床頭櫃上的NOKIA手機螢幕閃爍著藍色冷光，「You got a voice message.」上面出現這樣的英文字，入夜後她就把手機關成無聲以免有突來的電話驚擾了她的睡眠，以往她是不會在這種失眠的夜晚還去聽手機留言的，但一種突來的不安使她按下777去聽留言。

「大姊，我出車禍了，現在在台大醫院急診室。我，我嘟嘟嘟嘟……」

留言停止了。

她楞了一會兒，不眞切的聲音在嘟嘟聲中斷裂，她知道留言的人是誰，但無法分辨那內容。

緊握著那水藍色的手機感覺到手心發燙。

那時是大年初二凌晨一點半，西元二〇〇四年一月二十三日。陳春天三十四歲。

連日忙碌的工作使她疲勞不堪，每當過度勞累之後她的失眠症便越發嚴重。

手指觸摸按鍵777。

再聽一次留言。

相同的內容，相同的嘟嘟嘟嘟。

之後大片的靜默。

（又來了。）

陳春天的腦子裡出現這樣的句子。

（又來了啊！）

每次接到家人電話都不是什麼好事，但這次是什麼呢？

她想假裝並沒有聽到留言而繼續滾回床鋪上睡覺，「別吵我，我已經吃兩顆藥了，再不睡覺我會發神經。」她喃喃自語。

床上另一端的女孩子醒了。

「發生什麼事了？」

陳春天望著那從睡夢中被吵醒的她昔日的女朋友，「對啊！發生什麼事了？」無法停止的持續喃喃自語是發病的前兆，「無論發生什麼事都跟我沒關係吧，我現在最需要的就是睡覺，我已經兩天沒睡了。」她繼續自問自答。

可是手指卻撥了弟弟的電話號碼，另一個聲音告訴她，快掛掉，上床睡覺，「你接通了這個號碼接下來就是沒完沒了的事情喔！」那個聲音還在說。

「大姊，我出車禍了。」

相同的聲音，陳春天以為那仍是電話留言。

「大姊你人在哪兒？」那聲音又說話。

「怎麼回事？」

從肚子一路往上竄升的憤怒與驚慌衝到喉嚨使她語塞但她卻發出了比平時更大的聲音，「到底怎麼回事啊？」

「我出車禍了。」

那麼是真的囉！出，車，禍，了，你弟弟出車禍了大姊。

（我沒有聽見。）

（我沒有聽見就不關我的事。）

打從一年半前搬到台北之後她就下定決心無論家裡發生什麼事她都不要再管了。

（我不要管了。）

一定是幻聽發作了，對，就是這樣，每當人們設法要將她逼瘋的時候用這招就管用，製造一些不存在的聲音來擾亂她，喊她的名字，等她問說：「剛才你叫我啊？」那人就會搖搖頭斬釘截鐵地回答：「沒有啊！我沒有跟你說話。」或者是她問說：「你有沒有聽見鳥兒在窗口邊鳴叫？」然後那人會搖搖頭肯定地說，沒有。「一隻紅頭黑嘴綠色身軀有金黃色尾巴的小鳥就停在窗欞上有沒有？」陳春天這樣問著身旁的人。

沒有。

我什麼都沒有看見。

然後陳春天就會以爲自己瘋了。

之後發生的事情陳春天不太記得，漫長的一夜，整個搶救弟弟的過程從那通電話留言展開，延續到之後穿梭在病院各個樓層裡的二十日。

後來陳春天打電話給她妹妹陳秋天，「那個，聽說弟弟出車禍了。」陳春天一開口就知道自己說話不得體了。

「我知道。我跟爸爸已經開車準備到台北了。」妹妹那樣說。

「那，你們可不可以順道來台中載我呢！」她不知道自己爲何說出這樣的句子，既然爸爸跟妹妹都要趕去了，少她一個也無妨。（他們又沒打電話邀請她。）

正確說來，不知道有多久不曾接到家人打來的電話了，爸爸媽媽弟弟妹妹，只有弟弟一個人有她的手機號碼（對啊幾個月前弟弟還打過電話來借兩千元），陳春天的爸爸媽媽甚至連她已經搬到台北去住了都不清楚。過年她也沒有回家。

（別管！）

眼前出現的字幕大大這樣寫著。

（不是叫你別管！）

這次還加上了配音。尖細的女高音吼得陳春天腦袋好痛。

但她依然收拾了行李搭上朋友的車子到中清交流道附近的便利商店等待。

那夜在妹妹的車上，許久不見的妹妹陳秋天緊握方向盤，爸爸坐在她旁邊，陳春天坐在後座，旁邊不知道爲什麼擠滿了各種衣物行李使得她身體不自覺地歪斜，她沒有開口，聽著妹妹跟爸爸討論著弟弟的情況，跟弟弟同車的駕駛不斷地打電話來問他們到了哪裡，因爲動手術需要家屬簽同意書，氣氛很緊張但卻安靜異常，凌晨兩點多，氣溫大約只有十度，爸爸那邊開著的車窗一直灌進大量的冷風讓陳春天頭很痛，她沒有搭過妹妹開的車子，跟爸爸同車大概是十年前的事情了，像個隱形人一樣坐在後頭，沒有人跟她說話。

（爲什麼我會跑到這裡來了呢？）

陳春天不斷地搖頭。

好冷。可不可以把車窗搖上來一點啊！

她自言自語。

妹妹好像聽見她的聲音於是把駕駛座的車窗整個搖上來。

還是好冷啊！這次她沒有發出聲音，只是牙齒不斷地喀喀作響。

「窗子壞掉了搖不下來啦！」妹妹突然生氣地大叫，已經到收費站了，車窗打不開，她只好停車然後把車門打開探頭出去將過路費單子交給服務小姐。

（沉默中充滿了指責的氣氛，都怪你，喊什麼冷啊！這下車窗壞掉了。）

陳春天把頭埋得低低的，眞想就此消失不見。

好想上廁所，陳春天突然肚子痛，一緊張就會有這毛病，但是她不敢說，還是忍忍吧！現在是三義收費站，大約再一個半小時就會到台北了。忍忍吧！

時間變得非常漫長。

妹妹把一杯熱咖啡遞給爸爸，「喝吧！這樣精神會好一點，也比較不會冷。」

「你喝半杯吧！」爸爸又把剩下的咖啡遞給妹妹。

沒有人跟陳春天說話陳春天也不跟任何人說話。

陳春天肚子好痛。

忍不住了。

黑暗中的高速公路，滾絞著不爭氣的腸胃繼續滾絞，安靜之中聽見爸爸跟妹妹的交談，陳春天覺得自己好像並不在這輛車子裡而是攀附在窗玻璃上，一直都是這樣的，這個陳春天總是一再重複地出現在她不應該出現的場合，扮演著隱形人的角色。

「等會可不可以下中壢交流道，我想去上廁所。」陳春天小心翼翼地說。

沒有回答。

但不久之後車子轉彎滑下了交流道。

三個人輪流去上過廁所。這期間妹妹好像跟她說了一句話，對了，是一起在洗手檯前碰到時陳春天爲了避免尷尬問了一個蠢問題，「你們要來台北怎麼沒打電話給我？」她自己知道這句完全是廢話，而且充滿了討好的語氣。

「怎麼打給你？我們又沒有你的電話號碼？」妹妹用面紙擦乾手上的水漬，說這話時並沒有轉頭看她。

想不到大家都上完廁所回到車上之後，車子竟然發不動了。

天啊！

好不容易發動之後，妹妹又發現車子的排檔有問題，無法轉進二檔，「這樣怎麼上高速公路？」空氣裡凝結著一種可怕的指責，雖然沒有人跟陳春天說話，但就彷彿這些倒楣的事情都是她引起的，她說要關窗戶，車窗就壞了，她說要上廁所，排檔就壞了，陳春天忍不住掐了自己的大腿，恨自己幹嘛就不能多忍著點偏偏選在這時候上什麼廁所。

隱形人爲什麼要說話。

那是一輛車齡有十二年之久的老舊藍色標緻二〇六，大約五年前陳春天的爸爸原本那輛開了十幾年的舊福特全壘打要報廢了，聽說朋友有這輛中古車三萬元要賣，那時陳春天的女友跟她湊了錢買來給爸爸當禮物的（當然沒有人會覺得那是一種禮物，也不會有人跟她說謝謝）。後來不知道爲什麼轉到了妹妹手裡，後來，又發生了很多不愉快的事情，爲什麼總在不適當的時候想起這些不愉快的往事呢？陳春天猛敲了自己的頭，笨蛋！

時間是清晨四點半，老舊的車子在交流道休息站的空地裡不斷地打轉，一會是妹妹開車，一會是爸爸開車，兩個人輪流試車想要讓車子的排檔變得順利。陳春天對於高速公路的休息站有著許多美好的回憶，那是國中三年每個星期五一家人從豐原開車到嘉義市立體育場外圍的大型夜市做生意，當天來回，眼睛受過傷視力不好的爸爸總是得在回程的時候在西螺休息站睡半個小時，那時大約半夜兩點鐘了，弟弟妹妹也都累得在車子裡睡著，於是媽媽就會帶著陳春天去夜遊，在休息站的一個髒髒小小的荷花池旁邊散步，然後又到休息站的購物中心買霜淇淋吃，接著媽媽就會帶陳春天去一個很神祕的地方跟不知道從哪裡冒出來的小攤販買便當回來給大家當消夜。散步的途中媽媽會把鞋子脫掉，光著腳孩子氣地又走又跳說是在運動，陳春天也學媽媽把鞋襪脫掉，媽媽還說某某地方的石子路是「腳底按摩步道」只要忍著痛走一走就可以消除疲勞，那時候媽媽總是一邊抽著抹了綠油精的黃色長壽香菸，吞吐著煙霧，一邊跟陳春天說著各種在夜市裡發生的趣事，比如說到夜市裡有一個二十幾歲男孩子，看起來好像有些智能不足，所以大家都叫他「空仔」，翻成北京話就是傻瓜的意思，那個男孩子每星期五都在夜市裡乞討，嘉義那個夜市商展場每週一次，是那時候台灣中南部少見的超大型夜市，占地寬敞，攤販有好幾千個，全盛時期一個晚上湧進十幾萬人的盛況非常驚人，大家生意都很好，空仔生意也好，光是乞討一個晚上可以討到好幾千塊台幣，到了十二點多收攤的時候，空仔就會請大家吃消夜，陳春天的三舅舅阿龍仔是嘉義市的角頭，也是這個夜市幾個「圍事」的人之一，所以空仔請客的消夜場子裡多半三舅都會出現，大家就會笑說，這一整桌只有「空仔」跟「阿龍仔」是做免錢生意的，空仔不怕人家笑他傻，他來乞討好像也不是為了賺錢而是貪圖好玩，媽媽形容空仔跟三舅舅喊拳的模樣，說空仔不按牌理出牌的頭腦喊起拳來還常常贏呢！大家喝醉酒了，有時候三舅舅跟空仔兩個人哥倆好似地東倒西歪地又唱歌又比手畫腳地慢慢走在大街上，三舅媽就在後頭罵。

「空仔跟肖仔，死死做一堆好啦。」媽媽嘟起臉學著三舅媽說話的模樣讓陳春天笑出了聲音。媽媽，真是個語言的魔術師啊！陳春天每每看著媽媽說話的樣子都不免心生崇拜仰慕，為什麼無論多麼平淡無聊的事情被媽媽說出來就會那麼有趣呢？其實已經是很疲憊的深夜時分，在媽媽的身邊，陳春天感覺到好幸福。

在那半個小時的休息站夜遊裡，陳春天很少說話，只是跟在媽媽旁邊任由她帶著走來走去，可是那回憶，無論經過多少年，無論陳春天跟家人的關係已經損壞疏離到多麼不堪的程度，那回憶總是揮之不去，甚至是在陳春天無數個失神落魄的夜晚不斷拿出來咀嚼回味的。

中壢休息站，原本以爲是很大的場地，但是要用來試車，設法把排檔不順的老爺車訓練到恢復正常，這空間畢竟還是太小了，於是數十次地，爸爸跟妹妹輪流上下駕駛座，調教不聽話的馬匹那樣地設法要把排不進去的二檔叫回來。

短短兩百公尺不到的距離，就這麼來來回回地反覆，起動，前進，倒車，熄火，又重來。

然後妹妹的手機又響了。

「可不可以等我們到了台北再簽呢？我們就快到了。再一個小時吧！」妹妹跟電話那頭的人說著話，陳春天可以想像那人是誰，出發之前她打了弟弟的手機，來接電話的是弟弟的同學，也就是當時的駕駛，那時候弟弟已經被送進去照X光等檢查了。

「啥代誌？」爸爸問。

「說要照什麼電腦斷層，要先打一種顯影劑，可是那個會影響到腎功能，所以要家屬同意啦！我也聽不懂。如果車子還是不順，我先載你們去搭野雞車好了。」

妹妹的聲音有點顫抖，不知道是不是因爲天氣太冷。

爲什麼偏偏在這樣的時候車子會壞掉呢？陳春天腦子越轉越快，兩個小時之前吃的鎮定劑一點屁用都沒有。爲什麼不幸的事情會一直一直跑出來呢？「我大概是作噩夢了吧！」她再度敲了自己的頭，砰砰砰發出好大的聲音。

「你勒櫳啥？」爸爸突然回頭看她。

陳春天慌忙地把頭埋進大衣裡。這件駝色大衣其實是妹妹的，不久前陳春天回了一趟老家，在頂樓加蓋的那個小房間裡翻找她自己大學時代的日記本，那個房間是這棟三層樓小透天厝裡兩個正常房間其中的一間（所謂的正常房間是有門有窗的那種，陳春天永遠想不透爲什麼爸爸會把這房子蓋得那麼奇怪，三層樓加起來雖然只有二十幾坪，但是格局奇怪得所有來過的人都會大感驚奇）。這房間不屬於任何人，陳春天大學畢業之後回老家住過一陣子，所以裡面留有很多她沒有帶走的衣服跟雜物，後來妹妹大學畢業之後也回家住了一兩年，裡面遺留了更多妹妹沒有帶走的東西（妹妹收集了許多不可思議的東西，從小到大的制服、書包、課本，長大之後各處買來的小擺飾，破舊衣櫥裡有很多用塑膠袋仔細包裝好的套裝大衣，還有三隻貓，因爲沒辦法在租屋處飼養的貓也帶回家了）。陳春天在衣櫥裡看見了這件駝色大衣，塑膠袋上的灰塵堆積厚厚一層，不知道爲什麼她很想要這件大衣，於是她打了電話給妹妹：「那個，那個，我在樓上房間的衣櫥裡，看見——」

陳春天不斷地口吃。

「就是有一件駝色的大衣啦！那個——」

奇怪她怎麼會那麼緊張。

「可不可以借給我？因爲那個，我下個月要去演講需要穿一件大衣——」

沒辦法一口氣說完。

「如果不能借我也沒關係啦我只是問一下。」她覺得好丟臉。

「聽不清楚你在講什麼？」

妹妹只說了這麼一句。

然後陳春天心虛地把電話掛掉了。

媽媽在一旁好像聽見了，「反正她放著也沒在穿，你想穿就帶回去吧！」

跟陳春天一起回去的朋友說：「其實你沒講你妹妹根本不會發現。」

不過是一件看起來絕對不會超過兩千元的舊大衣，陳春天不是買不起，只是心血來潮打個電話，其實她在意的根本不是那件大衣，她只是想要「試試看」而已。不知道自己到底在「試個什麼東西」，就算妹妹把這件大衣借給她，或者突然爽快地說要送給她，又代表什麼呢？妹妹不想跟她講話的狀態已經持續好幾年了，到底是因爲什麼原因她自己根本都不清楚那要怎樣才能修復呢？從小到大，妹妹想要的東西陳春天從來都是毫無吝惜地全部送給她了，那種慷慨甚至讓妹妹調侃過她：「你這人眞的很不會愛惜別人給你的東西。」因爲那有許多是陳春天的情人送給她的禮物，懂事之後，陳春天的身邊總是圍繞著各種對她好的人，尤其是上了高中之後，朋友啊情人啊追求的人啊，常常會送她許多許多東西。她們姊妹倆自小無話不說，每天下課回家陳春天頭一個就是找妹妹講話，常常在床上一講話就是一整夜，陳春天暗戀的人、交往的對象，來追求她的人，或者身邊親近的女生朋友跟她之間的互動，什麼雞毛蒜皮的小事都要告訴她妹妹。她們倆相差四歲，但是長大之後無論模樣身材越來越相像，尤其到陳春天上大學妹妹上高中之後，兩個人都蓄著長髮，有人說從背後看起來簡直是一模一樣，只除了妹妹稍微比她高大一些。只要是可以帶著妹妹的場合，陳春天去哪兒都帶著她妹妹，連跟男朋友約會也是一樣，安靜而羞怯的妹妹，跟這個看起來活潑好動的姊姊有著相似的嗜好，所以只要是妹妹喜歡的，或者是陳春天自己覺得妹妹會喜歡的任何東西，都毫不心疼地送給妹妹了。

那其中可笑地包括了她的初戀男友，是的，至今想來仍會使她覺得難堪不安的，她把男朋友當成禮物送給妹妹了。這個看似慷慨大方的舉動或許更加讓人以爲她是個寡廉鮮恥的無情之人吧！陳春天常常裝作一副什麼都不在乎的樣子，這樣看起來一定很討人厭，但是，她很想解釋清楚，自己並非什麼都不在乎，只是她在乎的事情跟別人不太一樣而已。正確地說，是陳春天在乎東西的方式看起來很怪異，她無法用別人覺得對的方式表現她的在乎，她無法「在乎」人們覺得「她應該在乎」的事物並且用正確的方式表達她的「在乎」，於是看起來她就是個「傲慢」的人。啊啊啊！越想頭越痛，或許不是這樣，陳春天一直無法分辨「別人」到底是怎樣看待世界的，整個成長過程裡因爲這樣吃了很多不必要的苦頭，遭受過很多毫無來由的惡意，到後來，甚至連她最在乎的妹妹都討厭她了。

更或許，陳春天從頭到尾根本就做錯了，當她發現自己的男友偷偷在跟妹妹交往的時候，她應該做的不是假裝大方地說，那我們分手吧！立刻跟那男人切斷了關係，在妹妹面前假裝沒有發生任何事情那樣瞎混過去，她應該要做的其實是跑去跟妹妹好好談一談，看看妹妹到底想要怎麼樣做？或者是三個人好好談談，之類的。但是她沒辦法，陳春天這個人，無論碰到任何事情，總是鴕鳥一般地把頭埋進大衣裡，她只要一想到要去跟妹妹談到關於這個男人的事情就嚇得全身發抖，因爲眞正使她害怕的是，「妹妹到底會怎麼想呢？會不會覺得很尷尬啊！會不會以爲自己是要來興師問罪的呢？她要如何讓妹妹知道她根本不在乎，她根本就不會責怪妹妹或是那個男人，因爲她知道那根本就是沒有任何人做錯事情而只是一件陰錯陽差的荒謬劇而已。」無論用什麼方法來解釋，陳春天都想不出一種不會讓任何人覺得尷尬的方式，於是就逃避了。然後，比她所能想到更不堪的事情就接踵而至了。

反正她就是個笨蛋，沒別的話好說。

陳春天總是在討好她的家人，總是把各種東西當成可以討好家人的禮物雙手奉上，無論在小時候或是長大之後，無論是大家還關係密切的時候，或是已經斷裂的時候。她那種用金錢禮物來討好家人的作爲，不知道多少次讓她痛恨自己。

結果，鬼使神差地，這個晚上，她身上竟然就穿著這件該死的駝色大衣。她一上妹妹的車就後悔了。或許一切都是她自己想像出來的，根本沒有人討厭她或是排斥她，她那麼害怕全部都是因爲心虛的緣故。

而且啊，她有著不爲人知的神經病呢？誰能確定她所想所看所體會感受到的，是否眞實？

陳春天突然有一種興奮的感覺，所以或許從一點半接到弟弟的電話開始，這一連串噩夢一般離奇的事情，包括現在車子在中壢休息站拚命打轉無法順利運轉的時刻，所有的一切，都是陳春天因爲吃了太多藥物所產生的幻覺吧！又或者只是她在失眠的夜晚胡亂轉動的腦子裡躁動想像出來的離奇情節，「這些都不是眞的喔！」

她輕聲地說著。

（醒來。）

（不要做夢了快點醒來吧！）

無法聚焦的視線散裂得更加厲害，陳春天的腦子裡哄鬧著更多更多喧雜的話語，她既興奮又錯亂地望著前方的爸爸跟妹妹，禁不住伸出手去揮舞著那畫面像要揮散一種不祥的煙霧。

消失。

她念著咒語。

不存在的虛幻的事物，無論是想像的，虛構的，是幻覺或是幻視幻聽。

統統消失吧！

然後一個清晰的聲音將她拉回了現實。

「沒辦法了。」

是妹妹的聲音，陳春天的心整個揪成一團，哇！沒辦法了這是眞的。從剛才到現在發生的事情全部都是眞的。哎！

「沒辦法修好了啦！爸爸，我們直接開上高速公路吧！只要在高速公路上應該沒問題，進市區之後如果拋錨再說吧！」妹妹說。

「趕時間只好這樣了。」爸爸接著說。

陳春天在心裡小小聲地呢喃，「就試試看走吧！總不可能一直那麼倒楣。」好像只要有她在場的地方都會發生很多可怕的事情，雖然她根本不確定那到底跟她有沒有關係。

接下來的一個小時時速一直維持著一百公里左右，經過收費站時必須停下來，「打開車門」拿出繳費單（這時候陳春天都會很緊張，妹妹用力關上車門的聲音總像是在打她的頭）。還好停車之後也慢慢順利地恢復到正常速度了，車子莫名地發出巨大的聲響，但依然在高路公路上奔馳著。

氣溫越來越低，綿綿的冷雨也逐漸地加強變大，好不容易到了台北市，卻不知道台大醫院在什麼地方（這時候指責的氣氛又來了，住在台北一年多，陳春天依然無法告訴他們台大醫院該怎麼走，她只會搭捷運跟公車計程車啊！而且又是個路癡）。爸爸跟妹妹輪流下去問了幾次路。

五點三十五分的時候，看到了「急診室」三個紅色大字在清晨的微光中閃爍，終於到了台大醫院。那時大雨傾盆，下車後一路直衝到達急診室大門口，他們三個人都淋了滿身濕透。

【第三章】

幸福

計程車停在一個狹窄的巷弄前面，陳春天下了車，是個飄著細雨的夜晚，巷口有幾個男人坐在烤香腸攤子前面的板凳上一邊抽菸一邊擲骰子，入夜的空氣裡彌漫著烤香腸發出的甜腥味跟炭火氣息，骰子扔進大碗公裡一連串的清脆聲響，「十八啦！」男人的吆喝，以及陳春天的高跟鞋經過泥濕的路面時鏗鏘的音調。

巷弄裡接連著四家小店，都散發出粉紅色的霓虹燈光，老舊的房子屋簷低垂滴答答不斷有雨滴滑落，「人客入來坐喲！」三兩個穿著俗豔暴露的女子吞吐著煙霧招攬客人，「少年仔入來啦！包你爽喔！」還有看似三七仔的中年男子一臉猥瑣地望著陳春天獰笑著說：「小姐你眞水ㄋㄟ！」。

到底是哪一家店呢？是「野玫瑰」還是「迎春閣」？是「夜來香」還是「金牡丹」？陳春天在這四家無論外觀或內容都看不出有何不同的店門口楞住了。

好冷。

撥落頭髮上的雨水，她在「夜來香」門口停住了，「請問，有一個叫做Yukiko的人在這裡嗎？」陳春天向門口的女子詢問。

「小姐你找Yukiko要欉啥？」那女子面容粉白塗了豔紅的唇膏，說話的時候一直打量著陳春天的衣著。

「我是伊的查某仔。」陳春天視線停留在女子鞋面繡著金蔥線的高跟涼鞋上。她不敢抬頭。

女人對著陳春天吐了一口煙霧然後嬌扭著身體轉回頭發出比原本說話還要嬌嗔的尖嗓子喊著：「Yukiko啊！恁查某仔來找你喔。」

「眞正看不出來Yukiko竟有著這麼人漢的查某仔啦！」女人嘀咕著這句話然後領陳春天走進了屋內。

比想像中還要低矮狹窄的舊房子，彌漫的煙霧讓陳春天睜不開眼睛，角落牆上掛著的一個竹籃裡裝載著不知名的神像，旁邊兩隻紅色燈泡瑩瑩閃爍，屋裡傳來細碎的各種人聲交談，迎面走來一個身材矮胖的中年女子，「阿妹仔你先稍等一下，Yukiko有人客。」拉了兩張板凳到陳春天面前，一張她自己坐下，一張推給陳春天，「先坐一下，阿猴耶，阿猴去泡茶來給這位阿妹仔喝。」話才說完就有個瘦高的男子倒了一杯茶水端來陳春天面前。

「喝啊！會嘴乾嗎？Yukiko的女兒生成這麼古錐喔！」男子趁機摸了陳春天的手。

她握著溫熱的茶杯手掌發燙顫抖。陳春天突然很想拔腿就跑。

爲什麼要來這個地方呢？她自己並不清楚。但是雙腿發軟無法起身離開這張坐著令人不舒服的冷硬板凳。

眼角四下搜尋，不到三坪大充作接待客廳的空間裡坐著幾個女人跟男人，還有些人站著，使得原本狹小的空間越發窄緊逼人，屋裡溫度很高，陳春天幾度想要脫下身上的厚重毛料大衣，許多人的眼光在她身上搜索，彷彿她是前來臨檢的警察，或是意外闖入的觀光客。

這是個不知名的地方。

會不會是小時候常常經過都得加快腳步離開的那條豐原的「後菜街」呢？陳春天並不知道。

收音機裡播放著她再熟不過的日本歌曲〈蘋果花〉。

「阿妹仔你可以進去了，後尾算來第二間就是啊！Yukiko在內裡等你。」矮胖的女人對她說，手指比著黑暗的後面像是房間的地方，有一個穿著汗衫的老頭子走了出來。「林桑今仔日有盡興否？要記得擱來交關喔！」女人半迎半送地親暱扶著老頭子的手臂走了出去。

陳春天凝望著女人手指比著的那個方向。

其實並不是很遠的距離但她花了很久的時間才有辦法走到，一共四個房間門口都掛著彩色的塑膠珠簾和一只小小的紅燈籠，微弱的燈光在這細長的走道上曖昧地閃動，在陳春天蹣跚不穩的步履中還聽見清晰的喘息和呢喃淫穢的話語，倒數第二間房間的門半敞著，彷彿要迎接她的到來那樣，突然被一陣風吹動，那房門緩緩地完全張開了。

兩個榻榻米大的房間，陳春天站在那敞開的房門口往裡面望，看見屋內靠裡木板架高的地方鋪有紅色床單的單人床墊，摺疊好的紅色棉被堆在一旁，門邊有個木製的小梳妝檯上有些瓶瓶罐罐跟幾包衛生紙，房內一股潮濕混濁的氣味傳來使她一陣暈眩。

簡陋單調的小房間裡面並沒有叫做Yukiko的女人。

根本空無一人。

陳春天傻站在那房門口。

媽媽去哪兒了？

所有的景物都單調而重複，陳春天一直看著那僅有的幾樣家具擺設發呆，這裡一點眞實感都沒有，連腳踏著的水泥地都像是假的，從走進這巷弄裡發生的一切彷彿像是畫片般一張一張陳列在她的眼前，快速地一張翻過一張，然後停格在此地。

前因後果都無法明瞭，突然她就站在這個房間前面了，腦子裡只有一個訊號，陳春天皮包裡帶了很多錢，要來贖回她的媽媽。

「阿春，你哪會走來了？」有人喊她。

她回頭。喊她的女人手裡拎著一個紅色的小臉盆，穿著紫色碎花洋裝，樸素典雅的面容在暗黯且泛著矇矓紅色粉色微光之中，搖曳著一種好清麗的香味。那是陳春天的媽媽啊！

眼前的媽媽大約只有二十五歲，是剛從工廠煮完晚飯回到家趕著做晚餐，一手還拎著菜籃子，迎接從屋裡面跑出來大叫著「媽媽！阿春肚子好餓！」撒著嬌滾進懷裡幼年陳春天的那個年輕的母親。

怎麼回事？到底是怎麼回事？

突然間陳春天發出了持續高拔的喊叫聲。

她被自己喊叫的聲音驚醒。

在黑暗中，無法分辨此時是何時、此身在何處，她只是不斷不斷地狂叫著。

等到她終於知道是作了一場夢，已經是天完全亮了的時候。

這是陳春天大學時代起經常出現的噩夢之一，時間地點內容總不相同，相似的是那情景，因著某種原因陳春天總在夢境裡穿過雨濕的街頭進入一條暗巷，在各種酒家娼館茶室裡尋找她的媽媽，每回夢裡醒來她總是淚流滿面，眞實生活裡陳春天並未曾做出任何「拯救母親」的舉動，夢裡呈現的是她哪一個部分的潛意識呢？她想起以前接受精神分析治療時醫生說過的話，她過去所累積的傷痛總以各種形式出現在夢境裡，於是在許多個噩夢醒來的清晨時分，她坐在床上發呆，無法分辨夢境與眞實之間的差別，陳春天只是靜靜坐在床上流淚。

料想不到的是，二〇〇三年陳春天眞的走進了那樣的巷弄裡，那竟與她夢境出現的場景幾乎相仿，位於大同區的老舊房舍，是昔日的娼館，因爲一場選舉，廢棄的娼館成了競選的辦公處，陳春天曾熱情地參與，爲那個工運出身、因台北市政府廢除公娼而帶著一群公娼阿姨到處陳情抗議，以妓權、「支持性工作合法」爲選舉理念的候選人助選。

陳春天第一次走進那條巷子，「春鳳樓」，小小的屋子擠滿了人，大家都在做宣傳的道具，七彩的氣球上寫著簡單的標語，畫著各種圖案，有人給她介紹誰是誰，像認識朋友那樣認識工作夥伴。幾個穿著樸素的婦人忙碌著煮食晚餐，朋友告訴她那些都是以前的公娼阿姨，都是些年長的婦人了，對陳春天好親切，有個短髮的阿姨叫做麗君個子小小的，其實跟媽媽的樣貌絕對不同，比較像是阿嬤，性格活潑豪爽，掄著大鏟炒大鍋菜姿態甚是不凡，但陳春天一見她就有好感，那時她還沒想起是為什麼，只是莫名地想親近她。一回陳春天在摺疊宣傳單，麗君阿姨在一旁坐著，剛掃街拜票回來，阿姨一下一下用手捏捶著自己的肩膀，其實不熟，陳春天走過去問她：「阿姨，我幫你按摩好嗎？」麗君阿姨點頭說好，陳春天捏捏揉揉阿姨的肩頭，筋好緊，一定是壓力太大又睡眠不足，以前在電視新聞看見麗君阿姨帶頭衝鋒陷陣，雖然面容遮蓋著，卻可以看出那種激昂的信心，「卡大力勒啦，攏沒感覺。」阿姨說，陳春天喉頭一緊，這句話好像在哪聽過，是媽媽吧！以前每次幫媽媽按摩也是這樣，都說陳春天力氣小，乾脆拿把榔頭來用力捶捶才過癮。

陳春天是個容易彆扭的人，在這樣的團體生活裡總是不知道自己該在哪個位置，又經常是恍惚的。但她還是常去，她心裡相信著什麼，知道這些人努力爭取的，跟她並非毫無關係，那不只是理念而已。

選前一夜，在小公園的造勢晚會，來自其他國家的性工作者有各種打扮，美麗的性感的前衛的，看得人目不轉睛，也有台灣的其他工運團體同志團體，唱歌跳舞，詼諧搞笑，陳春天還穿上性感衣服頸子上圍著羽毛裝飾扮作一個紅包場歌手的舞群，微雨的夜裡，一場一場的節目，說理的、搞笑的、感性的，什麼都有，隔天要選舉了，都知道錢少資源少議題又禁忌，當選機會多麼渺茫，來參加的人都是義工，出錢出人勞心勞力，幾個月的時間下來連不熟的人都有了革命同志情誼。

節目尾端，麗君阿姨上台唱歌，歌名叫做〈幸福〉。

你若問我什麼是幸福，叫我怎樣講；阮若是千金小姐，好命還嫌不夠。
你若問我什麼是人生，叫我怎樣回；阮不是在家閨秀，幸福要叼位找。
啊啊啊阮是野地的長春花，幸福是風中的蠟燭，咱要用雙手捧。
啊啊啊阮是野地的長春花，人生是暗夜的燈火，帶咱行向前。
雖然是乎人看輕，走到這條路，阮嘛是飼家賺吃，有什麼通見笑。
紅燈路頭街巷，暗暗孤單行，哎喲換來一家的吃穿，我的人生喲。

不是專業歌手，阿姨甚至搶了節拍，蒼涼喑啞的聲音，隨著雨絲落下，台下的群眾不約而同地安靜著，彷彿心都被揪住，幾乎是再多幾句眼淚就要奪眶而出。陳春天在人群裡倉皇失措，唯恐人們看見她不斷落下的眼淚，她把臉埋進手上的選舉傳單，走到一旁去抽菸。

久遠的往事在阿姨的歌聲中回來了。

「搭啦哩拉拉，一百拉。」媽媽掄起麥克風放聲這麼一喊，大家都笑了，這句台詞是當時最紅的電視節目「綜藝一百」主持人張小燕的口頭禪，也是最近陳春天的媽媽在夜市的拍賣場上賣衣服時常用的開場白，媽媽故意用台灣國語這樣大聲喊著，身上穿著今天要主打拍賣的衣服，陳春天站在媽媽旁邊，她身上穿的是一件印有E.T.（不久前才大大轟動上演過的美國電影裡可愛的外星人）圖案的T恤，這也是今天的主打衣服，最大的賣點是E.T.那顆招牌大頭上兩隻怪怪的大眼睛其實是兩顆燈泡，按下旁邊的開關就會一閃一閃發出紅色的燈光，媽媽身上那件則是掛滿了星星般的圖案（如果是二〇〇〇年以後的現在應該會是某種星座圖案但當時還未流行那個），也是小電燈泡發出光來亮得嚇人。

這次光是電燈泡衣服就批了五百件，進貨價一件一百五，賣一件兩百九兩件五百元，賣一件賺一件，陳春天的父母可樂翻了。

「大家一定嘸曾看過這款會發光的衫對否？」媽媽又喊了，台下的觀眾很聽話地大聲回答，「對啦！」

「這款衫大人囝仔攏總可以穿，穿上去金光閃閃瑞氣千條，查甫穿落一定勇，查某穿落一定水，囝仔穿落ㄟ考第一名，老人穿落乎你活到吃百二，恁看我這個小阿春，穿到這件衫每回考試攏嘛第一名。」

「甘那這套會發光的系統，」媽媽刻意用了系統兩個北京話，「這種複雜的系統，落水洗攏不免驚會漏電，照洗照穿，看你要按怎搓按怎揉，洗好以後甘那新的一樣讚。」

其實連陳春天都知道，這個電燈泡衣服下了水一定壞掉，但媽媽就是有辦法讓來買的人相信她。媽媽仍在那兒搬演她臨時想出的一套說辭，客人已經開始搶貨了，沉默的爸爸就在旁邊負責不斷地把新貨從裡面拿出來，陳春天負責打包收錢，媽媽則負責表演。

長大之後陳春天成爲一個小說家，也有許多次在新書發表會或是某個座談會上發現自己那種表演性格，彷彿被媽媽附身似地，口無遮攔地說出連自己都會驚嚇的話，一點都不像是個平時孤僻地躲在房子裡的人，那種大膽、狂妄、自信，像催眠術般把一套連自己都無法確定的觀念不斷重複地用各種方式傳達給聽眾，她是那麼談笑風生、葷腥不忌，她的讀者都好愛她。

而夜市裡的客人都好愛陳春天的媽媽，「大姊頭在畫唬濫啦！」客人都這樣笑她。「我甘有?恁講，大姊頭啊我甘有在畫唬濫？」媽媽握著麥克風對著台下擠得水洩不通的人群喊著。「有啊！」客人都好乖地回答。可是買衣服的人潮沒有斷過，客人買了還不走，盡在台下等著看大姊頭還會變出什麼花招，好像在看秀場表演，買衣服只是附帶條件，是入場券似地。

「對啦對啦，大姊頭愛畫唬濫，人講台灣錢淹腳目，大姊頭無給恁騙，台灣頭走到台灣尾，看恁去哪兒找到這種會發光的衫，穿起來會水擱會金光閃閃，水到會倒彈，找有你拿來退錢，找到一件退五百。」「這啦，這啦，這給它按下去，全身軀光閃閃，水咚咚，嗆卡乎你抓不著。」

媽媽還在那兒講，陳春天光是包衣服包到手軟，星期六的晚場，整條復興路夜市就是他們的店人潮最多生意最好，對面的女裝店老闆娘壯得跟條母牛似地，瞪著大眼睛看著他們家的人潮，好像恨不得把她媽媽給殺了。

陳春天許多年的寫作生涯都設法想要捕捉媽媽那種神韻跟丰采，想要用文字語言再現當年那個夜市大姊頭武場表演時說學逗唱的精華，那種國台語夾雜，唬濫，說笑，時不時還會來上一段國語台語流行歌曲表演，再加上時下最流行的綜藝節目橋段，單人相聲似地抖包袱，一包抖過一包，無論媽媽說什麼，客人就是愛聽，只要人潮往這兒走來，媽媽就有本事要他們把腳步停留在攤子前面，然後乖乖掏出錢來買衣服。

「人來瘋」，陳春天長大後知道那純粹就是人來瘋的性格，因爲她自己也是這樣，即使媽媽過一會就得喝上一瓶康貝特跟一罐伯朗咖啡，再晚一點可能就會癱倒在椅子上，得叫隔壁的「劉小兒科」診所的醫生過來給她「注一筒」不知道是什麼鬼玩意的營養針，但只要人潮還在，媽媽就絕對不會顯露出一點點軟弱，她就會挺直了腰桿賣力地扮演那個丰姿萬千的夜市天后。

正如成年後的陳春天，許多次從那擠滿了一整間書店的讀者書迷裡簽完名走到洗手間的時候，根本不知道自己剛才到底講了什麼，頭腦空洞得幾乎立刻要倒地不起，但只要人群還在，她臉上的微笑跟嬌甜的聲音就絕對不會顯露出一點點脆弱。

媽媽扮演著鄉土版張小燕成爲拍賣會場上人人風靡的「夜市天后」的時候陳春天十四歲，正在讀國中二年級。媽媽離家好幾年一直都住在台中市區賺錢，她跟爸爸弟弟妹妹住在鄉下老家，只有假日時媽媽會搭車回豐原跟陳春天他們在服裝店碰面，來幫忙賣衣服，其實他們那個服裝店簡直不算個店，只是加了鐵皮蓋子的攤販，狹長的鐵皮屋分成兩半，一邊是賣皮鞋的阿伯，那時候房租兩萬元台幣。

農曆春節前最緊張刺激的拍賣會場，倒數三天，從農曆十二月二十八日到除夕夜，豐原市復興路夜市中段那家連店名都沒有的小小鐵皮屋擠滿了人潮，整條復興路的人群擁擠而沸騰，陳春天跟爸爸媽媽站在搭高的台子上凝望著幾乎無法移動的人潮在眼前翻滾，千百件衣服不斷不斷變賣成現金，媽媽台中的幾個朋友來幫忙，有模樣酷似日本當紅偶像中森明菜的小雨阿姨（她十八歲時真的曾經到日本好幾年，講得一口流利的日語，白皙圓滾的蘋果臉、滴溜溜的大眼睛、紅潤小嘴唇、潔白的兩顆小虎牙、嬌小豐滿的身材等等，幾乎就是從電視機裡走出來的中森明菜翻版），另外兩個是綽號大隻跟小隻的黑白姊妹花，姊姊「大隻」一頭大波浪咖啡色長鬈髮，黝黑結實的皮膚、削瘦的臉頰、細長眼睛、大剌剌的笑容，薄嘴大唇展露出不整齊的牙齒，人們都說她好像「歐陽菲菲」，相較之下妹妹「小隻」白淨漂亮多了，她總是斜睨著一雙彷彿永遠看不清楚的矇矓大眼睛，因爲長期抽菸喝酒而沙啞的聲音依然那麼嬌嗔，即使盡量穿上不起眼的襯衫牛仔褲還是遮掩不了的豐潤妖嬈好身材，如果一定要拿某個明星來比喻，那她就是迷幻版的歌壇妖姬「崔苔菁」。陳春天看著這幾個「阿姨」在擠滿了客人的小鐵皮屋裡揮汗如雨地幫忙打包招呼客人，好恍惚，爸爸其實不喜歡這些阿姨來店裡，但是每年過年前這種人滿爲患的情況也只能接受媽媽的安排讓這些阿姨來幫忙。小雨、大隻、小隻三個阿姨是媽媽的室友，媽媽離家到台中去「上班」那幾年裡來來去去的室友非常多，但跟媽媽感情最好的就是這三個阿姨，這些平時除了抽菸打牌上美容院洗頭做臉什麼都不會的阿姨，來到陳春天他們店裡就成了媽媽的助手，每天花幾百元搭計程車從台中市到豐原來，在店裡面跟著那些男女老少擠來擠去，幫忙倒茶水、收貨、找錢、注意有沒有扒手小偷，一整夜下來弄得香汗淋漓灰頭土臉，也不見她們抱怨，頂多是三個人會同時突然消失不見，等陳春天發現才知道她們躲在小小的簡陋加蓋廁所裡抽菸聊天。

那樣的時候，媽媽在台中的生活被偷渡到這個忙碌的夜市裡隱約地顯現。

陳春天的媽媽。大家都說媽媽在舞台上好像「鳳飛飛」。

一道彩虹，帽子歌后，不斷變換的帽子長褲裝扮，帥氣、風趣、瀟灑美麗，台語國語歌都唱得極好，當時跟許不了、方正、張菲等人主持過無數膾炙人口節目的鄉土歌后鳳飛飛，陳春天那彷彿有無數張面孔的媽媽其中一面就好像鳳飛飛，那是除了說故事的媽媽之外，陳春天最最迷戀的媽媽形象之一。天啊經過那麼多年，即使陳春天已經大學畢業許多年了，只要在任何場合聽見鳳飛飛的歌聲都還會覺得一陣悸動，那時候每年的金鐘獎會頒發「最佳女歌手」，總是鳳飛飛跟甄妮兩個人相持不下，正好是過年的時候，陳春天好想看那金鐘獎頒獎典禮的實況轉播，當然她一定要鳳飛飛得獎，媽媽跟她都會好高興。

終於撐到了除夕夜，小雨阿姨圓滾的臉都忙瘦了，小隻阿姨的妝也化不上了顯露出長期濃妝底下早生的細紋，只有大隻阿姨跟媽媽還可以神采奕奕地繼續苦撐下去。晚上六點鐘，那時街道突然淨空了，像變魔術似地突然間都沒客人了，那是除夕年夜飯圍爐時間，客人都跑回家裡吃飯去了。依照慣例，八點之後，領了紅包的小孩子高高興興地拖著爸媽出來逛街，人潮才會逐漸出現。

那樣的空檔時刻，陳春天年幼的弟弟妹妹陳秋天陳冬天會忙著準備過年的事情，三個阿姨夥著對面男裝店的白狼叔叔在店裡弄張小桌子打起麻將，爸爸趁著客人離去的時刻趕緊去位於鹿寮的批發中心補貨，媽媽則是叫來隔壁劉小兒科的劉醫師過來給她打營養針，提著吊點滴的玻璃瓶還忍不住要抽菸到處走來走去的媽媽，有時會過去跟她們「插花」湊一腳，陳春天則是怪裡怪氣地在這凌亂的店面裡慌亂地走動著。

今年鳳飛飛會不會得獎呢？陳春天揣想著，媽媽會不會讓她去隔壁看電視轉播呢？大年初一初二還要不要幫忙賣衣服？不知道她的國中同學阿慶會不會到店裡來找她玩？她喉嚨很痛，突然安靜下來的屋子讓她幾乎待不住，隔壁精品店的門口「套圈圈」攤子如期地從彰化跑到這裡來擺攤了，排成階梯狀的一排又一排從最小到最大、當作獎品的瓷娃娃開始一個一個地上架了，再過去一點是「撈金魚」的遊戲攤，然後逐漸地，賣各種年節應景物品的攤子一攤一攤地出現了，連乞丐都來了，賣糖葫蘆棉花糖的阿伯推著腳踏車經過他們店門口，妹妹跑去買了一枝跟弟弟分吃著，陳春天從小就不愛吃糖跟甜食，她最喜歡的是她的國中同學阿慶跑來找她，表演一手套圈圈的好功夫把陳春天最想要的大隻瓷娃娃套中給她當新年禮物，今年好奇怪阿慶就是怎麼都還沒看到人影。

擔心的、期盼的、惶恐著的事物紛紛來到她眼前，太忙亂了而空檔休息只有兩小時不夠陳春天反應思考。

「大隻仔，你等會把阿春她們三個一起帶回去台中過年，要記得明天帶她們去北屋百貨買新衣服，我過幾天就回去。」媽媽突然走到陳春天身後推著她的身體到麻將桌旁這樣對正高聲喊著「我碰！」的大隻阿姨說話。

「收攤了收攤了，阿春跟阿姨回家去。」小隻阿姨不顧眾人的反對，豪邁地一把將桌上的麻將統統推倒站了起來，也不管一圈根本才打到西風還沒打完。

像得到什麼獎賞似地，陳春天還來不及反應的時候已經跟三個阿姨和弟弟妹妹擠進計程車在前往台中市進化北路的「敬華大飯店」的半途中了。

媽媽知道她，時間算得好準，推開「三〇二六」的房門迫不及待地打開電視機，時間正好是九點半，金鐘獎頒獎典禮開始進行。媽媽知道陳春天想看「鳳飛飛」。

鳳飛飛今年還是得獎了，看到她一身白色褲裝、圓盤大頂帽子、一派瀟灑地走上台前領獎，「感謝您！」仍是那一句瀟灑帥氣而調皮的口頭禪，台下觀眾大聲喝采叫好，陳春天的眼淚幾乎要狂飆出來，那一定不只是因爲鳳飛飛得獎的緣故，也不只是因爲媽媽眞的好像鳳飛飛，還有好多好多什麼東西七零八落莫名地哽住了陳春天喉嚨讓她心酸疼痛，敬華飯店的大套房裡住著媽媽跟大隻阿姨，隔壁是小隻阿姨跟她的男人阿正，再隔壁是小雨阿姨跟她的日本乾爹，這彌漫了胭脂香水菸味酒臭的套房裡隱藏著陳春天的祕密，是的陳春天知道，儘管並沒有人告訴她，即使大家都刻意設法隱瞞著掩飾著，那麼清晰顯而易見的不爭事實正攤在陳春天的面前，她知道媽媽離家之後到台中去上班，上的是什麼樣的「班」，她媽媽是個「賺吃查某」，那是償還大筆債務最快速有效的方式。

陳春天哼唱著鳳飛飛的得獎歌曲〈掌聲響起〉，她知道，那個復興路夜市武場拍賣會上無人不知無人不曉的「大姊頭」，走下了賣衣服的舞台，回到她台中的住處就成了風塵裡一朵浪蕩而孤單的野花。

家裡負債之後媽媽離家了，好幾年的時間，陳春天寒暑假都會帶弟弟妹妹到媽媽的住處，不知道弟弟妹妹是如何看待爸爸媽媽沒有住在一起的事情，他們沒問，陳春天也沒有回答，即使有人發問了她大概也不會做任何回應，弟妹兩個總是安靜乖巧得令人擔心。

陳春天怎麼會不知道，雖然她只是個小孩，自小，她就懂得了許多小孩子不該知道的事。那幾年媽媽老是在搬家，每隔一陣子到台中去，媽媽就換了住所，但無論是飯店賓館還是出租的小套房、大公寓，那氣氛總是相像，媽媽那幾年都留著法拉頭，到台中時大家都叫她「文文」，屋子裡來來去去的各種男人，有些還會給她們姊弟零用錢。小雨阿姨最喜歡抱著弟弟，每次抱了都會哭，也不管陳春天還是個孩子，就對她訴說自己悲慘的遭遇，說她十六歲那年被繼父強暴，生下一個男孩，後來被她的男友五萬塊賣給一對醫生夫妻，一回媽媽跟小雨阿姨帶著陳春天搭計程車去一所小學偷看那個小男孩，好俊的一個孩子，小雨阿姨哭得不成人形，媽媽也哭了。

還有，小隻阿姨吸強力膠，一吸就吵鬧，大隻阿姨就不客氣地跟她打架，小隻阿姨經常拉著陳春天上街，嚇死人地亂買東西，有時晚上睡不著，陳春天聽到客廳有奇怪的聲響，跑出去看，小隻阿姨全身光溜溜在客廳裡轉來轉去，看見陳春天就抱著她猛親，那是陳春天對女人豐滿的身體第一次感覺到奇異的興奮，小隻阿姨揉弄她的方式讓陳春天臉紅心跳，她不敢直視那個美麗猶若鬼魂的裸體。在許多年之後陳春天第一次描寫女人之間的愛慾才知道自己寫的就是童年時那些奇異的夜晚所見到的小隻阿姨。

好多好多，來來去去的阿姨，那些阿姨身邊的孩子，男人，像奔騰的走馬燈一幅一幅畫面轉動。國中時媽媽的房東沙莉阿姨有三個女兒，老大名叫如冰跟陳春天同年，彷彿冰雪雕刻出的完美面容，總是把自己關在房間裡，幾乎不說話，那時候沙莉阿姨的男友出獄了，大剌剌在屋子裡橫行，對沙莉阿姨又打又罵，一次陳春天看見如冰拿著菜刀衝到那男人面前作勢要殺人，她永遠不會忘記森冷的刀刃反射出如冰那絕望而冰冷的殺氣。

許多年後，媽媽回家了，阿姨也都不來店裡了，就像是一個默契，爸爸一刀切斷了媽媽跟阿姨之間的關聯。媽媽有時會叫陳春天偷偷打電話給小雨阿姨，問問大家的近況，小雨從酒店做到賓館又做到了泰國浴，一日不如一日地逐漸下墜，大隻阿姨做生意去了，開了家精品店在台中，沙莉阿姨再嫁，如冰考完高中聯考沒有考上省女中，自殺未遂，聽說精神崩潰一直住在醫院裡。那時陳春天覺得好自責，多希望自己可以把那名額讓出來。還有其他阿姨種種變化，媽媽一直叨叨念念卻始終無法跟她們聯絡。一天家裡電話響起，不可思議的竟是小隻阿姨，她說要結婚了，對象是個開牛肉麵店的老實人，「大姊有空來店裡坐坐啊！」小隻阿姨說話的聲音聽來有一種樸素的安穩，媽媽笑了，「以前扒糊仔扒得不知人事，現在還會跟人賣牛肉麵啊！」媽媽的笑聲好爽朗。

都遠去了，卻一直在陳春天心裡埋伏著，那些往事，她始終沒有正面與媽媽對話，卻不斷出現在她往後的作品裡，在她的生活與夢境之中，來回浮現。

微雨的冬夜，選舉結束了，比想像中更低的票數開出，工作夥伴還是辦了謝票晚會。在舊娼館的巷子裡，陳春天穿著那件鵝黃色性感小禮服端著茶水點心招待來幫忙的支持群眾，在人群裡穿梭，競選總幹事正拿著麥克風說話，年輕的臉龐奔馳著淚水，大家都累了，辛苦那麼久，做了那麼多，都知道難以撼動得了現實殘酷的社會一絲一毫，可台下那些公娼阿姨，那些失業的工人，那些才踏出社會仍滿腹理想的學生，那些風霜的面容，那些四面八方而來的朋友，甚至有人揮舞著因爲工作傷害而截除的斷肢，那些教人無法轉過頭不看的每張臉孔訴說著希望。

不知道爲什麼陳春天被叫上台要說些感想，她說著年輕時參加學運的往事，說些感人的、激勵人心的話語，但其實還有更多沒說，不能說。放在心裡慢慢沉澱累積已經很久很久。

她心裡眞正想說的是，第一次走進這個巷弄就像回了家，看見那些阿姨就像看見了媽媽，雖然，媽媽從來也不是在這樣簡陋的地方營生，雖然，陳春天從來也不曾見過媽媽工作的模樣，媽媽是風塵裡開出的一朵小小的花，取名叫做幸福，但從來都不幸。

站在舞台上遠遠看著麗君阿姨，陳春天又想起媽媽叫賣衣服的模樣，她哽住眼淚，沒哭，陳春天知道那個夜市叱吒風雲的大姊頭的眼淚從來都沒有被誰看見。

【第四章】

病院(二)

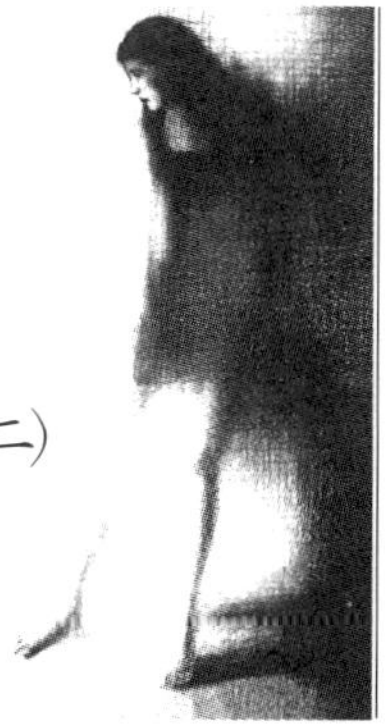

陳春天的弟弟在車禍發生之後被救護車送進了距離現場最近的台大急診室。而陳春天與她的父親跟妹妹在凌晨五點半鐘到達。

台大醫院是陳春天很熟悉的，但她以前並不知道幾百公尺附近的中山南路口還有這棟新大樓（說新其實也啓用多年了），她常去的是正對著總統府典雅古樸日式建築的舊大樓旁邊分隔出來的「精神科大樓」。之前，陳春天求診的是台北市立療養院（有一次幫她看診的正是曾上過電視那個長得很帥的年輕醫師，但那時她並沒有多注意，幾個月斷斷續續地看診，每一次都是找患者人數最少的醫師，因爲她只是要拿藥而已），更之前是台中的中國醫藥學院精神科，時間再往前推，陳春天第一次到精神科求診的地方是台中市南屯路的「靜和醫院」。靜和醫院啊！在台中簡直無人不知無人不曉，「不乖媽媽就把你送到靜和醫院去！」是大人拿來嚇唬小孩子的說法，因爲附設有療養院，人們都以「肖病院」來形容。

七八年來竟然輾轉看過那麼多病院了，陳春天想到此不免失笑。那是剛剛到達急診室的時候，一身濕透發冷打顫，她竟還笑得出來。

在急診室裡看見弟弟躺在可移動的病床上，陳春天跟妹妹爸爸三個人趕到醫院的時候距離車禍發生已經四個半小時。那天是農曆大年初二凌晨，應該是過年的時刻，但此時誰也沒有慶賀新年的心情，戴著口罩，穿著厚重的衣物，一片慌亂。今年過年陳春天並沒有回家，人雖然從台北回到了台中，卻跑去以前的女朋友家住，她的第一任女友在台中開了一家小店賣絨毛娃娃跟手錶，陳春天從過年前三天就一直在那家店裡幫忙，所謂的年夜飯也是前女友的家人送來的便當，兩人輪流坐著小板凳一邊顧店一邊吃飯。這樣的情況就像小時候家裡無論是擺地攤或是開服飾店，甚至到了後來流動式的夜市商展場，一家人輪流吃飯是常有的事情，陳春天並不嚮往什麼圍爐年夜飯，如果眞要她跟大家圍坐下來一起吃飯，她反而會緊張得逃跑吧！已經記不得到底有多少年沒有在家裡過年了，她印象中從來沒有吃圍爐年夜飯這種畫面。

跟弟弟同車的幾個同學來跟他們解釋當時發生的情況，當天開車的同學說他們幾個社團同學去吃火鍋，吃完開車一個一個送回家，在市民大道上開著車，不知怎地就被後頭的車撞了出去，接著追上來的另一輛車再度擦撞，整個車頭都扭轉了，其他同學都是小傷，弟弟卻當場就不能走路，如此種種。話還沒說清楚，個子微胖說話有些奇特腔調的實習醫師喊著：「陳冬天的家屬，陳冬天的家屬在嗎？」他們三個慌忙過去。

看X光片，說是右邊骨盆骨折，「等一下骨科醫師會來會診，再跟你們報告情況。」

陳春天看不出那些二張換過一張的X光片到底有何不同，她甚至看不出到底是哪裡骨折了，那時候弟弟還能講話，蒼白的臉色猶有驚慌，過肩的長髮雜亂地散落在枕頭上。（弟弟什麼時候留有一頭長髮呢？）「口好渴。」那時候弟弟一直重複著這句話，因爲可能隨時要開刀所以不能喝水，妹妹就拿著棉花棒沾水搽在他嘴唇上。

「我弟弟到底是怎樣了？」妹妹不斷跟實習醫師討論著。

主治醫師還沒來，誰都說不準到底發生什麼事，弟弟說肚子很痛，腳也不能動了，每一次被推去照X光都會痛得大叫。

陳春天還沒進入狀況，她已經幾乎一年沒有見過弟弟跟妹妹了，這個時候所有的事情都是妹妹在張羅的（她已經不是當年那個老是跟著陳春天到處跑的小妹妹了，現在的妹妹不但比她高大，而且還會開車，況且陳春天很怕這個妹妹）。

她仍在不確定的狀態裡以爲是自己作了一場夢。

因爲等候的時間太長，妹妹擔心爸爸太累（可以看得出來爸爸已經很累了，發紅的眼睛好像幾乎要流出血來），「爸爸你先在那邊的椅子睡一下吧！等一下再叫你。」妹妹說。

然後爸爸就去找了一張空的病床躺著。

她們姊妹兩個在某一個不知道什麼科的診療室等候著某一種檢查報告。

「因爲病人的腹壓突然升高，所以要緊急開刀，請你們去做一下準備。」一個護士跑來這樣告訴她們。

聽不懂什麼叫做腹壓？也不知道要做什麼準備，「請問要準備什麼啊？」妹妹問。

「這個這個這個跟那個那個那個……」陳春天聽見的是一些聽不懂的字句，她已經開始耳鳴了，無助地轉頭看著妹妹，妹妹的眼神裡什麼答案都沒有寫，堅強冷靜開始忙碌地東奔西走了起來。辦住院手續、塡寫各項表格，以及其他陳春天並不知道的繁瑣程序妹妹都一一開始辦理了。

無用而反應遲鈍的陳春天像被誰點穴了一樣仍頭昏腦脹無法動彈，腦中壅塞太多矛盾對立的想法無法決定該怎麼做，她所解讀到的訊息只有，護士突然間就說要送弟弟進開刀房了，要家屬簽同意書，仔細地詢問家族的病史，弟弟的血型、出生年月日等等。妹妹在一旁細心地塡寫，陳春天對於那些竟然都一無所知，她只知道弟弟在讀大學，連讀什麼科系都不知道，更別說什麼血型之類的了，好模糊，她望著一切慌亂的事物在眼前發生，來去的人影，救護車的嗚叫，一科又一科的醫師出來跟他們報告什麼跟什麼。

她都聽不懂。

那應該是與她無關的事物啊爲什麼被捲進來了呢？無法分辨時間的進展，無法分辨究竟該做什麼動作。

（你站在那裡做什麼？就知道你來了也沒用！）

好像可以聽見四周充滿了這樣的聲音，但她眞的不知道該做什麼。

時間一分一秒過去。

等候開刀的時間，護士要他們把弟弟的衣物脫掉，但是弟弟動彈不得啊！於是護士拿來了剪刀，那時候妹妹去辦理住院手續，陳春天拿著一把大剪刀，卻無論如何都無法把那些毛衣襯衫牛仔褲剪破，她的手一直在發抖。

爲什麼穿了這麼多衣服呢？

喔！是因爲寒流來了氣溫不到攝氏十度呢！好冷，好冷好冷好冷。

「幫我把衣服脫掉吧！」弟弟突然開口說話了。

陳春天嚇了一跳。

一邊剪開，一邊撐起弟弟的身體，一邊小心翼翼地設法讓衣服穿過他的手臂，有一個護士來幫忙，之後妹妹也來了，陳春天不太記得到底用了什麼方法把弟弟的衣服褲子全部脫掉的，她恢復鎮定的時候手裡抱著裁開的一大堆衣服傻楞楞站著，「你們把他推到四樓的開刀房。」實習醫師說。「你是馬來西亞人吧？」陳春天突然問那個醫師。「是啊！你怎麼知道？」醫生問。

「我上個月剛去過馬來西亞。」陳春天回答。

這時候妹妹抬頭看了她一眼。

（什麼時候了你還在那裡跟男人搭訕？妹妹的眼神好像這樣說。）

陳春天不自覺地把頭埋進了弟弟的衣服裡。

不是這樣的不是這樣的，我沒有在跟任何男人搭訕，我只是不知道該做什麼而已，我一緊張就會一直講些無關緊要的話。眞的。沒有在搭訕。我沒有。

她不斷地搖著頭。

然後他們姊妹兩個把弟弟推進了開刀房。

之後，是漫長的等待，簡直不知道爲什麼需要等待那麼長久，在那六個小時的等待過程裡，因爲一直待在室內，陳春天無法看見外面的天色，手錶雖然顯示出時間的變化，對她來說卻沒有任何意義，時間已經被推進開刀房處理了，在開刀結果沒有出來之前所能做的事情只有等待。她們都沒有想到竟然需要等那麼久，後來爸爸也上樓來跟他們一起等著，妹妹因爲太累用奇怪的姿勢橫跨兩張椅子睡著，爸爸用外套蒙著頭設法在狹窄的椅子上縮著身體睡一下，陳春天則完全沒有睡意（長期失眠的她，無法想像自己如何在椅子上睡著。已經超過三十六個小時沒有睡覺了，她的意識不斷地模糊散亂而目前要處理的又是那麼棘手的問題）。這中間輪流去吃過一些東西，也上了幾次廁所（陳春天很不爭氣的肚子一直在拉稀）。

等待。

只能等待。

她的思緒不斷飄移。

中間一定發生什麼差錯了才會把這一些人統統擺放到這個開刀房的等候室，爲什麼無法確定呢？她望著厚重的鐵門上寫著「開刀房」三個大字，不時有各種醫護人員或病患家屬從那突然洞開的大門裡出出入入，好奇怪現實感一直無法接上，彷彿來到外太空了。她轉頭看見爸爸就在隔兩張椅子的地方用一件黑色尼龍外套蒙著頭，而妹妹在二十公尺以外的地方，將身體橫過兩張椅子成之字形地躺著。跟弟弟同車的幾個同學不斷地出現又消失。

而弟弟正在開刀房裡面緊急手術。

爲什麼媽媽沒有來呢？

陳春天知道爲什麼，原本以爲只是小傷吧！媽媽身體不好，還得照顧九十幾歲的爺爺奶奶和三條老狗，原本以爲只是小車禍受傷而已啊！弟弟那時候都還可以打電話回家，誰想到後來會變得那麼嚴重呢？

時間把陳春天她們父女三人慢慢凌遲著。

開刀房是陳春天不熟悉的地方，雖然自己也曾經多次進出各種醫院，但這是第一次在開刀房門口等待著手術結果，她想起生命裡面發生過的許多離奇荒謬的事情，不知道哪一件才算是比較荒謬的，厚重的鐵製電動門無數次在她眼前開開關關，每一次門被打開陳春天就會站起來往門口走去，然後眼睜睜看著厚重的大門刷一聲關上，陳春天有些幽閉恐懼症，以前無論如何也不會靠近這種鐵製的大門，狹長的走道上其他等待的家屬都已經離去，橘子色的塑膠椅完全不符合人體工學的造型讓她的身體變得僵直，陳春天好想抽菸。

等待的時間她突然想起小學五年級集體長水痘的事情。最先發作的是妹妹陳秋天，下課回家就發現妹妹臉上身上都長出了小小的水疱，一直在昏睡，爸爸媽媽不在家，陳春天也不知道該怎麼辦。想不到第二天起床，陳春天跟弟弟陳冬天也長了水痘，三個小孩都一頭一臉的水痘，頭痛喉嚨痛，好像也正在發燒，她帶著弟弟妹妹跑到隔壁去找爺爺奶奶。

那景象好鮮明即使事隔二十多年她仍清楚記得，炎熱的午後，爺爺牽著老舊的腳踏車，弟弟坐在後座，她牽著妹妹的手緊跟著，大約十五分鐘的腳程，到達街上的「保東醫院」。沿途蟬聲嘶嘶，太陽把柏油路曬出濃重的氣味，白花花的陽光讓陳春天暈眩，身上的水疱出奇地發癢，妹妹不斷地抓搔著身體，「不要抓了，水疱破掉你就會死。」爺爺恐嚇似地說，弟弟在後座突然就哭了起來，哭聲如此之大，使得爺爺只得把腳踏車停在路旁的大樹底下，「麥擱哭啦！等一下醫生給你注射你就會好啊啦！」不善於安慰人的爺爺臉上滿是汗水。

陳春天抬頭，亮晃的陽光從樹葉間隙灑落，不知是高燒或是炎熱使她意識模糊，自從媽媽離家之後他們三個小孩就老是被奇怪的疾病追著跑，去年弟弟被隔壁小孩打破了頭到醫院縫了好幾針，過年的時候妹妹一直在拉肚子，而不久前陳春天長了頭蝨，隔壁的堂姊把她的頭髮剪得好短，洗了好幾次藥水，好不容易才治好了頭蝨，想不到現在三個小孩都得到了水痘，這些事情爸爸媽媽都不知道吧！她總是盡可能地不要讓爸媽擔心，但實際上也是因爲她根本無法聯絡到這兩個人，好幾個月的時間，不知道爲什麼爸爸媽媽就彷彿消失了一樣。

棄兒。

沒人要的小孩。

爺爺一定是這樣想的吧！那時候已經七十幾歲身體依然健朗每天可以下田耕種的爺爺，牽拉著自己兒子媳婦（雖然他們已經不承認媽媽是他們的媳婦了）無故遺下的三個大小孩兒，一會這痛一會那痛，眞是麻煩得要死，可是不管他們又要怎麼辦呢？怎麼看怎麼奇怪的三個孩子，竟然會是他的孫子，但願這水痘快點好起來不要花掉太多醫藥費，也不是不覺得心疼不捨，畢竟也只是三個小孩子，可一想到他們這家人給家族裡帶來的麻煩是如此沒完沒了，呸！爺爺往地上吐了一口痰，「來走啦！」牽起腳踏車就上路了。

陳春天仍凝望著樹葉之間那遙遠高茫的天空。

「醫生干有出來講啥？」爸爸突然跑到陳春天面前搖晃了她的肩膀。意識仍停留在長水痘那個夏天，她傳染給了隔壁的男生，那個男生又傳染給她姊姊，那個品學兼優漂亮得好像瓷娃娃全校知名的校花，就在畢業典禮上頂著一張大花臉做畢業生代表演講，陳春天坐在台下忍不住心虛內疚，其實那一年學校至少有一百個學生長了水痘，但她總覺得自己是班上第一個發作的，傳染的對象竟然這麼不可思議地輾轉傳到了全校第一名畢業的校花姊姊身上，自己好像必須扛負著無法被原宥的罪過那樣，她無數次低頭閃避同學老師投射而來的眼光。

且那時她以爲自己得到的是不治之症，即使僥倖不死，也會容貌全毀，本來就不是個漂亮的人，那段時間裡，她醜陋得幾乎想把鏡子打碎。

小學五年級，那艱難的一年，近乎毀容的夏天。

「還沒。沒人出來。」她的回答不明確而且聲音飄忽，「你先去睏啦！有代誌我會給你講。」她低下了頭，無論如何都無法直視爸爸的臉看是她從小養成的習慣，但她剛才發現自己的眼睛竟與爸爸如此相似，那是自己平凡的五官之中最爲明顯好看的，深刻的雙眼皮，她的眼睛，完全遺傳自爸爸。

醫院總讓人覺得手足無措。即使對「久病成良醫」這樣打小就進出各種大小醫院習慣成自然的陳春天來說，這仍是令人不知該如何是好的場所。

她想要打電話給某個朋友隨便說點什麼都好，但她不知道該打給誰，臨出門前朋友塞給她的兩萬元現金在皮夾裡，她想起了那個朋友，是她三十四年生命裡或長或短經歷過無數的情人之中與她相處時間最長（前前後後同居了五年，分手之後仍是她少數會維持來往的人，至今她回台中也不回老家而是暫住在那個女生家裡）也是最親近的人。陳春天善於跟前任情人當朋友是大家都無法理解的事情，但事實就是如此，好像解除了情人的關係之後她反而可以輕鬆地面對彼此，眾人眼裡花心善變、遊戲人間、把感情當成換季換衫一樣輕率的陳春天，卻是個徹底的自我封閉者，正如此時被封閉在這個看似寬敞的開刀房等候長廊裡，親生父親跟妹妹就在不遠處，但她只希望自己立刻從現場消失，並且與任何人都毫無關聯，甚至就在這個地方挖一個深深的洞把自己埋起來不要被任何人發現找到，手裡緊握的手機裡面存放著許多電話號碼，那其中有許多都是只要她打一個電話應該就會立刻趕到現場來，給她金錢、或精神上情感上支援的人，但她誰都不想找。

她走到飲水機前用環保紙杯倒了一杯溫水又吞了一顆悠樂汀，其實她並不想睡，只是希望藥物可以減緩那種幾乎將她撕裂的「存在感」。像過往的每個無法入眠的夜晚，她這樣那樣地一顆一顆吞服著各種藥物，想要得到的不是休息或睡眠，而是消失。

從自己身體上消失，從意識裡，從這個她被賦予存在感的現實世界，徹底地離開。

五小時之後，先是泌尿科醫生出來說弟弟的膀胱破裂，但已經縫合好了，「其他部分呢?骨折嚴重嗎?有內出血嗎?」妹妹不斷地追問。「其他部分要等其他科醫生的報告。」神祕的泌尿科醫師說完這話就離開了。又等了一小時，這次是不知道什麼科的醫師面色凝重地說弟弟有血胸，骨盆骨折，最嚴重的是因爲大量內出血使得腹壓升高，「他的腹壓高得肚子幾乎關不起來，如果腹壓繼續升高，可能必須把肚子再打開，做一個人工腹膜。」

醫生說的話猶如密碼需要有人加以解讀，陳春天不知道什麼是人工腹膜，聽到肚子關不起來只覺得恐怖，護士說弟弟要轉送加護病房，但這之前得先去做什麼放射栓塞，陳春天沒聽懂，拿著單子只知道要到地下幾樓幾號，要推病床，就推吧。從入院以來陳春天父女三人推著弟弟的病床已經樓上樓下跑了無數個地方。弟弟一直昏迷不醒，臉上罩著呼吸器，他看起來已經不是原來那個陳冬天了。

在加護病房的幾天猶如夢遊，「加護病房」，上次來這種地方是什麼時候？想起來了。

是大地震那年，陳春天跟一個中年男子同居，在一個河堤邊的別墅裡。沉默而深情的男人，年輕時在道上混過，後來退出江湖在一個塑膠工廠當領班，那人有個拜把兄弟在市場賣菜，每天中午都會帶著剩餘的菜來餵男人養的兔子，下午就拎著酒瓶來等男人下班，也不太見他們說話，一來就坐到天黑，待到他自己醉倒，賣菜男人喝了酒就會開始胡言亂語，三次有兩次是男人攙扶著送他回家，對陳春天來說是個有點討厭的人。但一日，陳春天跟男人去河邊散步回來，正在床上做愛的時候，接到賣菜男人妻子的電話，講了好久，放下電話筒，男人突然抱著陳春天孩子一樣哭了起來，「阿溪仔，恁講阿溪仔感冒好幾天拖到變肺炎，送去加護病房，嫂仔講伊病情很危急，有生命危險。要按怎？要按怎？他若死掉了我要按怎？」向來都是沉默寡言吝於言詞的，男人哭成那樣陳春天無法理解，他一邊哭泣一邊抽抽拉拉地找衣服穿，慌亂之中還拿起了陳春天的內褲往自己身上套。

男人是在地方上叱吒風雲的大哥級人物，在前往醫院的路上，男人哭得幾乎無法開車，陳春天得用手去扶著方向盤他們才不至於衝出路邊，那時她才知道這個看起來嚴肅而沉默的男人其實有多麼柔軟。陳春天原本已經收拾行李要走人了，卻因爲這件事而拖延了下來，她記得在加護病房的那幾個小時，男人不斷地哭泣，來來往往好多人，把整個家屬等候區擠得水洩不通，許多人都走來跟陳春天說話，男人一直緊緊抓著陳春天的手好像隨時都要倒地不起。

陳春天當然沒哭，她跟那個人不熟，當然，她跟誰都不熟。

陳春天跟誰都不熟，這個說法很奇怪，她總是在應該與人熟悉的時候就退開了。有時她會誤以爲自己作了夢，是在夢裡來到一個人的身邊，就在天明的時刻一切散去。

事情不是你們想像的那樣。陳春天在心裡暗暗地想。

而弟弟做完放射栓塞之後被送進了胸腔科加護病房。他們一行人都在家屬等候區徘徊。

等候區有一排摺疊式躺椅，陳春天一家人占據了兩張，事出突然有很多東西都沒有準備，大家商量著如何分配人手，陳春天無論如何都不願意在這裡過夜，於是她自告奮勇回家去拿棉被枕頭盥洗用品，等到七點半最後一次會客，安排好住院手續，她就要回去位於中和的住處了。

時間總是紛亂而現實依然模糊，七點半短短的十五分鐘她跟爸爸妹妹輪流進去探望弟弟，充滿藥水氣味與許多機器聲響的加護病房，弟弟的病床在最裡頭靠牆的那張，陳春天進去的時候身上穿著醫院準備並且強制要人穿上的綠色隔離衣，妹妹正在幫弟弟按摩手腳，陳春天花了很久時間才眞正走到病床旁邊，那時弟弟仍昏迷不醒，頭上帶著綠色的紙製帽子，從白色布巾底下敞著的身體伸出許多塑膠管子，每一根管子都流瀉出紅色體液，從嘴裡伸出插管，鼻孔裡有著呼吸器，一旁的儀器發出嗶嗶嗶的聲響顯示出心跳血壓，不知哪一個病床傳出佛經的音樂，南無阿彌陀佛南無阿彌陀佛，陳春天覺得腿軟。

那個人是弟弟嗎？

就像電影裡看見的外星動物，面目無可辨認，八根大小不一的管子從身體兩側伸出垂懸到病床邊的塑膠圓桶或是玻璃器皿，滴滴答答，正在不斷滴露出什麼。

那個人竟然是她弟弟。

陳春天對於事物的感覺一向來得比較遲緩，爸爸跟妹妹都在跟昏迷不醒的弟弟說話，或者詢問護士醫生弟弟的病況，而她只是站在病床旁邊發呆而已，會客時間只有十五分鐘，陳春天在裡面待不到三分鐘就跑出去了。

趕緊脫下身上的綠色隔離衣，拿給正在外面等候的弟弟的同學。除了當時開車的司機，還有另外幾個弟弟攝影社的學姊學妹，新年期間竟然有這麼多人來探望，弟弟應該是在學校人緣不錯的學生吧！其實直到這時候陳春天才搞清楚弟弟讀的是什麼科系，也才知道弟弟喜歡攝影。

會客時間結束，一行人七八個在家屬等候區，沉默的爸爸這時看起來已經很疲倦了，妹妹張羅著怎麼分配其他同學的時間，並且打電話回去台中跟上班的公司請假，或許是爲了打發等待時間的沉默或者紓解緊張的氣氛，弟弟的學妹說起他們在攝影社的活動，「學長很喜歡拍椅子。」學妹說，「有一次我問他爲什麼？學長回答我，因爲喜歡拍不會動的東西。」

對於那個留著長髮會扛著照相機到處拍照的弟弟，陳春天覺得好陌生。印象中的弟弟還是個讓她揹在背上的小胖子，總是吵著要找媽媽，再大一點的印象是弟弟小學時學注音符號老是無法分辨四聲，每回上學就會挨打，有一次兩個手掌被打得紅腫得跟麵龜一樣大，陳春天還跑到學校去跟那個凶狠的女老師理論。那時陳春天跟妹妹輪流教弟弟，就在那個鐵皮加蓋的小店鋪後面的一張床上寫作業，教到後來姊弟三個人都哭了，陳春天一發起狠拿起弟弟的作業簿索性自己開始寫。

不知道弟弟現在有沒有學會如何分辨四聲呢？

陳春天竟然沒有看過任何一張弟弟拍的照片。

「陳冬天的家屬，陳冬天的家屬請到胸腔科加護病房。」廣播呼叫著。

這呼叫聲總讓人不知所措，憂喜參半，他們一群人立刻衝到加護病房外面等候，一個矮個子的醫師出來跟他們報告，陳春天耳鳴得很厲害，幾乎沒有聽懂他說什麼，意思好像是說弟弟內出血很嚴重，雖然已經施行血管栓塞但目前看來腹腔因爲出血情況導致腹壓急速上升，「這種腹腔大量出血的情況是最難控制的，請你們要有心理準備。」好像只聽懂這句。

「怎麼可能那麼嚴重！」當時開車的學長個子小小有張娃娃臉，突然生氣地這麼大叫著，「那時他還可以講話，爲什麼會有生命危險？搞什麼？這裡的醫生在搞什麼？」那個學長幾乎哭了出來。

「我想，可能要找人把媽媽載上來吧。」妹妹說，事發至今妹妹一直都很冷靜。「我打電話請我朋友明天把媽媽載上來。」陳春天回答。

「沒讓媽媽看到弟弟最後一面就慘了。」妹妹淡淡地說。聽到這句話同行的小學妹開始輕聲地哭了起來

爸爸坐在摺疊椅子上，不發一語，花白的頭髮泛著油光，不停地搓弄著皸裂的雙手。

十點半，該回家的同學回家了，留下妹妹爸爸跟開車的學長，陳春天說：「我回去拿一些棉被跟你們要換洗的衣服，那我先走了。」

街頭濕冷大雨不斷，陳春天穿著大衣還是覺得冷，走路到捷運站，帶著口罩，上車才發現車廂裡擁擠得嚇人，陳春天在捷運上發呆，超過四十八小時沒有睡覺，看什麼都有點模糊變形，一定要睡覺了，再不睡覺就要精神錯亂了，晚上十一點的捷運，竟然沒有位子只好一路站到南勢角，等會還得走十幾分鐘的路回家，又冷又濕的天氣沒有讓陳春天的頭腦清醒一點，除了疲憊還是疲憊。

她抓著把手身體隨著車廂起伏左右搖晃，至今仍不知道爲什麼發生這麼奇怪的事情，突然有個年輕人撞到了陳春天的手臂，「小姐對不起！」那人頻頻道歉，突然之間，陳春天很想對著車廂裡的人大叫，我弟弟就要死掉了你們知道嗎？

她望著周遭各式各樣的人，上班族，夜校學生，年輕年老的，男的女的，大人小孩，陳春天這時候才知道所謂的死亡是什麼意思，那就是弟弟再也無法拿著相機去拍任何會動的不會動的東西了，無論是學校的漂亮女生，或者是公園裡的長椅，甚至是捷運站裡面這些吵吵鬧鬧的人，都沒有了，如果死掉，就是什麼什麼事都不能再做了。

鋪天蓋地的驚恐把陳春天逼出了一身冷汗，她這時想起，不過是一個多月以前的事情，自己曾經帶著一百多顆各種藥物搭飛機到緬甸某高級飯店籌畫著一項無人可以阻止的自殺舉動。

早上醒來我又健康了，想到昨晚的發作依然覺得恐怖，這幾個月來確實病得厲害，發作的次數與頻率都是前所未有的，來緬甸之前我已經開始作心理治療，雖然我自己知道那根本對我毫無幫助，但我是在求救吧！每隔幾天就想自殺，連操作的方法都已經仔細地思考過算計過，這樣的程度，非求救不可了，發作之後的我並不想死，但這樣的時候很少。

到底為什麼呢？

當我呢喃著對精神科醫師說話的時候，我自問自答。這樣複雜地病著也好幾年了，幾乎都成了專家，什麼難關不是都度過了，我甚至還買了一個小小的房子，準備花三年的時間寫一本大書，題材都想好了，糾纏一年多的暈眩症也突然不藥而癒，我有什麼可以想不開。

是的，我沒有想不開。

我就是想開了。

想通了。

一切，都只是在重複而已。

重複著以爲是充滿希望的躁症發作期，那樣活力充滿地讀書寫作與人交往，那麼地覺得世界充滿希望而我可以做出一大堆精采漂亮的事情，那時期我每天寫作狀況多好，見了誰都眉開眼笑，我熱愛這世界而人們也熱愛著那個熱情洋溢風趣幽默大膽可愛性感活潑的我，我當眞以爲所有的噩夢痛苦都已遠遠離開，不過是一瞬間的事，我就從雲端跌入地獄。

沒來由的憂鬱，比憂鬱更憂鬱的沮喪、悲觀，把自己關在房子裡幾天不下樓，沒辦法下樓，不能跟人講話，不能讀書不能寫字，睡不著，吃不下，什麼事都不想做。肚子餓，沒有東西吃，應該下樓買食物但是無法移動，一個三十幾歲的人連買食物塡飽自己的能力都沒有還有什麼好說的，該做未做的事情，該寫未寫的稿子，堆滿了整整一桌子，那些我原本以爲很快可以完成並且會是非常棒的古怪點子都變成揮之不去的壓力，我廢了，應該知道那只是暫時，很快就會過去，甚至接下來我又會充滿神奇的精力，但在發作的時候我並無法分辨，無形無影的灰暗氣息從腳底往上竄升將我全部覆蓋，眼睜睜看著自己如何逐漸衰弱、氣喪，如何地無法面對屋子之外的世界，任何人，任何事，都與我無關。我什麼都不想要。

望著窗外的藍天白雲，我只想跳樓。

然後跌得更深，夜裡無止盡的噩夢，白日裡忽隱忽現的幻覺，過去未來全部糾結，毀棄已經寫了一半的稿子，破壞辛苦建立的關係，拔掉電話，關上手機，讓自己完全地封閉。

更封閉。

設法逃脫。

努力振作。

沒有用。

看著消瘦的臉頰，蒼白的氣色，空蕩蕩的冰箱，設法讓自己出門，不行這樣下去，我告訴自己，寫信給朋友求救，我不想死但是死亡的陰影緊緊跟隨，那樣一把將我抓住就開始大口大口地吞噬，眼看著自己就要跌到最深，憎恨著自己的軟弱無能，後悔在信裡面寫的那些悲慘可怕的字句，那該怎麼辦呢我不知道。

然後重複。

太多次了，越來越短的週期，從一個月降到一星期，甚至只有兩天，狂喜，狂悲，極端亢奮與徹底頹喪交織反覆，我看著那樣的自己可笑猶如小丑，我害怕別人因此覺得我可惡或可憎，害怕著那個我所看不見的，已失去原有理智的我。

我害怕自己的不快樂與瘋狂早就在人們眼中上演，我害怕著自己都看不下去的戲碼不斷地重播又重播。

我想要取消，用人生的立可白把那些我不想記得的全部取消但不可能。

速度越來越快，我越是不要重複就越是重複。

於是我訂了機票飛到緬甸，我原以爲我是來接續那個中斷的異國戀情，當時我對著游泳池拚命打轉我才知道，原來我只是想找個陌生的地方，安靜地尋死。

昨晚，當我發現這個事實的時候，那滿坑滿谷的發病情節一幕幕在我眼前上演，就映著這月光底下閃閃發亮的游泳池水，湛藍湛藍地，吸引我彷彿那是一個可以得到解脫之地。

我看見自己在那池水裡翻覆著，那一整池的波動都是我的靈魂與肉體的病痛翻滾如浪。

我想要設法停止。

陳春天想到自己在日記寫著的那些句子，那次在緬甸發病而沒有死去的過程，她突然輕聲笑了起來。

旁邊的人以驚惶的眼光看著她，「笑個什麼東西啊！」有些人竊竊私語，陳春天無法忍住那笑聲，全身開始抖動了起來。

弄錯人了吧！一定是弄錯人了！該死的是陳春天而不是她弟弟啊！

陳春天一直笑著直到虛軟的身體逐漸下滑然後蹲在地上。

「小姐你怎麼了？」剛才撞到陳春天的那個男生很緊張地低下頭來關心地詢問她，陳春天搖搖頭設法扶著旁邊可以抓到的椅子站了起來。

陳春天只想著，或許從她出生開始就是個錯誤，先是死去了陳夏天這個大弟弟，然後突然另一個弟弟也幾乎要死去了，然而，這十幾年來，陳春天想盡了各種方式要自殺，卻仍好端端活著，這中間一定有什麼東西弄錯了，但這時候陳春天還無法想清楚。

然後聽見廣播以四種語言宣布，捷運終點站，終點站南勢角到了。

【第五章】

夜市

二〇〇一年冬天，導演副導演攝影燈光等等工作人員與陳春天一行六人走進那個夜市，公共電視台有個節目要拍攝關於小說家陳春天一個二十幾分鐘的紀錄片，前兩天都在台中縣龍井鄉的望高寮附近一片寬闊的紅土上拍攝，陳春天一身黑色皮衣皮褲戴著墨鏡長髮被狂風吹亂，鋪設成圓形的軌道讓攝影機繞著陳春天旋轉，述說著多年寫作經歷，導演說鏡頭裡整個場景看起來很美，大片紅土上陳春天像一只黑色剪影隨風旋轉，一串一串吐出的話語似乎隨時都要被風吹散，狂野的、放蕩的、迷亂而不可捉摸，那是陳春天早期小說構築出的世界，自從第一本書出版開始就是個極具爭議的小說家，但陳春天從未寫過關於自己成長的故事，還沒。

拍完一身勁裝的陳春天，隔天接著要去拍陳春天成長的環境，那個跟著父母到處擺地攤的小孩長大後如何成為一個小說家，如此種種。其實陳春天心裡知道，鏡頭無法捕捉那已經失去的時光，無論是開始或是經過，過程都無法再現更難以詮釋。

陳春天很久沒來夜市了。

靠近爸媽擺攤的鄰近幾家攤販都認識陳春天，但無人知道她還有一個小說家的身分，許多認識她的人都問她：「扛那大台機器要做啥？」「阿春好久沒看到你啊最近在做啥米大事業？」鄰近賣豐仁冰、襪子、五金、皮鞋的攤販個個都認識她，就算想低著頭盡量不引人注意還是引起了大家的好奇。

「學校同學要拍夜市的影片，交作業用的。」陳春天這樣回答一個賣內衣褲跟皮鞋的阿龍伯伯，這些扛著巨大攝影機的外地人走進夜市裡怎麼看都像外星生物，不解釋一下很難做事。

「要回來也不打個電話。」媽媽看見陳春天有點驚喜，那時才晚上七點半，客人稀疏。「拍完片子我就要回去了。」陳春天回答。那時她在台中市租了一間套房住，其實離家只有四十分鐘車程，但跟過去一樣她鮮少回去。「每次都來無影去無蹤。吃飽沒？穿這麼少會冷否？」媽媽嘟囔著。

客人不多，攤位也不多，拍攝單位一行人走進這夜市好像都吃了一驚。中南部的商展夜市絕非台北那種在東區隨意擺攤賣著仿冒名牌的皮包服飾，士林萬華夜市的觀光客風格，或者是公館師大小販林立卻充滿學生嘰喳笑語的年輕活力；這個商展夜市位於台中縣神岡鄉社口村一個空地，幾年前剛開展時只有星期六的場子，生意興隆，策展人員（這是都市說法，換句口語來說，就是握場的，類似酒店圍事，陳春天以前交往的混過幫派的男人總是說，束仔才去做夜市握場，但這多年來當時的束仔都靠著一場又一場的夜市發了大財，駛賓士戴勞力士閒來沒事就來逛個夜市收收清潔費一個晚上也是好幾萬，而那些當時叱吒風雲、重情重義的男子漢退出江湖後卻跑去工廠做工，甚至開起一些什麼小吃店了）貪著每開一個新場子就可以重收一次權利金、攤位租金，無視於像在同一塊田地毫無休耕計畫地不斷濫墾，每個當初人聲鼎沸買氣極佳的夜市場都從一星期一天變成兩天甚至三天，那些攤販毫無選擇餘地只能跟著，看著逐漸稀釋的客源跟購買力，徒勞無功地枯守著攤位，這個星期三場就是爸媽口中的「肉末場」，食之無味棄之可惜，十次裡或許有一次會突然生意大好，另外九次就當成同學會吧！

是這樣的一天，傳說中會站在凳子上拿著麥克風叫賣的小說家陳春天，在這樣冷清的場子裡也起不了作用，就像競選晚會如果來的只有小貓三兩隻的群眾，任你怎麼舌粲蓮花的助選員站在台子上也覺得施展不開手腳，陳春天對於這些細微的氣氛轉換非常熟悉，更何況這晚陳春天只是個演員，以往那種因爲「謀生」需要而激起的鬥志在這個夜晚根本不存在，有許多讀者編輯甚至是寫作同業都很想親眼看看陳春天在拍賣場上吆喝的那種場面，但除了跟她交往過五年一起吃苦熬夜吹風淋雨的第一任女友，誰都沒見過那樣的陳春天。那根本演不出來，因爲那是被生活逼出來的。

導演似乎有些不知該從何下手，陳春天更是無比尷尬，不同於前幾天在望高寮或者pub裡隨性恣意地展現出她迷離狂放的性格，在這個生意冷清的夜市裡，陳春天第一次是個旁觀者。

架起攝影機，打燈，既然都來了，就拍吧！陳春天身穿咖啡色毛衣牛仔褲戴著近視眼鏡

（當時她這樣從大樓裡走出來時其他人都不認得她了，你還真是千面女郎啊換了個身分就換了張面孔，導演這樣對她說，陳春天很想告訴他，其實你們所看見那個皮衣皮褲或者穿什麼高雅時裝的人並不是眞正的我，當然現在這個也不是）對她媽媽說：「攤子我幫你顧一下，你不要回頭看那些拿攝影機的人，就當沒事，十分鐘就拍好了把麥克風跟霹靂袋借我。」她感覺媽媽有些緊張跟亢奮，爸爸則是退到一旁去了。恰巧來了兩個女人，陳春天走過去跟她們搭訕，此時攤子上賣的是一套兩百九的冬季休閒服，「這個顏色很適合你。」陳春天說，看準了這個三十幾歲的女人應該會買自己的跟丈夫的，紅色給她、灰色給老公，另一個女孩子大概未婚，沒有束口的樣式比較年輕，「這會不會起毛球啊？」少婦拿起一套灰色胸前繡著「Polo」字樣跟兩個騎馬的人形，老實說一摸就知道下水兩次就要起毛球了，這不是純棉的，樣子好看而已，「當然不會。」陳春天說得斬釘截鐵，「怕的話，放洗衣袋裡，記得翻面。我們是做固定場子的，不用怕，有問題拿來退錢。」一套台詞她說得多溜，好像接過媽媽的小麥克風也接收了生意人的精明。「你覺得我穿粉紅色好看嗎？」那個年輕小姐問陳春天。「粉紅色襯肉，看起來皮膚較白，這套米黃色也很適合你，兩套算你五百五。」三分鐘不到這兩個女人都各買了兩套，陳春天賣衣服有點恩威並施連拐帶騙，以前媽媽就說過她生來有種迷惑人的能力，「生意仔難生，你哪是甘願做生意，錢甘怕賺不完開不夠。」陳春天把錢交給媽媽，轉頭就離開了那個攤位走向對面的工作人員。

「眞不是蓋的，你還眞的會賣衣服啊！剛才那對白讚透了。」導演很高興。對比著那個一身黑在紅土上轉圈圈的自己，那個在咖啡廳裡對著筆記型電腦寫作的自己，陳春天可以想像見到這影片的觀眾會如何去看待剛才夜市的那一幕，是啊陳春天果然是個百變女王。

我呸。

陳春天只覺頭腦一片空白。是啊，不過是對白而已，她腦子裡隨意一撒就是一大套。好厭煩。媽媽突然追過來遞給她一大袋珍珠奶茶，總共六杯，「請你同學喝。」媽媽又來了，她明明知道這些人根本不是陳春天的同學。「我們還要去補拍一些畫面先走了，阿姨謝謝。」導演世故地說謝，媽媽有點害羞地轉身就走了。「有空要打電話回來，要卡常回家勒，你阿嬤講要看你。」媽媽好像還嘀咕著這句。

攝影師說要補拍一些夜市的畫面備用，於是陳春天帶著他們一行人逛夜市，陳春天總覺得這種夜市場其實就是窮人的百貨公司（當然她所認識的一些不窮的人也都很喜歡逛夜市），這一攤是十元一件任你挑選的五金，鍋碗瓢盆到牙刷毛巾、菸灰缸垃圾桶，甚至是女人用的髮夾指甲油口紅項鍊、小孩子的作業簿故事書鉛筆盒玩具車，想像得到的生活用品統統一件十元，客人們東挑西選個個都是手上一大把；買完生活用品往下一攤走，要吃的有吃的，炸雞熱狗烤香腸、蚵仔煎大腸麵線黑輪湯、炒米粉花枝羹肉圓，要喝的也不怕少，紅茶綠茶水果茶，夏天吃珍珠奶茶冬天喝燒仙草；小孩子最喜歡吵著爸媽帶去吃牛排，豬排七十牛排八十鐵板麵只要四十元，玉米濃湯紅茶任你暢飲，講究點的還附上兩個小餐包，還會問你要「幾分熟」；吃飽喝足要來個小娛樂，大人可以玩「五朵花」、「小鋼珠」、「水果檯」，小孩就去撈金魚、坐碰碰車、套娃娃；有一段時間陳春天看過有人拖著一個貨櫃車跑來夜市旁邊架起自動點唱機做「夜市KTV」，剛開始大家覺得新鮮生意還不錯，後來因爲夜市太吵客人唱歌總覺得不過癮，就不見風行逐漸消失不見。

不知道從這些都市人的眼中看到什麼了呢？其實夜市就是夜市不分都市鄉村，雖然台灣南北城鄉差距極大，從北到南各個鄉鎮的夜市長相不同氣氛不同販賣流行的東西也都不一樣，甚至連小吃口味都不同，但相同的是那種小社會的縮影，一個夜市從頭至尾逛逛也花不了幾小時（陳春天平生見過最大場的夜市是在嘉義市的體育場，她三舅生前就是握場人之一，幾千個攤販集聚一堂，眞是逛上一天也逛不透），大人小孩一場開心吃喝玩樂兼打包，大不了一千元打死，於是全家就都快樂了，在繁忙的生活裡，男人做完工，女人做完工再做完家事，有孩子的牽孩子，沒孩子的牽小狗，逛夜市去！這些人如果帶他們去逛百貨公司會緊張得手心冒汗臉上出油，走進任何有店面的地方就想到可能被騙被瞧不起，光是看那些嶄新的在架子上的物品就怕一轉身打破了什麼賠不起，又怕那些售貨小姐冰冷的眼神好像在打量在估價，「買不起你可別碰啊！」眼神裡好像說著這些，「幸好我們有夜市可以逛。」在夜市裡，吃喝玩樂都是切合他們收入的便宜，一百元一套的內衣褲、六雙一百元的襪子，一百五的高跟鞋，三百九的大外套，到處都可以看到「撐著雨傘的鱷魚」，「兩隻三隻的騎馬人」，Polo、三宅一生、Nike、CHANEL（那時夜市還沒流行起什麼LV），要什麼有什麼，大家都知道那是仿冒，甚至連仿冒都仿不像，但有什麼關係，一種跟時尚品味絕對無關的生活形態，但確實是許多人賴以維生的生活。陳春天出入其中，她甚至就是靠著這些人養大的，這樣一攤一攤逛過去，像在倒帶回憶陳春天的過去，田野似地調查訪問她積累多年的生活經驗。

逛夜市的人有逛夜市的生活，擺夜市的人有擺夜市的人生，陳春天在這邊而不是在那邊。

陳春天看到什麼了呢？

她想起自己吉普賽人般的生活形態，或許那就是自小養成的，一種隨處遷徙卻也處處可以安身立命的性格，打游擊似地，到處來去，以前曾經跟一個情人想過要弄一輛臥鋪車，就住在裡頭，開著車子愛去哪去哪，喜歡的地方就停下來住幾天，不過這點子一直沒機會執行。

小時候陳春天的父母做的是固定地攤，在豐原果菜批發市場、東勢跟鹿港的菜市場、豐原復興路的鬧區擺地攤（那時台灣還沒有流行那種大型商展夜市），那大多是分門別類地聚集相似的賣場，而不像這種大型商展所呈現的社會縮影。陳春天曾在一部電影裡看過那種流浪的馬戲團，許多輛馬車拖著篷車，沿著公路慢慢行走，來到一個城鎮就駐紮下來，敞開帳棚，一個一個帳棚裡都有不一樣的表演項目，跳火圈、空中飛人、動物表演、小丑，似乎每一個篷車打開就可以看見一個嶄新的魔幻世界。

最使陳春天驚訝的還不是這種外國馬戲團，而是在台灣中南部鄉間可以看見的「神奇動物展覽」，雙頭蛇、三腳馬、世界上最大的烏龜、白色大象，只要找到一兩隻稀奇的動物就可以辦一場收門票的展覽，陳春天看見那些展覽會場外大型看板所畫的「珍奇猛獸」總覺得害怕。中學時有一次隔壁叔叔帶陳春天三姊弟去看「蜘蛛女」，那印象仍會在某些噩夢時分出現，使得陳春天一生都怕蜘蛛，塑膠布跟三合板簡單搭建的展覽室就在豐原的豐東路一處空地，除了蜘蛛女還有什麼蛇人、侏儒，那次展出的都是「畸形人」，過年期間吸引了大批人潮，陳春天看過一個又一個奇形怪狀的人（時間若是她長大之後她就會明白那些人其實都是罹患某種身體殘疾或特殊病症，而並非展覽業者所說的某種怪胎），走進蜘蛛女那間展覽室時，陳春天被四周所散發的奇異氛圍震住，化著濃妝的女人掛在牆上一個非常大型的蜘蛛網上，只見她不斷擺動的頭顱與圓鼓鼓的身體，不見手腳，替代身體其他部分的是張開的八隻細長而布滿黑色絨毛的蜘蛛腳，周遭陰暗只有蜘蛛女身體上發出螢光，以及靠近她頭頂的部分有一盞粉紅色霓虹燈管閃亮，叔叔想要伸手去碰觸蜘蛛女的肚子，被旁邊的守衛人員制止了，弟弟害怕得大哭，妹妹也說好害怕快點走吧！「我看這是騙人耶啦！」叔叔說，這時蜘蛛女突然發出了一種尖銳的叫聲，那些細長的肢幹開始舞動起來，其中一隻腳彈到了叔叔的臉上，「我勒啥米碗糕，救人喔！哪會這恐怖！」叔叔揮手推開那毛茸茸的蜘蛛腳大叫趕緊拉著三個小孩沒命地逃出了那間展覽室。

怪人展覽是陳春天見過最可怖而令人悲哀的表演。

擺在陳春天面前這個夜市就像電影裡那種流浪馬戲團，裡面的攤販來自台中縣各地，有些甚至是從彰化來的，他們其他時間都各有自己的場子要跑，不是每天會見到，不同的營業項目，有時甚至會「強碰」撞了衫，賣皮鞋的碰上賣皮鞋的分外眼紅，但陳春天再也沒見過以前在豐原夜市那種激烈廝殺拚場的畫面，那時陳春天他們家的女裝店右邊跟對面兩家男裝店拚得火熱，有回一言不合對面那家男裝店老闆娘的小舅子衝進廁所拿出一罐鹽酸跑到右邊的男裝店見人就潑，造成了一人失明、一人毀容的慘劇，官司打了很久，被潑酸的那家老闆娘原本凶悍得不得了，那之後卻夜夜跑到對面去嚎哭，她哭丈夫失明兒子毀容，哭怎有人如此泯滅天良，陳春天雖然同情她，但不得不想起幾年前她也因爲跟陳春天家人拚生意竟叫人打傷了陳春天的媽媽。

那些爲了生意而你死我活的情節過去了，反而是在景氣敗壞、攤販越來越多的情況底下，大家都興起了彼此的憐憫心，都是討一口飯吃犯不著那樣拚命，這個夜市呈現的是一種卑微而瑟縮的氣氛。

但總也喧譁嗆俗且充滿打不死驅不散的生命力。

夜市裡各路人馬都有，自己賣童裝老婆賣內衣褲的阿龍伯是個山東人，軍校出身，高頭大馬好大一個，他坑坑疤疤的台語都是做生意時學來的，爲人豪爽義氣最愛替人打抱不平，同場的夜市裡總聽得到他大嗓門地到處與人聊天，擺平各種糾紛。另一個賣泡沫紅茶跟豐仁冰的家族是出了名的「搶錢一族」，夫妻倆與兩個女兒加上雇來的幾個歐巴桑分成兩攤，夜市做不夠，哪兒有園遊會、民俗活動哪兒就看得到他們的身影，俗話說「第一賣冰，第二做醫生」，他們是勞動人民的模範代表，靠著賣冰蓋起一棟一棟透天大厝，原本是工廠做工的兩夫妻幾年下來翻身成了有錢人。另一攤賣仿冒襪子的年輕夫妻都是大學畢業生，還記得剛出道時怯生生地，夫妻樣貌都好看，安安靜靜不與人交談，剛入場時沒有固定攤位就靠著阿龍伯幫他們找零星攤位「插花」，不久之後生意上手，六雙一百的襪子賣得「嘎嘎叫」，做太太那位比較活潑些，後來也會學人在客人較少的時候去別攤串門子，因此常跟陳春天的媽媽相約去附近美容院洗頭髮，也見過幾次他們到家裡來唱歌。另一個做五朵花的夫妻檔是走「歪路」出身，所謂的「五朵花」是一種賓果遊戲，做丈夫那個負責從裝有各種小圓球的塑膠透明箱子裡挑出號碼球，唱號，擺成ㄇ字形的矮桌子上每個客人面前都發有一張號碼單、一盤葵瓜子、幾根長壽香菸、一杯茶水，唱出的號碼如果出現在自己的號碼單上就用葵瓜子擺放著做記號，連成五個一直線就中了「五朵花」，是頭獎，有警察時，頭獎可以兌換五條香菸，沒警察時頭獎則可以換現金，三朵花四朵花則是小獎，可換取高級茶葉、高級洋酒（說是高級也不見得眞高級，獎品通常不會超過市價五百元），當然是獎金才眞正吸引人，這夫妻倆因爲「賭博罪」都分別被警察捉過兩次了，夜市裡氣氛最熱鬧的時候反而是有便衣警察出沒時，除了五朵花，麻將攤、水果檯（不是賣水果的，而是一種賭博性電動玩具，道高一尺魔高一丈，這種電動玩具的面板會自動切換，有警察時是一般玩法，警察一走自動切換成另一種，桌上的絨毛娃娃、鬧鐘、香菸等禮品也都是做做樣子，都可以拿去兌換獎金的），怕警察抓的還有賣膏藥的「脫衣舞秀」，比較大的場子通常會有這種「special」，也是握場仔拿來吸引人潮的噱頭，內行人都知道何時才有「脫光光」可看，這些賣膏藥的表演秀場有時不賣膏藥，而是賣「六合彩明牌」，無本生意就靠一些脫衣舞孃讓客人靠攏，最重要的除了脫衣舞，還是得靠口才犀利的主持人來撐場面造聲勢，陳春天曾經見過早期以「木瓜秀」紅及一時的主持人「大白鯊」，胖狀的身體拖著兩顆沉甸甸的大奶子，果然是秀場出身口才自然不同一般，葷腥不忌說得人人都臉紅。誰都不知道便衣警察何時會出現，雖然早知道握場的都去附近管區「打點」過了，但總有跨區而來的警察，或者因爲做業績而必須「奉命查辦」的，通常握場的都會事先通知，但總也有膽大粗心的攤子犯了規矩，那時客人跟攤販都放下手上的事情跑去

「看熱鬧」，稀哩嘩啦一陣官兵抓強盜，看得大家不亦樂乎。

早期夜市並不常見到那種年輕高學歷的攤販，更別提後來盛行的「007皮箱族」，那種提一只黑色皮箱走遍天下的年輕情侶檔賣的都是仿冒手錶跟皮包，單價高利潤好，見苗頭不對皮箱一收就走人，這些都是晚近才有的流行風潮。早期的夜市都是些轉業的夫妻檔，夜市裡凡是老婆特別能幹的老公就特別懶散，反之亦然，攤子上常見到顧攤的都是女人家，男人都四處「陸路迌」東家長西家短，只有收攤時間才出點力搬東西，要是碰上女人自己能搬貨能開車，男人就徹底只是個打閒差的，所以夜市裡的女人都好羨慕陳春天的媽媽，因爲時常可見他們夫妻把箱型車開進場子裡，只見陳春天爸爸一個人在那兒搬貨擺攤，媽媽已經去美容院洗頭了，每個月總有幾天媽媽不到八點不下車，因爲月經痛頭痛等毛病躲在車子裡睡覺。「你尪婿有較骨力勒呢，眞正是標準好尪。」夜市的朋友總是這樣對陳春天的媽媽說。爸爸沉默寡言無不良嗜好，長相也不難看，勤奮努力，幾乎是夜市裡人人稱羨的「好男人」，陳春天的媽媽早年看起來就是個「嬌貴命」，雖然褪去在台中上班時的時髦打扮，但肩不能挑手不能提，「甘那出一隻嘴」，總可以見到人少的時候「我去借便所放尿」媽媽這麼說，一去就是個把小時才回來。那是媽媽的「公關時間」，夜市裡處處她都有熟人，每一個攤位都可以逛好久，每一場夜市附近有什麼店家爲人較親切她都知道，每回陳春天到了夜市媽媽都會提醒她可以去哪家商店借廁所，「這家頭家娘人很好，你講是大姊頭ㄟ女兒就沒問題。」媽媽有些得意。「你別傻了啦，人家對你好還不是因爲你每次都買一大堆東西。」陳春天冷淡地反駁。

大姊頭是出了名的慷慨誰不知道，媽媽抽菸喝咖啡，但每回到小雜貨店買香菸還得附上一大堆她根本不吃的零食口香糖伯朗咖啡康貝特，而且香菸她絕對不會一次只買一包，「不好意思啦！」如果叫她去只買一瓶咖啡簡直要她的命。走回攤位的途中媽媽把那些餅乾糖果零食都送人了。當然也帶回了更多，誰見了大姊頭不示好巴結一下呢？而且男人女人都有一肚子苦水要跟陳春天的媽媽傾訴，於是她沿途收集各種禮物以及「各家那本難念的經」，回到攤位上繼續營生，陳春天知道媽媽，人人都對她傾吐什麼祕密但她自己的心事與祕密絕對不會對任何人訴說，那種看似開放的性格其實背後有著更頑強的防衛機制，媽媽用與別人友好來拒絕別人對她們一家人的窺視。

相形之下爸爸則是對於與人往來完全無能，對金錢的使用節儉得令人吃驚，他不菸不酒不吃檳榔不喝飲料，除了吃飯看不到他吃別的東西，衣服都是廠商送的，不穿到破絕不換新，也幾乎不跟人說話，每回陳春天不跟人說話媽媽就會說：「跟你老爸同款孤門性。」

爸爸幾乎片刻不離開攤位，只有在晚上十一點左右收攤前他會到場子裡去逛一逛，那個時候爸爸到底去逛些什麼陳春天不知道，總是十分鐘就回來了。爸爸用沉默來應對這世界，他沉默並且看起來無害，於是人們就將他當作是一個「老實害羞的人」，他跟陳春天的媽媽唱雙簧似地一個白臉一個黑臉，一個搬道具一個扮花旦，完成了這齣人們都信以爲眞的「溫馨家庭劇」。

爸爸的「孤鬥」媽媽的「善外交跟活潑開朗」結合在陳春天身上變成一種非常矛盾而複雜的雙重性格，那使接近她的人都爲她著迷，使得她在需要的時候左右逢源，但也使得她另一面陰暗而封閉的性格變得格外突兀且不可理解。

她想起大學時爸媽有段時間常跟夜市的人來往，那是他們家最爲「門戶洞開」的時刻，幾乎不與人往來的陳春天一家人甚至會去跟其他小販的家庭烤肉郊遊聚餐，做夜市的人生活形態晝伏夜出與常人不同，因此來往的對象也多是做夜市的，她不知道一向封閉的爸媽爲何會在那時選擇了與別人維持那種看似親暱的朋友關係，幾乎每次下雨休息或是生意不好提早收攤都會約好到哪一家泡茶聊天，每個月總有一天白天會約去溪邊烤肉，陳春天家裡有齊全的卡拉OK設備，因此每隔一兩個月總有一天晚上收攤後那些夜市的朋友會攜家帶眷來到他們家唱歌。

那是陳春天記憶中爸媽唯一一段把家庭生活對別人展開的日子。

有一回他們還參加了「百戰百勝」的錄影節目，陳春天的爸爸用攝影機錄下那整個過程，之後許多次在聚會場合不斷倒帶重播。

幾回陳春天從大學裡放假回家，恰巧碰上那種聚會，她總是一言不發地躲回自己的房間，但也總會被媽媽叫下樓「至少打個招呼」，有一次媽媽甚至問她：「你是不是瞧不起這些做夜市的朋友？」

陳春天無法言語。

她沒有瞧不起誰，她只是怕吵而已。

但事實好像不是如此，那其中總有著什麼教人覺得不安而尷尬，那種和諧、親切、溫暖、嘈雜、笑鬧，一直都是陳春天他們家庭裡缺少的東西，甚至，他們從被這村子放逐，多年後又回到這村莊，村民似乎以爲他們是衣錦榮歸故而對他們另眼相看，即使隔壁就住著爺爺奶奶跟大伯父一家，這圍繞著竹子而形成的數十戶小聚落家家幾乎都有點親戚關係，但陳春天知道他們家與別人是不同的，一種刻意造成的疏離氣氛始終在這棟小小的三層樓房外圍形成一道小小的護城河。他們不走進別人的家裡，也不讓人走進他們的。

但情況改變了。那些夜市的朋友大舉入侵了他們的家，而且看得出是爸媽細心規畫過的。

陳春天知道她的父母企圖在這些夜市朋友面前製造一個新的身分，一種新的過去，那作爲跟日後陳春天透過寫作以及作家這身分所努力創造的非常類似，取消過去，改寫過去，掩埋過去，透過對他們過去一無所知的新朋友眼中看見恩愛夫妻美滿家庭，並且使自己相信這個。

不巧那時，那時正是陳春天記憶大反撲的時候，所有已經遺忘或刻意隱藏的不堪記憶逐漸逐漸地，一一浮現，於是她更害怕看見爸媽所努力要營造的那個景象，因為她知道或許有一天，她就會是那個把眞相說破的人。

【第六章】

病院(三)

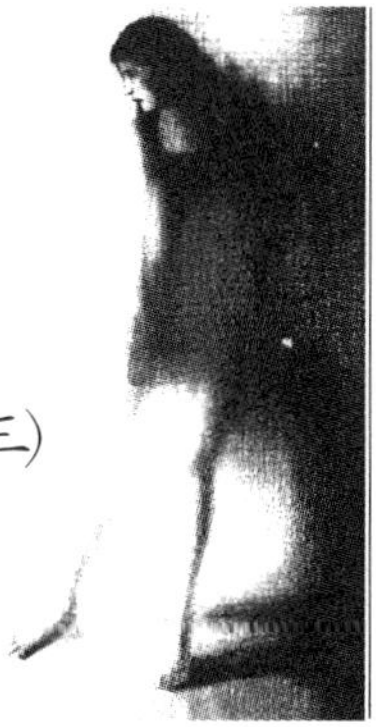

陳春天走進大樓的接待大廳，挑高近五米的寬敞接待大廳中央掛著巨大的水晶吊燈，花岡岩地板在濕冷的雨夜顯得更堅硬冰涼，有點眼熟的管理員對陳春天點頭，她拖著疲憊虛軟的身體拿出卡片刷卡推開閘門，再一次刷卡啓動電梯，快速電梯安靜無聲地將她送到二十八樓，叮一聲電梯門打開，安靜無聲沒有半個人影的走道酷似三星級的飯店，二十四小時從不熄滅的走道燈光照亮陳春天的門廊，她拿出鑰匙打開那複雜的門鎖，推開大門走進了屋子。

陳春天回家了。

弟弟已經轉到加護病房，歷經六個多小時的手術結果，除了右邊骨盆骨折（因爲情況危急還來不及處理骨折問題），竟然變成膀胱破裂、血胸、大量內出血，更別提什麼因爲腹壓太高可能導致肚子關不起來需要第二次開刀做一個人工腹膜之類的，誰聽得懂啊！陳春天剛才一路走一路忍不住想要罵人但無人可罵，剛送到急診室的時候只是肚子痛腳不能動而已啊！那時候弟弟還可以打電話回家，爲什麼做完手術之後會變成「請你們有心理準備」這種危急而不穩定的情況呢？不懂不懂不懂。

爸爸跟妹妹留在四樓胸腔科加護病房的家屬等候區，他們占了兩張床位（所謂的床其實只是摺疊椅，但那樣的時候可以躺平已經要偷笑了），陳春天得回家收拾一些東西帶到醫院去，而且她好想睡覺，無法想像自己如何能在那個擠滿病患家屬的等候區裡睡覺，一定做不到的，光是想到大家一起並排躺下的情景就會渾身打顫，太恐怖了，接下來還要發生什麼事呢？

打開電燈，她鬆了一口氣，屋子裡當然只有她自己一個人，溫暖而安靜，而且是徹底的獨自一人，眞好。這房子眞是他媽的舒服斃了！陳春天放下手上的大包小包倒在沙發上不禁這樣想著。

其實陳春天心裡有些小小的不安跟內疚，弟弟在加護病房，爸爸跟妹妹在那簡陋的摺疊椅子上睡覺，而陳春天在舒適的屋子裡抽菸聽音樂，這位於中和市某棟摩天大樓二十八樓的十幾坪套房，像是她的防空洞，家人並不知道她住在這裡，更不知道這是她自己買的房子，去年接了幾份大工作突然賺了一些錢，因爲是意外之財，陳春天原本徘徊在把錢用來讓自己兩年專心寫長篇，或者半年出國旅行這兩個念頭之間，但是朋友的勸說（你那錢我敢保證絕對不會花在你自己身上），才到台北兩年已經搬了四次家，房價正低又碰上什麼政府低利優惠房貸，當初幫陳春天找到這房子的房屋仲介這樣跟她說：「買比租划算，你算算看，房貸跟房租差不多。」在一次失眠的夜晚陳春天突然決定把所有的錢領出來拿去付頭期款買了這小房子。朋友們都爲她高興，那個居無定所、朝不保夕、老是晃盪來去的陳春天終於要安定下來了啊！幫忙打包搬家，送沙發、家具、擺飾品等等搬家禮物，陳春天散居世界各地的好朋友跟情人是多麼爲她感到高興，然而那卻是陳春天不可以對家人訴說的祕密之一，親近的所有朋友，甚至連出版社的編輯都知道了，但就是得對她的家人隱瞞，這是什麼道理呢？

房子不大，貸款還有接近百分之九十，除掉那座駝色的新沙發所有的家具都是二手的，她幾乎沒有花費任何錢去裝潢整修，然而那氣派的大廳，二十四小時保全跟飯店式管理，以及屋裡的空調設備、簇新的衛浴、一整面可以眺望遠方的窗景，白天甚至還可以看到雲朵層層飄過，晚上看到的夜景美得大家都會嘆一口氣，因為小說寫不出來就會一直打掃房子的習慣，屋子整潔清爽，無論如何都是個舒適而美好的地方，尤其是相較於陳春天他們位於台中縣那個狹窄破舊的老家，或者相較於弟弟妹妹在各地租賃的分居小雅房，陳春天的住處，無論從那個角度看來，都太奢華了。

一直都是這樣的，超越著家人所能理解的都市生活，無論那是基於怎樣的努力之下所建造，無論那其實有很多並非屬於陳春天本人（有時候她住的是情人的房子，她出國花的是報社的錢，身上穿戴的大多是情人送的禮物），但只要是拿出來擺放在家人面前，都顯得太奢侈了，陳春天幾乎都要內疚得掩面而逃。

「你為何要內疚？這麼多年來如果你沒有把賺的錢拿回家，你早就買房子了，而且根本就不需要貸款。」

「你付出的還不夠多嗎？」

朋友這樣告訴她，那些苦口婆心語重心長她都明白，對自己好一點不是什麼罪過，尤其是別人根本沒有替你著想的時候。

「爲什麼你有而我們沒有？」

「爲什麼你有那麼多卻不願意與我們分享？」

「爲什麼那是你的而不是我們大家的？」

家人那些沒有說出口或已經說出口的言語，占據著陳春天的腦子，她很清楚記得有一次，幾個月來的第一次回家，那時候她在台中市租了一間房子，因爲受不了夏天嚴重的西曬，安裝了冷氣機，在吃飯時跟媽媽聊起了冷氣的事情，媽媽突然說：「你妹妹租的那個房子也是好熱，一直吵著說要裝冷氣。」

那對話後來不了了之，可是整個過程裡陳春天一直感覺媽媽好像是希望她把冷氣機送給妹妹似地，那樣地不斷詢問她關於冷氣機多少錢，她的房租多少錢，裡面有什麼擺設之類的。但願是自己多心了，可是那種氣氛，天啊！太多次了，她身上穿的用的，甚至是她賴以維生的電腦等等，好像給陳春天用都嫌太浪費了，彷彿那都應該拿出來集體大拍賣而不應該屬於她，「你弟弟一直想要一台電腦。」「你妹妹說她的汽車壞了。」「你戴的這個戒指好漂亮我看一定很貴吧！」如此種種，彷彿被放置到一個大型購物平台去一項一項拿出來估價，一樁一件地仔細詢問，「這個那個這些那些你到底是怎樣拿到的啊！」

她也還記得第一次到美國，回來時她買了許多維他命帶回家，媽媽第一句話說的就是，

「你弟弟妹妹從來都沒有出過國呢！」

所以後來第二次再去美國，甚至是後來去了香港峇里島緬甸關島馬來西亞等等地方工作採訪她都不說了，無法解釋清楚，好像說出來就已經犯錯了那樣。

許多難堪的記憶一一浮現眼前。於是她得隱姓埋名遠遠跑到一個完全陌生的地方躲藏起來才不至於被那些聲音呑沒。

陳春天絕對沒有家人所想像地那樣有錢有本事，絕對沒有，她只是不會叫窮而已，有好幾年的時間她一個人做兩份工作，又因爲把大多數的錢都拿回家了，所以看起來就好像很有錢的樣子。

但那都不是眞的。

她現在甚至連一份工作都沒有了，收入是有一點沒一點的版稅稿費，那樣的生活方式普通人看了都會嚇一跳，可是家人還是一樣把她當作一棵搖錢樹（想到這三個字陳春天覺得自己很低劣）。

不是嗎？只要搖一搖錢就會掉下來了。

跟家人的關係最後只剩下了錢。

無論承受著什麼，無論拿了多少錢回家，她終究只是一個被放逐的人，她身上那些奇異的行徑，她長期以來的精神紊亂都在顯露這個家庭不願承認的悲劇。他們想要的不是這樣的一個家人。

走得太遠，回不了頭，陳春天知道那個地方已經沒有屬於她的位置。

說搖錢樹眞的太過分了。到底是誰在搖誰？那些錢到底是從哪裡倒出來的？

我不知道。

不是嗎？她聽到弟弟車禍朋友就拿了兩萬元給她急用，方才要離開醫院的時候她就拿了一萬給她妹妹。

那根本是借來的錢啊！很多次她這樣對她媽媽說，媽媽總是說：「至少你還借得到錢，千變萬化你總是想得出辦法。」這就是窮人的觀點，陳春天知道，窮人的朋友也多是窮人，就算認識比較有錢的人也不能去跟人借錢，因爲窮人最慘的一點就是不能喊窮，那就會連最後的尊嚴都沒有了。

陳春天逃難似地逃離了她那貧困的家庭寧願像個無家無根的人那樣孤單地來去，不到兩年的時間，有一天，她弟弟出車禍了。

情況會變成怎樣呢？

她忍不住想到，這次已經被逮到，想躲也躲不掉了。如果弟弟的病情比想像中更嚴重，花費的醫藥費比所能負擔更龐大，那麼接下來，陳春天可能就得賣掉這個房子了吧！甚至，她得去上班賺錢，以及用各種她所能想像得到的方式賺錢還債。說不定她得去賣身，就像當年媽媽爲了還債所做的那樣，陳春天很遺憾自己並不像年輕時的媽媽那樣是個美女，但又對自己這種荒謬的想法感覺到荒唐，她可以不管的吧！撇過頭去，或者乾脆買張機票出國，跑去某個情人那兒住上幾個月，來個溜之大吉。想逃的念頭越來越強烈。

陳春天打開電腦對著螢幕發呆，然後寫了一封e-mail把弟弟車禍的事情跟遠在美國的幾個朋友說明，在寫的過程裡她才清楚認知到這幾天發生了什麼事情，那是攸關生死的大事，那也可能是即將改變陳春天生命的，關鍵。

不要想了，睡覺吧！你的頭腦已經亂掉了！陳春天對自己說。然後吃了兩倍劑量的藥，把鬧鐘訂在早上九點，關燈，她陷入了深深的睡眠裡。

鬧鐘響起的時候陳春天正在一個夢的邊緣，夢裡她正在參加自己的葬禮。聽見鬧鐘響卻清醒不過來，夢裡是一場盛大的告別式，陳春天身體躺在棺木裡，卻看見自己飄浮在殯儀館的天花板凝望地面上的一切，所有她認識的不認識的人都來了，她非常憤怒卻毫無辦法扭轉情勢，她一直最驚恐的就是這樣的一天，不是死亡，而是死後被對待的方式，她想到那些來不及處理的信件筆記日記本、未完成或已經完成卻不想發表的小說、小小房子裡隱藏的各種各樣私人物件，此後將被怎樣地攤開在所有人面前呢？更可怕的是她是堅決不要土葬的，既不要土葬也不要什麼告別式，什麼都不要，把她的死屍跟所有殘稿手記全部燒成灰隨意撒在任何一個地方都可以。「請不要這樣對待我的死。」陳春天大喊。

然後伴隨著手機的鈴聲大作陳春天終於從夢裡醒了過來。

朋友打電話來，「我跟你媽已經下中和交流道了，你準備一下我帶你們去醫院。」朋友的聲音聽起來很模糊，媽媽來了啊！陳春天努力思考這句話的意思，這才想到弟弟正在加護病房急救，而且，或許，有生命危險，所以媽媽來了。她真不想在這種情況底下看見她媽媽，事情發生至今陳春天跟她爸爸和妹妹都不曾掉過一滴眼淚，甚至是平靜得有些過頭了，她想到他們家人那種特有的「解離能力」，在一般人看來或許顯得有些怪異吧！嗯，弟弟車禍之後陳春天眞正體會到他們果然是一家人，並不是因為感情的親密，而是因為各自處理痛苦的方式竟是那麼相近，原來陳春天那種被人稱為「對感情反應遲鈍」的性格並非她個人特有的。

匆忙梳洗換裝，帶了棉被枕頭外套毛巾跟她所能想到的日常用品，塞滿兩大旅行袋，跌跌撞撞地下樓，打開朋友的車門，看見了媽媽。

若是以往，媽媽大概會用一種戲謔的語調故意用不純熟的國語說出：「陳小姐好久不見啊！搞不好在路上遇到都不認得你了呢！」這樣消遣著陳春天不回家等等行徑，她甚至連過年都不回家，但這次媽媽什麼笑話都沒說。

陳春天想著媽媽看起來好蒼老，曾經是那麼貌美如花的女人，當然媽媽已經年過五十了不可能依然年輕美麗，但那種急速的衰老每次見了依然使陳春天驚恐，因爲她知道那每一個皮膚細胞器官的衰老，身體形貌的改變陳述的都是媽媽在這短短七年裡所承受的壓力與傷害，那迫使人不得不低下頭扭曲著身體，一次一次好像在點頭欠身彎腰甚至要匍匐在地才能度過的危難，經濟的、人際關係的，甚至只是微不足道的家庭生活細節，死了一隻老狗，下了兩場大雨，患了三次重感冒，與父親冷戰四天之類的，當然包括更複雜的經濟操作，每個月的會錢、面額過大的到期支票，一批錯誤的衣物進貨，爺爺奶奶的醫藥生活費用。這麼長久下來把媽媽的面容改變得如一畝再也榨不出任何養分的貧瘠農田。

「會不會冷？台北好冷。」媽媽拉扯著陳春天身上的黑色羽毛外套，陳春天看見媽媽的手掌跟爸爸一樣布滿乾燥皸裂的粗糙紋路，她很想拉住媽媽的手叫她別再發抖了，媽媽頭戴一頂醜怪的褐色毛線帽，身上穿著廉價的暗紅色尼龍面內裡爲蓬鬆棉花的外套竟跟爸爸身上一式一樣，於是她知道近來爸媽的生意攤子賣的應該就是這種一件三百九的外套，陳春天覺得有點尷尬，因爲她自己身上穿著的羽毛衣輕柔保暖，要價三千五百元。陳春天很想脫下身上的衣服給媽媽穿，如此一來就不需要層層疊疊地穿著外套跟好幾件一點也不保暖的線衫跟毛衣讓自己看起來更寒傖臃腫，但她有什麼資格這樣或那樣去改變媽媽的穿著，要說什麼穿著品味媽媽難道不懂嗎？年輕時媽媽在台中酒店上班那段時間，天天打扮得好像立刻可以登台表演，那時媽媽每星期更換乾淨的床單，每隔兩天就到美容院去洗頭，臉上搽的是一罐好幾千元的什麼胎盤素面霜，雖是風塵女子卻不見濃重風塵味，若換到此時說不定也可算是什麼時尚交際花。陳春天的媽媽直到四十歲看起來都是相當年輕時髦的，陳春天還記得國中一年級的時候媽媽有次不知爲何搭著計程車到學校看她，媽媽穿著一身鵝黃色套裝（那顏色實在太耀眼了，在她就讀的國中裡絕對沒有任何人的媽媽會以這種打扮出現），刻意地並沒有化著濃妝，恰到好處的淡妝以及穿著打扮使得媽媽的出現引發了校園裡一陣騷動，陳春天被老師通知說媽媽來學校的時候正在準備一場數學小考，媽媽突然出現在教室外面，陳春天還記得她那年輕未婚的數學科男老師看見媽媽的時候幾乎羞紅了臉。

「怎麼跑到學校來了？」陳春天連走帶跑趕到走廊氣急敗壞地問媽媽。

「剛好有事路過，買了蛋糕要來給你吃，糖果是要給你分給同學的。」媽媽說著彆扭的國語、提著兩個漂亮紙袋裝著的貴重禮物，像一個外星人那樣降臨這個偏僻的鄉下國中，那時的媽媽正是最美豔的時候，陳春天清楚記得那之後許多次被人問起關於她媽媽的事，「哇塞你媽怎麼那麼漂亮好像電影明星！」「你媽做什麼的啊看起來好高貴好有錢！」陳春天有些生氣也有許多困擾，她不知該如何對人說明，只有一個親近的同學知道媽媽不住在家裡的事，但許多老師同學都看過假日在豐原夜市跟爸爸一起擺攤子時的媽媽，那是無論如何都無法聯想在一起的兩個截然不同的人，該怎麼跟人解釋呢？太麻煩了於是就什麼都不說。

媽媽總是以一種奇怪的方式愛著她，突如其來的禮物，突如其來的造訪，太過彆扭也太張狂了，媽媽一陣旋風似地來去以爲陳春天會非常高興，卻不知道對這個正值青春期滿腦子古怪念頭的陳春天會造成多麼嚴重的困擾跟混亂。

時隔多年，媽媽不再是那個都市來的風塵女子，她切合在夜市擺地攤小販的身分與生活形態地老了醜了，陳春天竟然在這時候想到要把身上的衣服給媽媽穿，這種作爲跟媽媽當時因爲一時興起想見女兒就買著昂貴糕點跑到學校去看她的舉動有何不同？起因於善意行徑卻顯得荒謬，陳春天不免覺得時空錯置她跟媽媽的身分已經對調，存在他們這個家庭之間的永遠都是對不上的時間，接不上的話題，處理不當的感情，以及越努力越顯得疏離的關係。

更何況，她那件羽毛外套對眼前身材腫胖的媽媽來說根本就太小了。

車廂裡安靜得令人焦躁，朋友並沒有開口問陳春天弟弟的傷勢，昨天的電話裡已經對她透露過不適合在媽媽面前討論的訊息，因爲媽媽不知道弟弟的病況危急，她以爲只是順路帶她上來看看弟弟而已。

235-62
台北縣中和市中正路800號13樓之3

印刻出版有限公司　　收

讀者服務部

姓名：＿＿＿＿＿＿＿＿　性別：□男　□女

郵遞區號：＿＿＿＿＿

地址：＿＿＿＿＿＿＿＿＿＿＿＿＿＿＿＿

電話：（日）＿＿＿＿＿＿＿＿（夜）＿＿＿＿＿＿＿＿

傳真：＿＿＿＿＿＿＿＿

e-mail：＿＿＿＿＿＿＿＿＿＿＿＿＿＿＿＿

INK

INK PUBLISHING

讀者服務卡

您買的書是：______________________________

生日：________年________月________日

學歷：□國中　□高中　□大專　□研究所（含以上）

職業：□軍　□公　□教育　□商　□農

□服務業　□自由業　□學生　□家管

□製造業　□銷售員　□資訊業　□大衆傳播

□醫藥業　□交通業　□貿易業　□其他______________

購買的日期：________年________月________日

購書地點：□書店　□書展　□書報攤　□郵購　□直銷　□贈閱　□其他

您從那裡得知本書：□書店　□報紙　□雜誌　□網路　□親友介紹

□DM傳單　□廣播　□電視　□其他

您對本書的評價：（請填代號 1.非常滿意 2.滿意 3.普通 4.不滿意 5.非常不滿意）

內容______　封面設計______　版面設計______

讀完本書後您覺得：

1.□非常喜歡　2.□喜歡　3.□普通　4.□不喜歡　5.□非常不喜歡

您對於本書建議：

感謝您的惠顧，為了提供更好的服務，請填妥各欄資料，將讀者服務卡直接寄回或傳真本社，我們將隨時提供最新的出版、活動等相關訊息。

讀者服務專線：（02）2228-1626　讀者傳真專線：（02）2228-1598

妹妹跟爸爸看起來都疲累極了，「冬冬到底是按怎啊？」媽媽見了妹妹就抓住她的手開始問了起來，整個家屬等候區充滿了食物的氣味，椅子上閉著眼睛休息的家屬、來來去去探病的親友、碎嘴的關懷、緊張的探問，甚至有些訪客會突然歇斯底里地大哭起來，媽媽一進到家屬等候區看見這景況原本強裝的鎮定已經潰敗，開始顯露焦急不安。

一天四次的會客時間，早上七點半妹妹跟爸爸進去看過，仍是在不穩定的情況之中，「就是要等啦！等到腹壓減下來，內出血穩定。現在只能等。說不定還得動手術。」妹妹無力地說，看起來就像沒睡飽的樣子。「沒睡好啊！」陳春天又要開始說不討人喜歡的廢話了。「睡在廁所旁邊，人來來去去的一整個晚上都好吵。」妹妹說，「你帶媽媽去吃早餐吧！順便幫我跟爸買一些東西上來。等十點半再一起進去看弟弟。」奇怪地妹妹口氣好溫和，好久沒聽妹妹跟她這麼溫和地說話了，陳春天一時間竟有些高興。

搭電梯到地下一樓美食街，陳春天一口氣點了四套吉野家的早餐，以往她對吉野家根本沒任何好感，不過這時也沒有更高明的選擇，只好捧著那些盒裝紙杯的牛丼飯跟味噌湯上樓，除掉陳春天之外的爸媽跟妹妹三個人都吃得精光，陳春天上樓前給酷愛甜食的妹妹買了一個奶油泡芙，妹妹也是一口不留地全吃完了。陳春天突然想起之前旅行時到國外住的那些五星級飯店的自助式早餐，如果可以帶著全家人一起去吃他們一定很高興吧！即使是在這樣緊張的醫院氣氛裡，陳春天仍不免想起除了她之外的家人這些年來從沒有享受過什麼「無限量」、「無後顧之憂」的奢華，他們永遠是儉省地計算著這個那個，面對任何類似享受的事物都感覺到輕微的緊張跟局促。連媽媽都變成這樣了，多難想像這是那個小時候會帶著他們三個小孩去西餐廳看歌舞秀大吃牛排冰淇淋聖代的女人。

「想要喝咖啡。」媽媽抓著陳春天的手小聲地說，「哈菸哈得要死，剛才一路都不敢抽。這病院裡面都不能吃菸吧？」陳春天自己也想抽菸，於是帶著媽媽又下樓了。台大醫院新大樓的一樓入口有一家星巴克，陳春天跟媽媽一起到了那家咖啡館，幾年胃疾，陳春天已經不能一早就喝咖啡。「好香。」媽媽孩子氣地用力呼吸著滿室的咖啡香氣，「讚！聞這味頭就不會痛了。」

陳春天對於她媽媽總有著難以解釋的情愫，性格太多相似處，比如媽媽的能歌擅舞，雖然只有國小畢業卻說得一口好故事（她外公外婆都是受日本教育的知識分子，但等到媽媽讀書的時候卻因爲窮困而無法繼續升學，陳春天看著媽媽種種罕有的天賦卻在貧窮的環境裡不斷稀釋，僅剩的只有她那超越常人的堅強生存能力，但那卻是陳春天最缺少的），陳春天多年前曾因爲腳傷回老家住過一陣子，兩個人都是夜貓子，半夜不睡覺竟一起在那兒看電影，不是看什麼八點檔連續劇，而是看陳春天去錄影帶店找來那種稀奇古怪的艱難電影，陳春天最喜歡聽媽媽把剛看過的電影講一次，聽她講電影有時比用看的還過癮，媽媽那善於描述善於捕捉故事重點並且用語言來陳述的能力是陳春天遠遠不及的。三更半夜，兩母女坐在客廳一邊抽菸熬夜看電影直到天亮，雖然他們並不訴說心事，只是輪流點菸，盯著電視機畫面，且時時要留意她爸爸是不是半夜下樓來上廁所，一種類似共謀的私人聚會夜夜上演，那是陳春天最接近幸福的時刻，但也短暫地只維持了一兩個月。

此時媽媽正在喝咖啡，距離上一次跟媽媽這樣一同喝著咖啡的日子不知多少年過去了。一家人只有她跟媽媽抽菸，兩個人都抽菸喝咖啡愛狗愛貓，都是那種走出去到哪都能結交朋友人緣超好的人，但也是外表跟內在絕對不相同，看起來開朗活潑其實內心卻無比孤僻憂鬱的，陳春天坐在星巴克看著媽媽一小口一小口珍貴愛惜地喝著那杯卡布其諾，心裡逐漸泛起一陣親密的情緒，好久不曾這麼近距離跟媽媽相處了，喜歡看媽媽一微笑就會瞇成細縫的眼睛，妹妹也是長著這樣一雙細長眼睛，陳春天雖然遺傳爸爸的雙眼皮大眼睛，卻也不可避免地遺傳了父系家族的方臉跟塌鼻子，一家人真正遺傳到媽媽美貌的不是這兩個女兒，卻是此時躺在加護病房的弟弟，那不修邊幅的傻大個，其實長著一張清秀好看的臉孔，小時候曾經被媽媽打扮成小女孩出去外頭炫耀，那模樣看起來就像個精緻的洋娃娃，以至於後來弟弟始終沒交女友時媽媽非常擔心當年自己的舉動已經影響了這個男孩的性傾向。陳春天胡亂想著這些瑣碎的事物，突然聽見媽媽問她：「聽恁爸講你在台北買了一間厝啊？」

什麼？奇怪怎麼會被發現？

「恁爸講收到一張啥米稅金單，遮知影你在台北買厝。」媽媽繼續說。

陳春天正要打開的心又悄悄地關上了。

其實那也絕對不是不能講的事，雖不像鄉下人生子起大厝還得浩大地擺桌請客吃飯，但也不至於得弄到如此神經緊張保密防諜，「小套房而已。還有兩百萬的貸款得付。」陳春天冷冷地回答。

「嘛是不錯了！有辦法在台北買厝，不像你阿弟，讀冊還要助學貸款。」媽媽說，「你阿妹租的房間講常常勒漏水。」

又來了。

總是可以把這個跟那個統統扯在一起。是不是倘若陳春天突然宣布：「我要結婚了！」媽媽也會聯想似地說：「你妹都沒有男朋友，你弟弟都不敢跟女生講話。」好像這些都是她的錯。

或許不該如此想但陳春天就是這樣想了，那些言語一出口就不能收回，她可以明顯感覺到自己的心在一句話語之間變得多麼生冷僵硬，且輕微地憤怒著。

剛才所想到的要請全家人一起去峇里島度假，租一間特大的villa大玩特玩的情緒已經完全消失，爲什麼連媽媽都要如此跟她說話呢？不能換一個方式嗎？陳春天不知道到底哪兒出了差錯，從第一天進這醫院到現在，包括此刻所喝的咖啡，每一分錢都是她掏出來的，甚至往後，陳春天知道一定還會是她去籌錢，都是這樣的，一旦捲進來就會變成這樣了。不是誰付錢的問題，而是，而是，就不能讓她覺得稍微好過一點嗎？就不能讓她像一個家人而不是一個金主嗎？但問題是，過年過節都不回家，即便回家了也只會拿錢回去，無論發生什麼事都不跟人說，即使跟家人在客廳裡吃飯也只想趕快吃完付錢走人，那個是誰呢？是誰把自己搞成這種局面的？她不想面對這個，她不會處理，陳春天好想大叫，我不會處理，你們放過我吧！

胃好痛。

於是又開始出現疏離的狀態。

彷彿有一個按鈕只要用力按下去陳春天就會變成一個無血無淚的機器人。關於人類的七情六欲，關於作爲一個女兒，一個大姊，一個情人或者一個朋友這類的身分應該有的情緒跟反應，陳春天都茫然無頭緒，付錢，上床，或者走開，她所能想到的只有這三種作法。

那些在輾轉不能成眠的夜晚所出現渴望與誰親密的細碎情感，她在小說裡無數次描寫過的熱情、悲情、溫暖、和諧，都只存於想像及文字裡，一旦呈現在她眞實生活中，除了疏離就剩下瘋狂。陳春天異於常人的腦袋凌遲著她自己。

不要再想了。停。

跟媽媽到醫院外頭抽了一根香菸，然後上樓，大家呆坐了一會，終於到了會客時間。

因爲一次只能進去兩個人（櫃子裡只配給了兩件隔離衣），所以陳春天想像中多年後終於一家五口齊聚一堂的景象並沒有在加護病房出現，似乎媽媽一看到弟弟躺在病床上全身插管臉上罩著呼吸器的慘狀就腿軟整個人癱了，出來的時候臉色發青靠著爸爸攙扶才能慢慢走路。「我沒辦法喘氣了。」媽媽搗著自己的胸口口齒不清地說，以前就有這老毛病，發作起來好像隨時都會死掉，陳春天見過幾次知道那種恐怖。

幾個人七手八腳給媽媽搽綠油精、按摩脖子、喝熱茶等等，忙了半天陳春天的媽媽才逐漸從那半昏厥狀態恢復過來，她沒哭泣，只是一臉驚恐地呢喃著，「我後生那會變做安ㄋㄟ？」「那ㄟ變做遮嚴重？恁攏總沒給我講，講啥米沒代誌，代誌大條了啦！」陳春天突然想起媽媽曾經因爲失去一個兒子而精神失常「起肖」的往事，而且後來弟弟從四歲到十歲的幾年媽媽也都不在身邊照顧，或許因爲如此，對於陳冬天這個小弟弟，陳春天的媽媽是用一種遲到的母愛無所不能地寵溺著的，陳春天無法想像若又失去這個弟弟媽媽會變成怎樣？會再度「起肖」嗎？彷彿幾年前陳春天逃離家裡的工作與她的情人時，她打電話回家，媽媽不斷地對她說：「你回來吧！你再不回來我就要發瘋了。」那時陳春天眞的擔心她媽媽會因此而瘋狂於是她終於還是回家了，好像那是一個陳春天的罩門屢試不爽，爲了不讓她的媽媽精神失常陳春天願意做出一切的努力，但後來精神幾乎失常的人卻變成了她自己。

面對媽媽的詢問大家都噤聲不語，沒有人可以給媽媽明確的答案，她們甚至連一個安慰的推託藉口都想不出來。

因爲那時誰都不知道事情會變成如何？她們一家四口坐在家屬等候區等候下一個開放訪客時間到來，彷佛在等待著永遠不會準時出現的公車，百無聊賴卻又滿身頹疲，情緒緊繃而且意志消沉，任由時間與靜默將這擠滿病患家屬的等候區切成二分之一，四分之一，八分之一，越來越小，小到只剩下捧在手心裡唯恐隨時要熄滅的一丁點星星火光。

【第七章】

眠夢

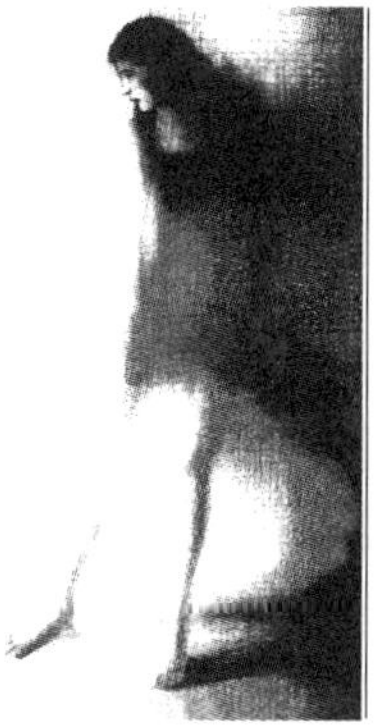

陳春天戀愛了。早晨醒來，兩個人斷續地說話，眼睛還睜不開，「想聽音樂。」陳春天說。男人溫柔的語調說著什麼，這是第一夜而已，昨晚到底怎麼睡著不記得了，她總是失眠，總是認床，男人趴在床上合著眼睛好像已經睡了，好像在說，來睡吧！睡覺多舒服。陳春天望著那無邪的面容感覺到安心，然後昏沉，然後睡了。

是早晨，男人在陳春天懷裡輕靠著她的胸口，拉赫曼尼諾夫的第三號鋼琴協奏曲，在晨光裡流淌，一屋子的安靜祥和，陳春天竟打起盹來，於是作了夢。

那時陳春天國中三年級，她的父母在豐原市復興路租了一間鐵皮屋當店面販賣女裝，她清楚記得那天，剛下課回家，還沒來得及跟爸媽問好就想往樓上的小閣樓躲，因爲家裡有客人來了，陳春天很怕見客，但是媽媽喊住了她，「阿春怎麼這樣沒禮貌？快點來叫叔叔阿姨。」

她那時候站在通往閣樓的鐵製梯子上，聽了媽媽的叫喚只好停住腳步，不情願地低頭看著那充當客廳的小角落坐著的一對男女。

一頭長髮的男人，穿著白色背心、牛仔褲、球鞋，男人身旁長髮的女人穿著白色T恤、牛仔褲、球鞋，兩人像是剛去慢跑回來似地，從這個角度看不到他們的長相，但這兩人突然一起抬頭看著在樓梯不上不下的陳春天。

陳春天快速地打量了那兩人，年輕女人圓圓白淨的臉，秀氣的五官，及肩的頭髮滑順平整、笑容淺淡，坐在她旁邊的男子黝黑的臉上細長的眼睛、高挺的鼻梁、薄薄的嘴唇、似笑非笑的表情，男人身上引人注目的是他留有一頭俗稱「浪子頭」的長髮，以及脖子上掛著一條皮繩項鍊綴著一個黑色木雕的鬼頭。遠遠的距離，陳春天依然被那鬼頭吸引住了，猙獰卻不恐怖，核桃大小，在男人白色背心敞著的胸口上十分明顯。

（難道就是那個東西嗎？）

陳春天沒有叫叔叔阿姨，一溜煙跑上樓去了。

（難道是那個東西嗎？）

她的視線裡仍殘留著那個鬼頭的模樣。

那時陳春天還不知道，那個戴著鬼頭項鍊的阿浪叔叔會在她二十歲的時候，成為她初戀的對象。

「阿春就是安ㄋㄟ，個性孤鬥，長得又不水，大漢要按怎嫁人？」媽媽要開始數落她了，那種數落之中瀰漫著輕微的驕傲與不解，相同的台詞媽媽不知多少次在許多叔叔伯伯阿姨之間提起，陳春天躲在閣樓靠近樓梯的地方偷聽樓下的動靜，媽媽正在跟那兩個客人講她，不久之前媽媽搬回來後就一直對她有很多意見，每次有人來了就要埋怨一番。當然那埋怨之中也有褒獎跟自豪，陳春天功課極好，自小也不怎麼讀書，可是總輕易地就名列前矛，唱歌跳舞演講畫畫彈鋼琴，在那個鄉下國中裡她是全校最出鋒頭的學生，將來順利考上省立第一女中好像是理所當然的事情，媽媽總要吹噓這些，「我們阿春長得不漂亮，可是她的字寫得多漂亮啊！我從來沒看過人家字寫得這麼好，她又好會寫作文，老師都拿去貼在學校公布欄呢！她得過很多獎狀，阿春啊！阿春你下來一下嘛！你寫幾個字給阿浪叔叔看看。」「阿春媽媽在叫你你有沒有聽見？阿浪叔叔是藝術家喔！」

在媽媽的叫喚聲中陳春天的臉越來越紅越滾燙，索性跑到床上用棉被摀住了耳朵。她不喜歡這樣。她又不是馬戲團的動物。

媽媽每次都說她不漂亮，正值國三的她，使她困擾的不只是長相的問題，每天晚上都睡不著覺，開始發育的身材充滿莫名的疼痛跟恐慌，臉上胡亂冒出的青春痘，體內奇怪的賀爾蒙，還有很多沒有解答的奇怪行爲，讓她幾乎發狂，可是媽媽還要說她不漂亮，她們都不知道陳春天有多少無法對別人訴說的困擾跟煩惱。

首先是奇怪的潔癖，陳春天每天總要洗上一個小時的澡，洗幾十次的手洗得手掌都脫皮了，還有每次月經來的時候那種骯髒古怪緊張不安的感覺，因爲升國中那年暑假第一次來月經時媽媽不在家，她自己並不知道怎麼處理，也不明白是怎麼回事，以爲自己得了重病，後來還是鄰居堂姊帶她去買了衛生棉，可是她總是會不小心把裙子弄髒在背後印出一大片污漬，有一次在下課回家的路上衛生棉還從內褲裡滑落下來就掉在地上（天啊她還記得她身後女同學的尖叫跟男同學的嘲弄訕笑），此後她對月經就更緊張了。

還有，不知道爲什麼對於數字有奇怪的癖好，她走路總是要算好步子，無法控制地，有時候是突然興起一種念頭，堅持從這棵樹走到那棵樹一定要在三十步裡面走到，如果超過了她就得退回去重走一遍，那樣只好脫離路隊跑回去原來開始的地方重走，而且同學會用奇怪的眼光看她，有時候會因爲這樣一小段路得重複走上好幾回；有時候是堅持要用左腳繞過右腳跟這種奇怪的姿勢走，看起來好像隔壁班那個患有小兒痲痺症的同學，惹得大家都看她，「可是我無法控制自己啊！」她好想這麼跟別人說。眞的，她根本沒辦法理解自己爲什麼這麼奇怪，太多了，生活裡的點點滴滴陳春天有著自己奇怪的規矩（例如吃飯時會不自覺地數著米粒，有時候會因爲數錯了而無法繼續吃下去，例如，因爲擔心同學聞到她身上的臭味而不斷地跑到廁所裡面洗手洗臉，明明身上的衣服都很乾淨但她還是會覺得自己髒，她不敢跟別人靠太近講話，人家就說她既孤僻又驕傲），而那規矩又是自己無法改變的，就這樣一邊唯恐被別人發現一邊又覺得自己頭腦不太正常，這樣無法控制地重複一些無聊而無法理解的行徑。

還有，那始終揮之不去的夢魘。

夢魘。

該怎麼對別人說明呢？

那就是陳春天不睡覺的原因。

陳春天不睡覺，她想睡但是不敢閉上眼睛。她一直都好睏。

無時無刻地，不知道從什麼時候開始的（好像是國三媽媽從台中搬回家之後吧），以前住在鄉下的時候好像不會這樣啊（但在鄉下的事情她大多忘記了）！

突然間她就不能動彈了，那是夢嗎？陳春天趕緊睜開眼睛，可以清楚看見房間裡面的擺設，聽到樓下爸爸媽媽的交談，電視的聲響，她望著天花板上妹妹貼著的幾張圖畫紙，上面的圖案及色彩多麼清晰，不知道現在幾點了，一定還沒有超過十二點吧！因爲樓下的服飾店還在營業，從樓梯間傳來的說話聲音以及光線依然明亮，那麼陳春天睡著不過十幾分鐘吧！寫完功課上床的時候是十一點半，到底經過多久了呢？那種突如其來的巨大壓力逼迫著她的身體，全身都被某種無形的東西壓住了，好難受，那壓力越來越大越加緊迫，使她幾乎窒息，好害怕。

陳春天好害怕。

那是夢魘第一次出現的時候。

無論如何都無法移動身體，這樣下去會沒辦法呼吸的，而且好痛，陳春天試圖要讓手腳移動，脫離這種被束縛著的狀態，但是身體明明有感覺卻無法自己控制，她聽見有人踏著鐵製樓梯上樓的聲音，是媽媽，媽媽走到他們的床邊，像每一天那樣先檢查了下鋪弟弟有沒有蓋好被子，然後看看睡在上鋪的陳春天跟她妹妹，以前如果這時候陳春天還沒睡著，媽媽會跟她講幾句話再下樓。「媽媽！」陳春天叫著，但沒有發出聲音。

媽媽的手拉起被踢到一旁的棉被溫柔地幫他們蓋上，手掌甚至觸碰到陳春天的身體了，「媽！救我，我快不能呼吸了。」還是發不出聲音，媽媽甚至沒有發現陳春天的異樣，「你卡緊睏啦！眼睛睜那麼大粒在想啥，明天還要讀書勒！緊睏啦！」

然後，媽媽就下樓了。

陳春天好絕望。

那麼這真的不是夢了，如果不是夢，那是什麼呢？她沒有看見任何東西壓住她的身體，但她就是動彈不得也無法言語，僵直在床鋪上，連把身邊的妹妹搖醒都做不到。

時間一分一秒過去。

身體可以動的時候，不過是一瞬間的事，就在所有的努力都失敗，絕望地想到自己可能會就此死掉，身體會被壓成碎片，等等悲慘的想法一個一個都想過了，陳春天放棄了最後的掙扎，然後，突然一切都恢復正常了。

她移動著腳趾、手指，然後身上的四肢、脖子，所有的一切都可以動了，「媽媽！」她喊叫著，發出了驚人的音量。

好高興！

那是死裡逃生的喜悅啊！

慌忙從樓下跑上來的媽媽問她：「怎麼啦？」

陳春天微笑著，看著眼前的媽媽好像是久別重逢那樣，她久久說不出話來。

好高興。我沒有死掉。

「小孩子跟人家學當夜貓子，明天不叫你起床了。」媽媽揉弄了一下她的頭髮。「我要去收店了，不管你。」

咚咚咚，伴隨著媽媽下樓腳步聲的，是陳春天如鼓的心跳。

她竟還在微笑著。

那時候她並不知道，這只是開始而已。

此後的好幾年裡，各式各樣的夢魘如影隨形，變換著各種形式姿態，徹底地粉碎了她的生活。

那時候她剛上國三，全家人剛從鄉下搬到豐原的店面裡來住，媽媽也從台中搬回來跟他們住一起了。那應該是陳春天新的人生開始的時候，雖然即將面臨聯考的壓力，店裡生意太忙使她經常沒有時間好好讀書，但她總是覺得高興，媽媽回來了，一家人團圓無論如何都是件好事。

夢魘卻找上了她。

有時候是全然的黑暗，彷彿被丟進一個又深又黑的洞穴裡，逐漸地把洞中的空氣抽乾，兩旁的石塊岩壁逐漸地緊縮，要把夾在其中的陳春天輾碎，那樣地黑暗而逐漸無法呼吸，那時候她什麼都看不見，睜開了眼睛也是黑暗的，失去作用的身體及感官，只能任憑那越來越強烈的壓力將她擠扁，那痛苦非常眞實，即使過去之後仍會殘留在她身體上很長時間。

有時候，她可以聽見一種喘息跟呼吸就在她的耳邊。那是最恐怖的一種狀態，她看不見任何人，任何動物或者活著的什麼在她眼前，但她可以感覺到一種溫度，氣息，以及喘氣的聲音，然後在什麼都看不見的狀態之下被撫摸了，先是輕柔地從腳趾開始逐漸往上，她驚駭莫名幾近發狂，可那些（不是一個或是兩個，而是一些）手掌或腳爪之類的東西或不斷地在她身上摸索著，在什麼都沒有看見的狀態下，那是一種無以名狀的恐怖，甚至就在她非常痛苦驚慌的時候，她可以看見爸爸跟媽媽不知道爲了拿什麼東西走上樓來，就在距離她不到一公尺的地方交談著。

「快救我啊！」

那些東西在她耳邊喘息著，發出一種細碎的聲響，好像那些喘息是具體的會通過她的耳膜鑽進她的身體裡面，一種噁心的感覺從胃部湧上，而更多的是絕望。

這情況出現的時候，陳春天已經被嚴重的夢魘弄到幾乎不能睡覺了。

她無法分辨白天或是黑夜，因爲只要閉上眼睛，就會被魘住，她設法不讓自己睡覺，但這麼一來她不但吃不下飯，也幾乎都沒辦法讀書了。

一直處在一種昏亂的狀態裡。功課也開始下滑了，生活進入一種陌生而失控的情況，但聯考的日子不斷地倒數計時。

倒數計時。

陳春天她們家開的服飾店在豐原最熱鬧的商圈復興路，沿著復興路走就可以到達全台灣知名的「廟東夜市」，沿著廟東夜市走到路底就是香火鼎盛的「媽祖廟」，陳春天那時候還在鄉裡的一所國中上課，每天都得搭公車去上學，其實她可以轉學的，轉到豐原那兩所號稱升學率極高的國中，但是她不願意，因爲國小快畢業的時候，她原本是班上功課最好的學生，畢業照理說應該拿縣長獎或是鄉長獎，但是他們班導師卻來跟她「商量」，「反正你們家那麼窮也不可能讓你去讀私立學校，你拿這種獎也沒有用，不如讓給其他需要的同學，好讓他們去申請學校，這樣好不好，老師會送你一個很好的禮物。」

說是商量，不如說是威脅，在那個年代，可以讀曉明女中幾乎就是考上省女中的保證了，班上幾個功課好的同學，補習、家教、找老師寫推薦函，早就在準備參加考試抽籤，可那是跟陳春天無關的事情，其實她也不在乎什麼獎，無論她功課多好，家裡欠債媽媽跑路父母離婚的事情早已將她打入不可翻身的階級，正如老師說的，她拿再多的獎家裡也沒有錢讓她去讀私立女中，她拿再多的獎也無法讓村裡的人對她刮目相看，甚至，她這樣一心一意想把書讀好只是惹來更多的訕笑跟嫉妒，增加了更多父母家長對她的厭惡，「爲什麼那個壞查某生的雜種偏偏就是那麼會讀冊？看了就惹人厭。」許多嫌惡的眼神飄來伴隨著毫不遮掩的惡意直接衝向陳春天的身體。

她除了功課好，其他東西都與她無關，整個小學後三年她都在一種被排斥忽略的處境裡，因爲一邊得照顧弟弟妹妹一邊還得去賣衣服，可以把書念得這麼好，靠的就是一股不願意讓人瞧不起的意志力，她拚得好累。

她還記得從國小四年級到六年級的那個導師，一二三年級是個很好的女老師，會帶她跟另一個功課很好的同學去她家學畫畫，陳春天自小就有把什麼東西都誇張放大的傾向，所以她畫的圖總是不成比例，顏色也完全都是不寫實的，可是那個老師喜歡她，對她好溫柔。

偏偏，上了四年級，正是他們家破產媽媽失蹤的那年，人很好的女老師調走了，換來的新級任導師，矮小的個子戴著一副黑框眼鏡，好像一上任就把所有人的底細都摸清楚了，那個男老師一來，什麼理由都沒說，就把個子小小的陳春天調到最後一排去跟王聰明坐。

「爲什麼呢？」她問老師。

「這是家長會的意見。你不用多問。」老師鐵青著一張臉。

此後，陳春天老是受罰挨打，她被處罰的理由多到數不清，沒有考一百分要打，字寫得不夠漂亮要打，忘了帶衛生紙手帕要打，制服上有一點點髒污也要打，反正，任何可以挑剔的地方，都被拿來一次又一次無理地處罰了。

爲什麼呢？即使再用功再聰明，再小心翼翼，都有可以被處罰的地方。

那些如噩夢般的記憶啊！不知爲什麼會遭受的惡意對待，年幼的陳春天無法理解，她只是知道，「惡意」跟「厄運」一樣，就這麼突然降臨了她的生命。

或許是爲了證明什麼，她在那個鄉下國中努力地讀著書，即使搬到豐原可以轉學她依然不願意離開，或許，她只是害怕，她害怕進入一個陌生的環境而那個環境會更加地不適合她。

好不容易讀到國二，功課好，才藝出眾，在那個離開村子比較遠的地方似乎可以重新做人了，運氣很好地班上也都沒有遇到以前那些討厭她的鄰居同學，雖然還是不免有些耳語跟謠言傳來傳去，但是就沒有再遇到過國小那種可怕的導師了，甚至，她遇上了啓蒙她文學天分的國文老師，那個帶髮修行住在尼姑庵裡一向沉默寡言的年輕國文女老師，以一種破天荒的姿態展現了她對陳春天特別的寵愛。她常常拿各種課外讀物送給陳春天，課堂上陳春天寫的每一篇作文都被老師細心地閱讀指導，然後一篇一篇張貼在學校的布告欄，甚至當成範文那樣流傳在其他班級，不只是國文老師，連數學老師、地理老師、歷史老師，甚至是她一向最不擅長的體育老師都對她非常友善，在那個年代的鄉下國中裡，一年可以考上省女中的不會超過三個，於是陳春天是被當成全校的希望那樣地好好栽培著。

身兼歷史老師跟生活組長的女老師對於陳春天的寵愛也是全校皆知，那一次學校校慶活動，歷史老師跑來跟陳春天討論學校要出什麼表演，陳春天睡午覺的時候突然靈機一動，「可以演話劇啊！」她想了一個劇本，一覺醒來在下午的地理課上就寫好了，那時候她自己根本就不知道什麼叫做話劇，拿去給歷史老師看，很快地，陳春天找了班上幾個同學，排練、找服裝、做道具，她自己又當導演又當演員，在一個星期內排出了一個大家都覺得不可思議的話劇。

然後登上了用升旗台充作的舞台。

那齣話劇叫好叫座，一演再演，到處巡迴，甚至收到鄉公所鄉慶典禮的邀請，要回去她以前讀書有百年歷史的國小禮堂表演給全鄉的人看。

她始終記得那戰戰兢兢的一晚，黑壓壓人擠人不知道圍了多少觀眾的舞台底下，陳春天知道，那兒到處都是曾經唾棄他們糟蹋過他們的村民、鄰居、親戚、同學的媽媽，而此時他們都正在台下看，看這個轟動整個鄉的國中小女孩在玩什麼把戲。

演出之後那如雷的掌聲久久不歇，陳春天收到了比當初失去的鄉長獎更大的獎賞，鄉長親自送給了她一套白金牌鋼筆跟一個獎牌，就在所有人的面前，但陳春天那個時候感覺到的不是高興，而是深刻的悲哀，她站在舞台上，望著這曾經給她多少歡樂與痛苦交雜的學校禮堂，回憶起當時畢業典禮上自己坐在台下看著別人領走應該屬於她的獎，而她什麼辦法都沒有。

她甚至沒有回去告訴她爸媽。

再多的掌聲獎狀都無法換回她失去的童年。

她失去的，豈只是一張獎狀而已。

總是在某一個關鍵的不可預知的時間點上，咔嚓一聲，她聽見了斷裂的聲響，然後世界從此分開，她被打進了黑暗的那一邊。

毫無道理、不由爭辯、沒有任何轉圜餘地地，她再一次被推進了無名的深淵裡。

國中三年級，在她學業功課名聲都在最好最燦爛的時刻，老師疼愛她，同學喜歡她，媽媽回家了，好像理所當然地可以進入她夢寐以求的省女中，穿上綠色制服到台中去讀書了，一切卻在這時候坍塌了下來。

夢魘。

如影隨形無孔不入。

每日每夜折磨著她。

那夢魘是什麼呢？

陳春天穿過擁擠的進香人潮來到媽祖廟正殿，她小小的身體跪在巨大的神像前面，雙手合十，她不知道應該向誰祈求，也不知道該祈求什麼，只是傻傻地跪著。

（我好痛苦。）

喉嚨像被鎖住一樣地發不出聲音。

（誰都沒辦法解救我我知道。）

她發不出聲音流不出眼淚也不知道該向什麼乞求或應該祈求什麼而只是跪著。

然後暗自下定某種決心，離開了媽祖廟。

像個破碎的影子般在大街上飄蕩著，她不想回家，只是一步一步地走著，口袋裡有一些零用錢，她在媽祖廟旁邊的公車站牌等候，到底該去什麼地方呢？她不知道，夜色漸漸黑暗，再不回家爸爸媽媽就要擔心了，可是她不想回去面對那無止盡的夢魘，那張一躺上去就會被魘住的小小床鋪。

不睡也不會好的。

因為晚上沒辦法睡覺，她只能一直讀書，趁著爸媽都睡著的時候，偷偷爬起來坐到書桌前讀書，或者不斷地寫日記，看小說，如果不小心打瞌睡了，那可怕的夢魘就會抓住趴在桌子上的她，那又是一場折磨。她準備了很多削尖的鉛筆用來戳刺自己的大腿，想睡覺的時候，她就把自己刺痛，於是她的腿上手臂上都布滿了細小的黑色圓點，那些圓點每一處都發痛，而每一個點都記載著她與夢魘對抗的過程。

白天就沒事了吧！

事情卻不是這樣。

因為晚上不睡，白天上學就打瞌睡了，因為天資聰穎功課底子好，她其實不用聽講也跟得上進度，但是，一向那麼乖巧聰敏的孩子卻變成每堂課打瞌睡的學生，老師同學都無法理解，她那蒼白的臉色，黑眼圈，凹陷的臉頰，種種跡象都證明她出了「某種問題」，但她誰都不說。

因為幾個學校老師到過她家買衣服，所以謠傳著陳春天是因為家裡生意太忙沒時間讀書所以晚上開夜車，於是她打瞌睡的行徑得到了原諒，但是，連打瞌睡都會發生夢魘，她簡直要歇斯底里地大叫起來，「該怎麼辦呢？該怎麼辦呢？」

她無法可想。

於是，她甚至連升旗的時候站在操場上都會睡著了，等公車的時候，排隊買便當的時候，隨時隨地都會睡著，都會被魘住。

漫長的夢遊開始了，白天黑夜，時間對她來說已經沒有分別，張開眼睛閉上眼睛也幾乎是一樣的了，她無法分辨自己究竟處在什麼樣的狀態，何種空間，哪一個國度，她所感受到的只有無止盡的恐懼。

恐懼。

害怕睡著，害怕不睡著，害怕清醒，害怕不清醒。

而身邊一切的事物都加速地旋轉。

買賣衣服的事情依然不分日夜地進行著。

大考小考段考期終考期末考模擬考一個接著一個，她記不得自己是如何地通過了那些考試，如何在半昏迷的狀態裡一張接著一張飛快地寫著考卷，如何從岌岌可危的成績裡又爬升起來，時而下滑，時而起跳，日日夜夜，她睜著布滿血絲疲倦酸澀的眼睛繼續讀書寫字，繼續與那隨時都會來襲的夢魘對抗。

但她一心只想死去。

可要如何死呢？

死亡到底是什麼呢？

會不會其實她早就已經在某一次被魘住的情況下死去了而殘留下來的只是她的魂魄。

飄蕩著，飄蕩著，踩著破碎的腳步飄蕩著。

只是一口嚥不下去的氣息。

她會不會早就是個不存在的人？

後來她並沒有搭上原本想要搭乘的前往「谷關」的那班豐原客運，如她計畫中那樣跑到谷關山上某個地方安靜地尋死。

就在等待公車來臨的時刻，她突然記起一件久遠的往事。

曾經，在某個深夜裡，她獨自跑到從村子進入熱鬧大街的半途會通過的火車鐵道，就是那「肖仔」婦人撿拾她兒子破碎屍骨的那條軍方使用的鐵道，她沿著鐵軌上的枕木小心地走著，然後找到了一個地方安靜地躺下來。

她在等待列車通過。

坐在公車站牌前候車鐵椅子上十五歲的陳春天看見十二歲的自己，在寒冷的夜晚躺在冰涼的鐵道上面，那樣心意堅決地等待著不知何時會通過的列車，夜露深重凍濕了她的衣服跟身體，爲什麼十二歲的陳春天要那樣地躺在鐵路上面呢？

有人跑來跟她問路，有幾班公車到達停靠，有些刺耳的喇叭聲，有許多人說話的聲音，十五歲的陳春天眼睛裡看見的是那個深夜裡不知爲何跑到荒涼可怕的鐵道上橫躺著的自己。她看見自己。

那個她，突然聽見有人高聲喊叫著她的名字，是她爸爸。

「阿春！阿春你在哪裡啊！」

爸爸呼喊著她。

那喊聲幾乎比火車通過的聲音還要震耳，那呼聲將陳春天從鐵軌上喊叫起來，她開始沒命地奔跑。

十二歲的陳春天一直跑一直跑，那喊叫聲好像已經來到她的身後立刻就要抓住了她的衣袖，她只是奔跑著，顧不得鐵道的崎嶇飛快地跑著。

而不知什麼緣故有種巨大的東西絆住了她的腳跟使她突然整個倒了下去。

然後她就失去了知覺。

畫面轉到這裡的時候，一班公車停在陳春天的面前，「豐原往谷關」車身側邊的牌子上這樣寫著，車門打開了，有幾個乘客下車，有一些人上車，陳春天想要起身，但她沒有動作。

她坐在候車鐵椅子上開始嚎啕大哭。

無論什麼車子都無法帶她離開，無論什麼地方都無法使她脫離險境，她很清楚地知道這點。

「阿妹仔你按怎了？有啥代誌地哩嚎？」一個親切的歐巴桑來到陳春天的身邊低頭問她。

陳春天只是不停地啼哭。

那啼哭竟在一次歡愛之後出現了，依然是柔軟的床鋪，心愛的男人，男人雙手撩起她的長髮，細微輕巧的吻像落在海面的雨滴，一分一寸灑遍她的身體，是夜晚，第二夜了，經歷過太多性愛，陳春天總以爲自己什麼都知道了，但這個她不知道，與人親近後就想逃離的情況並沒有發生，男人望著她的臉，太近了，陳春天有些驚慌，滿屋子的幸福無處可躲，她心裡有許多小小的嘴巴啃咬著，那些無法入睡的夜晚，長達幾年的夢魘，太多無法對人訴說自己更不能解釋的遭遇，陳春天知道那些永遠不會離開，即使眼前這男人如何溫柔對待她也羞於開口陳述，「你知道你所撫摸親吻的是一個已經破敗殘缺的身體嗎？你知道眼前這個女人其實是個不完全且有病的人嗎？你什麼都不知道吧！」陳春天想要這樣對他說但沒有發出聲音，他都知道了吧！在那些叨叨絮絮的信件裡，陳春天寫下許多許多。不是第一次對親愛的人訴說自己的傷痛了，當然也不是第一次感覺到可能被理解被溫柔對待以至於可以把心打開讓自己得到暫時的安慰，但過往的每一次都失敗了。「那些人都離開了你知道嗎？」「最可怕的是，並非別人離開我，而是我自己逼著人家走的。」「我已經三十四歲了卻連好好在一個人身邊生活著都做不到，當我感覺到愛的時候我所想到的都是駭人的畫面。」「但是我愛你，我一想到這個就害怕。」陳春天的眼淚訴說著這些但卻無法言語。

陳春天趴伏在男人的肩上失聲痛哭，認識他不過十天，才是第二次見面第四天的相處，交淺言深陳春天這樣爆發驚人的痛哭無異是給自己的處境種下了不好的基礎，男歡女愛的遊戲她很擅長，如何操縱別人，如何引誘如何盜取，這許多年來她來去多少情人，她難道不知道該如何抓住一個人的心嗎？有時眼淚也是一種武器但她從來不用，她可以驕傲地、煽情地、媚惑地微笑，她可以放蕩形骸，但她就是不能對別人顯示出她的軟弱。

但是這次她竟一開始就哭了。

她哭個不停，肝腸寸斷的哭嚎聲自己聽了都覺得可怖，陳春天像要吐出身體裡累積多時的穢物那樣哭嚎不休，多少時間經過了？她想起男人的面容，他說話的聲音，男人的眼睛使人迷途，陳春天不知道自己怎能承受那麼多溫柔的撫愛，所以眼淚就落下來了，她想起在鐵軌上躺臥著的無助，那沒有死去的自己，想起此刻感受到無以名狀的幸福，中間好像僅隔著一道巍顫顫的防線，或許因爲愛情的緣故跨過去了，但也可能是退得更遠更艱難，要如何從那兒走到這兒呢？

陳春天不停地哭泣著，她想一定把人嚇壞了，這男人或許就要離開，然後長長的噩夢就要回來了，爲什麼總在愛情裡想起悲傷的往事呢？她總畏懼在別人面前哭，擔心自己過於沉重的生命會是別人想要逃離的理由。

男人撫摸著她的脊背不發一語，陳春天設法要止住眼淚但總是有更多的眼淚爆發出來。男人久久凝望著陳春天的臉，然後低下頭親吻著她滿布淚水的眼睛。

陳春天不斷哭泣著。

她想，或許那只是一場眠夢而已。

【第八章】

病院（四）

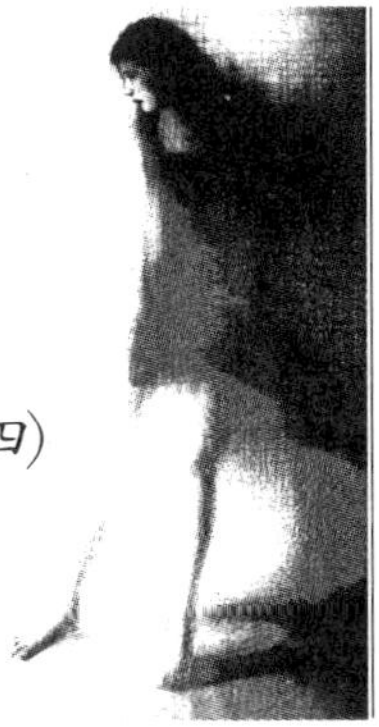

家屬等候區總是充滿各種緊張或溫馨的細節，陳春天她們占據的兩張摺疊椅相隔四個座位，這中間的位置上坐著的有好幾個不同病情的病患家屬，一個年輕少婦單獨前來照顧她雙重器官移植產生敗血症的先生，總是笑瞇瞇的圓臉看不出緊張焦急，不是在椅子上睡覺就是安靜地看雜誌電視，遇見誰都很客氣，還會照顧新加入的家屬，是這氣氛緊張的等候區裡令人神清氣爽甚至感覺到溫暖的存在，另外還有一大家子光是他們的家人就占據了三張椅子，這家的病患是六十幾歲的父親，腸子突然急性出血，因爲是罕見血型又碰上過年期間血庫鬧血荒，因而始終處在血量不足的危急狀態，病人的大女兒也是讀弟弟那所大學畢業的，「學姊好！」弟弟的學長同學學姊學妹紛紛對那個大姊表示敬意，幾天相處雖然大家並不多話，但卻因爲某種氣氛使得這裡的人都有了奇妙的關懷。

在加護病房的日子陳春天依舊每日回中和的房子去睡，日日夢遊似地拖著疲憊而空洞的身體在醫院裡奔來跑去，弟弟在加護病房有醫生護士二十四小時照料，家屬除了等待探病時間並沒有辦法多做什麼，陳春天也不知道自己到底在忙個什麼勁，好像應該做點什麼於是就一直來回奔走。

那時忙碌的不只是她的身體，往事在這個醫院裡火力全開地湧回她的頭腦，面對著弟弟因爲車禍而重傷的身軀，好似她看見的是原以爲重傷不治的她與家人的關係，發生了奇妙的變化，彷彿需要搶救的不只是弟弟，而是整個家庭。

陳春天的家，唉，對啊那個家庭，五個人，好像每一張家庭照片裡都沒有陳春天的身影，她刻意要成爲一個外人但終究還是沒有辦法。

這是在醫院的第四天了，轉入加護病房第三天，爸爸媽媽得照顧爺爺奶奶還得趕場做生意，隔天傍晚就先回去了，現在留在加護病房等候區的只有陳春天跟她妹妹以及當時開車的司機學長，還有一些來來去去的攝影社同學，當完兵工作兩年之後才去上大學的弟弟跟陳春天性格截然不同，是全然地開朗跟樂觀，在學校似乎也跟同學都處得不錯，學姊跟另一個學妹兩個人總是早上搭乘捷運從淡水來，晚上再搭捷運回去，一整天地陪伴著他們。

弟弟轉到加護病房第一天晚上就已經清醒了，但因爲身上布滿插管，臉上又罩有呼吸器，弟弟無法說話，剛醒來時可以用眼神與妹妹溝通，後來妹妹想出了拿紙筆給弟弟寫字的點子，有個同學帶來CD收音機讓弟弟聽廣播，加護病房裡一個很和藹的護士找到一個小孩子學寫字的板子讓弟弟寫字，是那種靠著有磁性的筆吸取畫板底下的磁粉就可以畫出字形，寫滿了只要將底下一個操作桿左右拉回就恢復空白的簡單工具。好久沒見過這玩意了，陳春天記得國中時每回去台中找媽媽，媽媽總會帶她們去買許多新奇的玩具，比如掀開書本就會有立體人物跳出來的圖畫書，附有削鉛筆機跟白雪公主圖案的雙層鉛筆盒，現在超市裡到處有賣但當年只有舶來品店才有的口本「翹鬍子」洋芋片（後來正名爲品客洋芋片），那時連本土的波卡洋芋片都還沒上市，一罐五十元台幣的翹鬍子洋芋片卻已經是陳春天吃過好多次的奢侈品（那時候一碗陽春麵加滷蛋只要十五塊台幣）。

還有一次媽媽給了陳春天一個小型幻燈機，那時陳春天她們三姊弟每回到台中的北屋百貨，一定要去投十塊錢把身體趴在大型機器眼睛擱在兩個小圓孔上，圓孔裡會有一幅一幅童話故事的圖片轉換，耳朵裡可以聽見某個神祕的聲音說故事，那種「說故事機」是陳春天的最愛，媽媽給陳春天的這個小型幻燈機原理跟那說故事機相同，只是要人工手動操作，換上一張一張的幻燈片就有不斷的故事可以看。有一回陳春天突發奇想，用檯燈對著那小幻燈機底部照，將影像投射在白色牆壁上，「看電影囉！」陳春天那樣對她的鄰居小孩說，妹妹負責操作，陳春天負責配音講故事，弟弟是最忠實的觀眾，那時一樓是客廳，狹小的屋裡擠滿了十幾個小孩，大家都興奮極了，之後大約有一個月的時間陳春天都沉溺在這種「放電影」的舉動裡，媽媽給的幻燈片不夠用，陳春天還跟妹妹一起加工自己畫圖在透明紙片上，那些說故事放電影的夜晚，「阿春你怎麼這麼厲害！」「去哪裡弄來這神奇的玩具啊！」那幾乎是媽媽離家後重新感受到被鄰居孩子接納的契機，那些因著某件新奇玩具，而使得媽媽不在家裡賣衣服卻跑去台中某個地方居住的慘事變成一種「哇好高興」的遭遇，翻轉著媽媽不在家而產生的變故跟哀傷。好久遠了，怎樣在醫院裡想起這些事情呢？陳春天努力辨識著弟弟書寫的「手很麻幫我按一下」「口渴」「大腿內側很癢請幫我抓癢」「叫護士來打針」這些字句不斷想起那些日子。

有一次弟弟寫急了，「肚子很ㄊㄨㄥ快叫護士」，陳春天看著畫板上歪扭而笨拙的字跡想起弟弟原來至今仍無法分辨注音的四聲，那時她清楚知道一個事實，自己無論用多少力氣與時間與之搏鬥都無法取消那些曾經三個孩子相依為命的童年時光。而或許她一本又一本寫著完全跟自己的人生無關卻讓讀者信以為眞的奇情小說，那樣的舉動跟小時候自己畫幻燈片說故事是一樣的心情，創作一種新的生活與身分使原來的自己消失，並且成為一個全新的人。

而事實擺在眼前，脫離那個說書人小說家的身分，此時陳春天正在處理一場攸關生死的大事，她的家人環繞身邊，無論多麼疏離尷尬也無法切斷那血脈的關連，荒謬的是，就在這時候出版社正在排版印刷一本陳春天的小說，滿滿一本寫的都是陳春天的童年以及不足為外人道的家族祕密。

等待的時間他們一群人說著關於弟弟的事情度過，隔壁腸出血的病患一家子已經在加護病房度過十五天，對於這裡的環境似乎已經很熟悉，有什麼不懂找他們問就對了。昨天有一家人離開了，帶著憂傷的神色於是大家都不忍探問，之前有其他家屬跟病人離開是轉到普通病房，雖然不熟大家也都會互相恭喜，「你們也加油啊！」對方會這樣對其他家屬說，而有些離開就是眞正地離開了，那時所有人都陷入一種低迷不安，唯恐下一個就會輪到自己的親人。

陳春天這幾天下來對附近環境也熟悉許多，每天都吃著地下樓美食街的食物，到康是美採買各種醫療用品，她也曾到美食街附設的誠品書店買過一本書，一月份的某家文學刊物刊登了陳春天那本小說其中一篇，而書下個星期就要出版了。感覺時空錯置而自己被放錯了空間，非但沒有出書的喜悅反而感到驚懼，陳春天在寫完那本小說後的某一天作了噩夢，夢裡她正在老家看電視，一樓依然堆滿了各種手錶及生財器具，有許多人衝進他們家來搶搬那些手錶，陳春天跟妹妹趕到樓下去阻止，卻無論如何阻擋不了那一波一波湧入的人潮，所有的東西都被搶光了，「他們為什麼這樣做啊！」精疲力竭的陳春天跟妹妹攤坐在地板上，「還不都是因為你！」妹妹說。「為什麼是我？」陳春天一臉茫然。「你自己看！」妹妹指著屋子外面的男女老少。

那些人，好多好多都是陳春天認識的，導演、作家、評論者、讀者、電視台記者，還有她的親戚朋友，洶湧的人潮擠滿了陳春天家外面小小的空地，大家都七嘴八舌在討論著什麼，原來，他們都在等著看陳春天家人出現，大家碎嘴地討論著陳春天的家庭，她書中並沒有提及的隱私全都被知道了，「別說了！」陳春天吼叫著。「還不是因為你！」妹妹說，「你那樣寫，我們都不要做人了。」

那個荒謬的夢境裡有太多不合理的事情，首先，陳春天絕對不會是個家喻戶曉的人物，既不會有電視台來訪問她，其他作家同業也不會把她的一本小說當成什麼了不起的作品，但夢境裡透露出的不安與焦慮卻是不爭的事實。確實正如自己所擔心的那樣，寫一本書，講一個故事，這是小說家的專長，而被寫進去的人卻沒有發言的權力，於是跑到夢境裡來糾纏，多少年過去，那些糾結在心裡的往事並非小說素材也不是非得對誰傾訴的，她只是沒有辦法不寫出來，唯恐自己會在一次一次編輯重組的過程裡離開那些記憶更遠，一切都更加扭曲變形，而她走過那些損壞之後卻被自己的頭腦給逼向瘋狂。她必須在這過程裡，如同掀開一層一層表皮，不是爲了發掘眞相而是爲了安撫自己。

時光迢迢難以追捕，她得趁著自己發瘋之前把一切說出來。

說些什麼呢？

「聽二姊說大姊是作家啊！」叫做小文的學姊這樣問，幾天朝夕相處下來原本不熟的人也有了默契，陳春天對於這些義氣相挺的同學感覺很溫暖，所以也願意跟他們說話，原本素不相識的人在加護病房前爲弟弟奔走著怎不讓人感動，陳春天幾個朋友知道消息也來探望過，那原本似乎是不該湊在一起的人卻在同一個時間出現，正如這幾天妹妹也跟陳春天說了許多話，隨著弟弟病情穩定相處時間日久，大家雖然緊張卻進入一種比較樂觀的情緒。爸爸跟媽媽因爲要做生意先回台中了，妹妹把原本打工的工作暫停，大家似乎都在爲往後弟弟的復原所需要的人力物力跟金錢準備著，那是充滿未知卻不得不往樂觀方向去想的復原之路，雖然他們都知道，當醫護人員喊出「陳冬天的家屬請到胸腔科病房」的訊息時，那宣布有可能是通往普通病房，也可能，是前往太平間。

陳春天含混著帶過了她是作家的話題，她問起學姊關於弟弟在攝影社的事，記憶中的弟弟總是散漫而孩子氣的性格，但從同學口中說來卻是完全不同的一個人。弟弟好學而勤奮，對朋友重義氣，喜歡幫助別人，對於攝影的狂熱更是陳春天從未想過的，那個只喜歡打電動玩具看漫畫，那個曾經自閉症一樣會用繩子把自己捆住等陳春天放學回來才趕緊將他解開，那個會從家裡服飾店做生意的檯子下頭偷溜出去看漫畫，那個因爲爸媽將他從原本就讀的國小轉學到豐原而幾乎一個月不說話，那個始終讓陳春天掛慮憂心的弟弟，原來早就長大了。

時間進入第五天，加護病房第四日，弟弟清醒的時間很長，雖不能說話卻可以用手勢眼神跟書寫表達多一點意思，以前總覺得是有點神經大條的弟弟車禍之後卻顯得異常警醒，張大眼睛隨時注意病床旁邊的各種儀器心跳血壓點滴管，對自己的身體各種反應也在乎極了，探病時間每日開放四次，陳春天跟她妹妹總是趁機多待一會，幫弟弟按摩陪他聊天，車禍那天弟弟跟社團同學去吃自助火鍋，身材高瘦的弟弟是個大胃王，結果那一肚子的火鍋卻是造成他傷勢嚴重的幫凶，充滿尿液的膀胱會因撞擊而破損也是因爲如此，更糟的是，當初手術時已經抽掉許多胃裡的食物，但麻醉之後消化功能全部停擺，那個脹大的胃使得原本腹壓沉重的腹腔壓力更是幾度瀕臨緊急開刀的邊緣。

第五天早上護士宣布弟弟「排氣了」，所謂的「排氣」其實就是「放屁」的意思，動過手術的人都知道，開始排氣表示的絕對是好消息，「可以給他吃點流質食物了。」護士說。陳春天欣喜若狂，在走道家屬等候區對著弟弟的同學們大聲宣布，「排氣了！護士說我弟弟排氣了！可以給他吃東西了！」大家七嘴八舌地討論著「排氣了」，好像聽到什麼值得大肆慶祝的消息。

買了鮮魚湯，弟弟只吃了幾口，但那卻是無比珍貴的幾口，陳春天看見弟弟拿著湯匙慢吞吞舀起一口湯放進嘴裡，乾燥的嘴唇彷彿一下子變得濕潤溫暖，她心裡升起無比的柔情幾乎要掉下眼淚，陳春天從來不知道自己是個這麼婆婆媽媽的人。

那晚陳春天照例十一點才離開醫院，照例在風雨中搭捷運，走十幾分鐘的路，氣溫只有十度，她又餓又累，在醫院時一直不太能吃東西，而且她感冒了，喉嚨痛得厲害，幾日下來的奔波使得陳春天食不下嚥睡不安枕，但今天是個好日子，「弟弟排氣了，可以吃東西囉！」她在路上自言自語，五天的緊繃情緒終於有些安穩了。

沒想到隔天到醫院大家都一臉焦急，「弟弟把呼吸器拔掉了！」一見面妹妹就嘀咕著，

「什麼?」陳春天眼前一片昏黑。

「醫生護士都說不知道爲什麼，早上五點去看他已經把呼吸器拔掉了，現在血氧濃度很低，他自己根本沒辦法呼吸，換了兩三種呼吸輔助器，現在用的是最好的一種，如果還是不行就得再把呼吸器插回去了。」妹妹有點無力地說。「眞不知道他在搞什麼！幹嘛把呼吸器拔掉?」弟弟的學長有點生氣。「這下得重來了。」妹妹說。原本昨天醫生說觀察一晚如果情況穩定就可以轉到普通病房了，誰知道會變成這樣?陳春天打電話給認識的台大精神科醫師，之前一直在聯絡各式各樣認識的人設法要讓弟弟有比較好的醫療，那個精神科醫師說弟弟這種拔掉呼吸器的舉動其實很常見，就是一種下意識的行爲，因爲喉嚨插著呼吸器不舒服，就會在睡夢中下意識地拔掉，所以有時病人的手腳得綁住，弟弟清醒之後對自己的身體很注意，說什麼都不肯被綁，會偷拔呼吸器也是想當然的。

「他復原得還不錯，雖然現在呼吸不太順，但如果他可以適應新的呼吸器，情況應該也蠻樂觀的。」那個人很好的護士這樣安慰著她們，護士臉上顯出明顯的黑眼圈，加護病房新年期間人手不足，再加上各種病患情況危急花招百出，每個護士看起來都好累。

於是繼續等待。

等候區裡的氣氛從昨晚的嗨翻天跌到最低點，昨晚他們甚至在等候區討論起要幫弟弟找女朋友的事，同學說了很多弟弟在學校的趣事，妹妹甚至還跟大家示範起瑜伽動作（妹妹曾經在劇場表演），經過這幾天的相處，陳春天的妹妹總算打破過去幾年來的沉默跟彆扭，開始願意跟陳春天說話。情勢逆轉，原本都是妹妹在打理醫院一切事務，突然間陳春天也派上用場了，採買東西、跟醫生護士甚至是隔壁的家屬打交道，陳春天原本就比妹妹善於言詞（而且付錢的人是她），有她在的地方氣氛總是特別輕鬆，陳春天開始抖包袱說笑話。妹妹跟弟弟都愛攝影，於是跟這些攝影社同學說起話來也志同道合，這時陳春天才知道弟弟的第一台相機是妹妹買給他的，一年級剛入學那天也是妹妹開著車子帶爸爸媽媽跟弟弟一起到了大學，那天他們甚至還一起去陽明山玩呢！（那些家族聚會的畫面裡總是沒有陳春天，她既沒有收到通知也沒有參與討論，她是被除名的。不過沒關係陳春天已經習慣了。）妹妹說話聲音跟陳春天很相似，只是更小心謹慎，有些微的靦腆，但是那笑聲，快速而揚高的語尾，細而甜的音色，太相似了（高中時好多次有人打電話到她家找陳春天，聽見妹妹的聲音就開始跟她攀談了起來，那時陳春天的男朋友老是說，你們的聲音眞的好像。最好笑的是也有人說弟弟的聲音跟她們姊妹相像，或許是因爲小時候一直都是三個小孩一起生活吧！年幼的弟弟老是學著姊姊說話的方式跟舉止以至於一直有點女性化）。

如果弟弟順利出院了陳春天希望可以帶弟弟妹妹一起出國去玩，她記憶中去過的許多國家都有好多値得拍照的地方，陳春天想起自己去年幫報社寫旅遊稿子，拍照是她最頭痛的事，她沒這種美學天分，但正如以往的每一個時機，陳春天所擁有的都是弟弟妹妹想要而不可得的。比如陳春天不愛出門，妹妹特別愛好大自然，以往陳春天的情人個個有車，於是有時他們要帶陳春天出去遊山玩水陳春天就吆喝著帶她妹妹去了，或者是陳春天不吃甜食，男人送來的情人節巧克力、生日蛋糕，陳春天理所當然地都給愛吃甜食的妹妹。陳春天甚至出版了一本遊記上面附有一百多張她拍的照片（天啊眞可恥，那些照片拍得好糟糕）。如果這些那些機會可以移轉給弟弟妹妹就好了。

連她自己都這樣想，無怪乎媽媽老是那樣暗示她。爲什麼這種毛病老是改不了？

那時大家都很高興，有人還起鬨要拿撲克牌出來玩，說說笑笑好像弟弟隔天就可以站起來走出醫院，沒想到才過一個晚上，他們都說不出話了。

對陳春天來說加護病房以及家屬等候區都是一種時間奇怪被凍結住的地方，這裡的時間並不以時分秒爲單位，而像是倒了一大杯水進製冰盒，拿出來的卻是一小塊一小塊被切割過的冰塊，弟弟老是盯著他面前牆上掛著的時鐘，陳春天如此想像弟弟的心情，自從車禍發生到被送進開刀房之前半個小時逐漸昏厥，醒來之後發現自己遺失了近乎十八個小時，然後看不見外面的天光變換，唯一可以分辨時光挪移的就是眼前這座時鐘，但卻怪異地無法體認到時間的流轉，只好以每兩個小時護士進來探問、給藥、打針、量心跳血壓，以及更換身體底下被屎尿弄髒弄濕的看護墊這些舉動，作爲分割時間的依據，在漫長的等待中，每日四次的家屬探訪時間是他最大的期待，爲了擔心無法言語的他發生什麼意外事件而護士並不知情，陳春天他們在弟弟的左邊手腕綁上了兩個大的鈴鐺，叮叮噹噹，他搖動手臂表示某種需要然後有人朝他走來，陳春天這麼想像著，或許弟弟會在某個無法入睡的夜晚（因爲身上到處都在痛，睡不著，弟弟這麼寫著，自從麻藥退去之後幾乎都睡不著了），發狂似地搖動手臂以至於鈴聲大作，連自己都感覺到一種可怕的緊張。

幸而弟弟並沒有陳春天那種無限制的想像力跟容易發狂的頭腦。

又度過難熬的一天。

每回晚上要離開的時候陳春天都有點不安，她那種無需討論的態勢，「我要回去了喔！」不需討論，雖然知道妹妹睡在醫院裡很辛苦，但如果換成是陳春天，那一定會使她發狂，要自私就自私到底，她沒有多作解釋（應該解釋的，我不好睡啊！床上有另一個人就會睡不著，更別提睡在這種充滿陌生人的環境了，雖然有吃安眠藥，但我很確定我會睡不著，只好委屈你了），只是心意堅決地那樣在晚上十點半之後把瑣事處理好然後離開。

隔天傳來好消息，雖然呼吸仍舊不穩，但醫生已經指示中午要將弟弟轉到五樓的外科病房，「這樣妥當嗎？」陳春天跟妹妹討論。「醫生說在加護病房細菌更多，容易感染，其實轉到普通病房比較好。」說是討論但已經沒有討論空間，才得到消息，不久後就得去推病床了。

弟弟終於離開氣氛緊張的加護病房。當他們推著病床穿越那些長長的走道時，弟弟一直凝望著走道上來去的人影，他可以說話了，聲音因爲插管受損而顯得粗啞，「好久沒看到這麼多人了。」弟弟重複地說著相同的句子，陳春天握著弟弟的手，乾燥的手心薄而寬，手指勻長，她不知道弟弟竟有這麼大的手掌，陳春天不知道的事實在太多了。

外科病房，兩人房，五一〇室，靠近窗戶的那張病床。這時陳春天開始擔心起醫藥費，弟弟沒有私人保險，全民健保只提供三人房，住兩人房一天要自費一千七百多，從生死關頭走出來，此時要開始面對的就是現實問題，現實來說，陳春天他們都太窮了。

一陣忙亂。

轉到普通病房情況就完全不同了，所有的事情都得自己處理，包括大小便、搖床（後來陳春天才知道光是這兩件事就足以令人精疲力竭）、擦澡飲食，護士一一交代他們該去買什麼，給了一張單子就照著上面的指示去做，陳春天跟妹妹都還沒來得及反應護士已經走了。

同病房是一個年輕女孩，左手用夾板跟三角巾橫掛胸前，身上也是一大堆插管，她在前弟弟在後同一天轉到外科病房，後來跟她的父母閒談才知道女孩跟弟弟竟都在大年初二凌晨發生車禍，傷處也幾乎相同，只是女孩當時是騎著摩托車被壓在汽車底下情況更爲危急。巧合的是，他們都屬龍，都是二十七歲。

年假結束弟弟的同學大多返回台北，來探病的人變得多了。

轉入普通病房的第一件事就是找人來幫弟弟洗頭髮，弟弟那一頭長髮附著了嘔吐物、藥水髒污不堪，陳春天開玩笑地說：「這麼長的頭髮洗頭多麻煩乾脆理個大光頭如何？」想不到弟弟竟然一口答應：「那就理掉吧！」眾人都大吃一驚，「學長一向最寶貝他的頭髮了，現在竟然願意理掉啊？」學妹覺得好驚訝。

弟弟說：「現在，我什麼都不在乎了。」

好像是如此，陳春天逐漸發現弟弟有些地方不同了。

因為身體一直燥熱，弟弟衣褲都不穿就罩了一件長袖睡衣，有時沒旁人在場他就光著身體「矖矖鳥」，有個同學來探病對弟弟身上那些神祕離奇的各式插管心生好奇，弟弟甚至讓那人拍了「裸照」。轉到普通病房之後陳春天才真正看到了弟弟身體的全貌，那真是她生平見過最特殊的景觀了，一個一百七十幾公分的年輕男子，理著個大平頭（弟弟清秀的面容這時才完全顯露，同學們都說他變帥了），脖子上有當時埋針打點滴的針頭傷口用透氣膠帶貼著，往下，從肚子中央貼著紗布的情況可以想見當時緊急開刀所造成的長達十幾公分的傷口醒目地在他的身體上，左邊胸腔伸出一粗一細的管子，護士特別交代千萬別踢破了放在地上一個木製箱子裡引流胸腔組織液的玻璃瓶，「那樣會導致氣胸，要是發生氣胸就慘了。」另一個管子導引至一個圓圓的小塑膠球裡，右邊體側也插了兩根管子，同樣是兩個大小塑膠球，再往下，一根從腹腔伸出引流尿液的插管是從膀胱出來的，而另一個引流尿液的管子就插在弟弟的性器上，這樣左右兩側大小插管讓弟弟隨意一個動作都可能引發嚴重的疼痛，而且不知爲何那些管子老是會莫名其妙地卡到塞住。

那是一個從鬼門關搶救回來的生命，上面諸多的傷痕插管說明了他體內的破損。

普通病房的病床升降都得靠人工手搖，「把我搖高一點」、「幫我搖低一點」，好像什麼姿勢都不舒服，弟弟老是一下要人把床搖高一下子搖低，老是擔心著管子塞住，或者容器滿溢，老是覺得這裡癢那裡痛，第一天，陳春天跟她妹妹都累壞了。病人也累，看顧的人也累，大家啥都不懂於是弄得情況非常緊張。

隔壁床女孩的看護還沒來，她幾乎每隔十分鐘就會呼叫護士，大便了，怎麼辦？女孩的爸爸跟弟弟完全無法處理，只好叫護士來，「這裡不是加護病房，大小便你們要自己處理。」護士有點氣惱，女孩的父親也生氣了，「人家馬偕醫院才不會這樣，馬偕醫院的護士什麼都會處理。」護士不理他的抗議轉身走了。

女孩老是痛，老是哭，他爸爸跟弟弟則是氣急敗壞地罵人，「等你媽來啦！我哪裡有辦法幫你換尿布？先忍耐一下啦！有夠臭的。」

隔著一層綠色紗帘聽見這些私密對話眞教陳春天不安。

但陳春天他們也得處理弟弟的大便。

這時才發現是大工程，撲鼻的惡臭跟骯髒在此時已經算是小事，令人煩惱的是弟弟爲骨盆骨折以及其他至今不詳的骨頭或肌肉神經受損，他的右腳整隻不能動彈，身上插管太多，因此翻身變成一件恐怖的舉動，，個不小心就會讓他痛得大叫，而且弟弟太高大，他既無法自己抬起屁股，又無法自己翻身，於是所有動作都得有兩三個人幫忙，再加上始終不知道那樣挪動他的身體會不會造成骨折加重（他當初手術時並沒有在骨折處打鋼釘固定），總之，鋪在弟弟身體底下的大片看護墊每一次的更換變成他們彼此間的噩夢。

且病人總是不停地拉稀。無論是陳春天的弟弟或是隔壁床的女孩。

妹妹說明天得去高雄，幫一個展覽活動布置場地（陳春天的妹妹小時候那種製作迷你娃娃屋的才能長大之後發揮在舞台劇的舞台燈光服裝製作上），是早就答應好的工作一時間找不到人替代（況且她也該回去工作賺錢了），學姊要打工，學妹得回豐原，司機學長得去上家教，這下可以固定留在醫院的人只剩下陳春天，幾個同學手忙腳亂幫忙安排來接替的人，他們甚至還做了一張「輪値表」請大家來認領時間。「我白天都可以，甚至顧到晚上十二點也可以，但是我沒辦法在醫院睡覺。」陳春天這時終於說出了自己的困難，「因爲我會失眠，我在外面會睡不著。」可能是這些日子的相處下來大家有了些感情，似乎都很同情陳春天

「失眠」的困擾，一些男同學自告奮勇說可以來輪班，不過時間無法確定。

普通病房的第一日過得驚險萬分，兩床的病人都不習慣沒有護士隨侍在側，都顯得相當神經質，此起彼落的搖鈴聲（隔壁床女孩也有個鈴鐺，而且還是特大的），輪流似地拉肚子（隔壁女孩的媽媽始終還沒出現，有個好心的護士進來幫她更換了尿布），陳春天跟妹妹七手八腳忙得暈頭轉向，晚上八點妹妹開車回台中了（幸好那輛老爺車還可以發動），來接替的同學打電話來說晚上十點半會到，弟弟一直覺得全身都很怪，躺太久了會痳，抬高會累，翻身會痛，怎麼弄都不對勁。然後這兩個人好像約好了似地不斷地咳嗽，咳嗽，聽起來令人心痛，兩個全身都是傷口的人無法止住的咳嗽每一聲聽起來都是疼痛。

十一點接替守夜的同學來了，是個陳春天沒見過的人，仔細交代他如何處理大便、翻身、按摩、注意點滴是否沒了，最重要的是要檢查是否因爲翻身而導致身上的插管堵塞，還有尿袋別讓它滿出來了，以及其他點點點點點。陳春天不厭其煩地仔細說明，但自己卻覺得有點心虛，雖然肯來幫忙的應該是弟弟的好朋友，但要別人來處理自己弟弟的大便總覺得過意不去，然而她無法留下，陳春天很了解自己，爸爸媽媽跟妹妹都已經回台中，接下來不知多久的住院期間她得一人撐起，如果不能睡就什麼都不用說了，她不但會累垮而且精神狀況會變得非常不穩定。

所以忍心離去。

依然地在寒風細雨的夜晚走在從南勢角回家的路上，這時陳春天才發現，她已經從那個麻木而疏離的外人變回了當年跟弟弟妹妹相依為命的，認命而心軟的大姊。

【第九章】

祕密

按下POWER鍵，音樂從黑色喇叭流瀉出來，是THE BEATLES，小小的屋子陽光充滿，也充滿了音樂，陳春天二十歲，剛從宿舍裡搬出來自己租了一個三坪小雅房，可以抽菸可以聽音樂高興起來要脫光衣服也沒人管，那時她剛開始寫小說，那時她失去的記憶開始一點一點回來了，她從一個品學兼優前途無量的孩子變成了一個瘋子。那是一種較爲安靜的瘋狂（多像童年時村莊裡的肖義仔，間歇性的、不定期的、以各種形式出現的瘋狂），那甚至是一種包裝甜美看來誘人的瘋狂，陳春天逐獵著愛情，並且渴望毀滅，她逐日逐日運用繁複的手段摧毀自己以及身邊每一個靠近的人。

要升上大學三年級那個暑假，爸爸送給陳春天一套音響，那個時代同學們有台手提錄放音機就算不錯了，但陳春天的音響不但附擴大機跟八十公分高的喇叭，還有CD PLAYER，同學都覺得好羨慕。那時陳春天家人已經結束豐原服飾店的生意搬回鄉下老家一年，開始做起夜市商展的生意，那時局景氣好，家裡的債務還清，開始慢慢攢錢，或許是最好過的幾年了。

其實開店後期家裡經濟已經好轉了，陳春天想著，她高中時期店裡請了兩個小姐，房租雖然年年調漲，但畢竟也是從騎樓下鐵牛車上擺攤子做到鐵皮小屋跟人合租，到後來屋子改建他們有了獨自的店面，熱熱鬧鬧掛起招牌還有各方送來的彩球花籃宣布正式開張，店面雖小卻是整條街赫赫有名地生意興隆，那樣的日子如果繼續下去賺大錢是指日可待的，但就在生意最好的時候他們決定把店面收起來搬回鄉下。

不過就是幾年的時間，從開了服飾店媽媽回家，到結束服飾店，四年不到，她們店裡的生意是整條街出了名地好，除了還債，應該也要存了不少錢但卻沒有。這些經濟上的複雜陳春天從來都不懂，她媽媽也不懂，媽媽性格矛盾，看起來是無所不能的大姊頭，在風塵裡打滾多年，從龍蛇雜處的環境裡走出來，卻是個徹底的生活白癡，媽媽不會做菜，不會理財，搬回豐原之後她除了上美容院跟隔壁的診所哪兒都不去，媽媽甚至連一個朋友都沒有（那些阿姨從媽媽搬回家後都不來了）。陳春天記得開店時家裡老是有各種賣抹布口香糖衛生紙的小販出入，這些人多是身有殘疾的，拖胳膊斷腿，坐輪椅拄拐杖，失聰失明或是智能不足，什麼情況都有，那些人都到陳春天家的店裡來，因爲無論來了誰，賣些什麼，媽媽總是二話不說就買，有一回有個兩手前肢都截斷的男人用僅剩的手臂後段掛著五六條衛生紙，那種一條五包六十元台幣的愛心衛生紙不禁用，紙質粗糙用力就破，媽媽不忍那人的斷臂掛著那些衛生紙沉重，一口氣全買了，想不到十五分鐘之後那人又掛了一大堆回來兜售，其實大家都知道，不遠處的十字路口有台小貨車，載貨車斗上滿滿都是愛心衛生紙跟傷殘人士，這些銷售集團都有黑道控制，眞正利潤都是集團拿去。這類的事層出不窮，媽媽老是因此挨罵，店裡的小姐，隔壁鄰居，爸爸，都覺得媽媽頭腦有點「秀斗」，有一回寒流來襲，隔壁銀行走廊出現一家四口的乞丐，點著小油燈，鋪一張草席，男人手上纏著紗布，女人懷裡抱著嬰兒，旁邊還坐著個五六歲的小男孩，氣溫大約只有十度不到，那一家人在寒風裡發抖，媽媽二話不說跑去買了一條大棉被、從店裡拿了毛衣跟外套，送給他們，結果晚上十二點夜市紛紛收攤時，陳春天親眼看見那家人正爲了棉被跟外套大打出手，鬧烘烘不可開交，後來他們才知道那一男一女一小孩根本不是一家人，也是那種小貨車載來的。這些事從來沒有改變媽媽對窮人的善意跟信任，也沒有改變媽媽那被人稱爲「秀斗」的行徑。

陳春天知道她媽媽不是秀斗。她就是見不得人受苦。

陳春天的爸爸是個怎樣的人呢？有時連她自己也說不清楚（其實她知道但是她不想知道，她知道的部分無人可以說也無法證實，她看到的與她所理解的差異太大使她無法對人說明），懂事以來跟爸爸的言談互動都很少，幾乎是能免則免，每次會講話都是爸爸找她幫忙「聽音響」，這個忙只有陳春天幫得上，嚴格說來陳春天的爸爸也是個「秀斗」，不抽菸不喝酒不吃檳榔不賭博，什麼釣蝦釣魚玩車玩牌的嗜好統統不沾，就是愛玩音響。他的玩法除了行家誰懂得，陳春天還住在家裡的時候，每回爸爸趁著店裡客人少了在那兒測試音響效果，媽媽老是嫌吵，「阿春，你幫我聽看麥調安ㄋㄟ有卡好聽否？」「你看這高音調高兩度是不是有差？」爸爸拿出鄧麗君東京演唱會的LD放進機器裡，原裝進口的SONY電視機裡立刻出現小鄧柔美的身影跟聲音，「擱勒肖啊！人客攏乎你驚走去啊！放那麼大聲。」媽媽嘀咕著，那種什麼高音高兩度低音低三度的話題只有陳春天聽得懂，於是她走過去了。

爸爸眼睛不好於是耳朵特別靈敏，陳春天有記憶以來爸爸都在玩音響，自己組裝，找同好討論，因爲以前是木匠所以他還能自己釘音箱做喇叭，媽媽音感好聲音棒，是遺傳自外婆那邊的好歌喉，聽過的歌曲幾乎就琅琅上口，爸爸不唱歌，對於音樂也沒啥素養，他聽的是「音響」，爸爸總能分辨那些人耳不可辨識的細微差異，什麼高音怎樣低音如何，怎樣調整就會有細微差異，陳春天綜合了爸爸媽媽的特質，耳朵特別靈敏，能聽能唱，在陳春天記憶回復之前她是爸媽心目中最完美的小孩。

是啊！若不是二十歲那個晚上遺失的記憶回來了，陳春天或許一直都還是那個好孩子吧！但其實她的瘋狂早就若隱若現，早在她穿著綠制服在省女中上學的時候，那好幾次失控地在大雨傾盆的午後陳春天發狂似地在學校操場一圈一圈地奔跑不休，她總是請病假，而請了假也不在宿舍休息，而是一個人跑到中山公園去閒逛。還有那始終不去的噩夢。她種種奇異的舉止，那些線索仔細拼湊都是她日後瘋狂的證據。

做出搬家的決定是因爲爸爸跟店裡來幫忙的素芬阿姨有了外遇被媽媽發現了。她還記得那個身材黑瘦性格張狂的女人，陳春天對素芬阿姨從來沒好感，陳春天一家人的性格都是封閉而退縮的，與人之間總維持著看似親切卻絕不容靠近的距離，但素芬阿姨喜好強烈介入別人生活的性格每每使人驚慌，一開始看來是個熱情的街坊，然後是爸媽生意的好幫手，再來就是管家婆似地插手他們的生活，她說話嗓門很大，總是任意地拆閱陳春天的信件，她甚至還要干涉媽媽用錢跟管教小孩的方式，「大姊你這樣不行啦！小孩子不打不成器，你這樣會被小孩騎到頭頂上。」陳春天從來不懂大人在想什麼，只因爲素芬阿姨可以開車力氣又大，她能自己一個人開著車子到市場去擺攤賣衣服，「請她一個卡贏請好幾個人。」陳春天的爸爸就是貪圖這個嗎？所以縱容素芬阿姨在店裡作威作福，所以媽媽只能退讓不能發表意見嗎？但素芬阿姨因著各種理由跟店裡借貸的金錢又怎麼說呢？這是個看起來誘人但卻如何都沒有賺頭的算盤，仔細盤算利害得失就會知道，但陳春天的爸爸不知道，他永遠貪圖著那自己無法獨力完成的生意，他企望著透過更多的努力甚至是透過別的女人的介入來發財，一個貪心，讓事情走到不可挽回的局面。

那是大一下學期期中考的時候，陳春天正在宿舍夜以繼日地熬夜讀著文學概論國學導讀，考上大學之後她就不讀書了，臨時抱佛腳地準備考試，緊張萬分，一天下午她接到媽媽打來的電話。

在宿舍交誼廳，公用電話，媽媽邊哭邊說幾乎聽不清楚在說什麼，「你爸跟那個素芬阿姨咧逗陣啦！」什麼是逗陣陳春天有點聽不懂，「我要考試很忙，可不可以等我考完再講。」

好像是第一次聽見媽媽情緒這麼激動應該是出了大事，但陳春天滿腦子背不完的國學名稱搞得她頭昏腦脹。「我在電話裡面聽到你爸跟素芬相約講麥去洗溫泉。我早就知影只是找無證據。」「難怪那個素芬常常就是一副老闆娘的樣子管東管西，那天，她還打了你阿弟。」

在媽媽破碎而錯亂的敘述裡陳春天終於理解了一件她其實也略有所知、卻總是故意忽視的事實，她爸爸跟店裡來幫忙的素芬阿姨偷來暗去已經好長一段時間，這幾天終於東窗事發。

素芬阿姨也是有丈夫的人，陳春天見過那男人，有一半原住民血統長得蠻帥的男人，素芬阿姨的丈夫跟她亡故哥哥的老婆偷情是眾所皆知，甚至還被素芬阿姨自己的媽媽認可了。一開始也是因爲同情她的遭遇，媽媽總是對素芬很好，素芬跟媽媽性格截然不同，「這女人是個厲害角色」，陳春天一直這樣想，她一步一步侵入陳春天的家庭跟那個店鋪，以一種鯨吞蠶食的方式，要將一切收納進她的勢力範圍，陳春天許多次看見素芬大剌剌地干涉店裡的財務、進出貨以及工讀生的調度，甚至許多次因爲管教弟弟而跟妹妹起衝突，陳春天那個性格柔順乖巽的媽媽始終不發一語，事情終於爆發了。

爲了擔心素芬跟她丈夫對陳春天的爸爸來個仙人跳，媽媽提議把店裡的生意結束搬回老家，「不然我就要離婚。」媽媽說。可笑的是，他們夫妻倆早在當年破產負債的時候已經離過一次婚（那是有一次戶口普查時警察拿出他們家的戶口名簿上面媽媽的名字被畫了一條橫線，底下注明著，離異，陳春天才知道爸媽已經離婚，而這件事弟弟妹妹始終不知道），後來才又到戶政事務所辦了結婚登記（這件事也只有陳春天知情）。

那段時間陳春天總是奔波在學校跟店裡，周旋在爸爸跟媽媽之間，她時常覺得疲憊混亂，但更多時候她所感覺到的是一種無法言喻強大的憤怒，那憤怒如此凶暴猛烈使得她經常在夜裡醒來忍不住啃咬自己的掌心以免發狂大叫，那甚至不只是因爲爸爸跟素芬的姦情敗露，也不只是因爲看到媽媽的委屈跟傷心，其中還有什麼更爲暴烈的、更令人難以忍受的東西存在其中，那直到許久以後陳春天才知道是什麼東西。

原來那是對於父親無法諒解的恨意。

「如果他可以去搞別的女人，那他爲什麼要來搞我？他把我的人生都毀了。」多年以後陳春天在精神科診療室裡對著她的醫生喃喃自語她說出了連自己都感到驚嚇的話語。

她想要恨而沒有對象，因爲已經事隔多年，因爲她知道箇中原委，因爲她其實甚至不恨而是覺得人生之荒謬可笑實在不値得活。這種生命是不値得活的，無數次她暗暗這樣想。

確實曾經許多次想要自殺，那是逐漸逐漸擴大的狂亂與空洞，總會在她無力的時候化身成一股「去死吧」的情緒，那些緩緩浮現的記憶日日增添著細節，且不斷更新，超過十四年了陳春天仍會爲了某一個新近想起的往事而感到慌亂痛苦，她設法想要理解並且找到與之和平共處的方式，她讀書、看醫生、談戀愛，她設法記起並且設法遺忘，她設法寫下且說出期望可以因此找到眞相，但多年來她只能獨自與之對抗且無力進展更多，她想著既然可以度過那艱難困苦的童年爲何無法維持那種生存力量使自己變得更好。

她這樣那樣想著，每天醒來都是新的一天，有時經過長時間的低潮終於變得比較開朗，然而隔天醒來卻又是全然的黑暗。

時好時壞，忽喜忽悲，時而堅強時而軟弱，不斷重複的週期讓她絕望不已。

記憶回來的那天，下著大雨，陳春天記得，大雨滂沱的夜晚總是讓她沒來由地驚慌，這毛病跟其他令人不解的怪異習性一樣長期困擾著她，陳春天二十歲，她坐在阿浪叔叔的車子裡（這時他已經是陳春天男朋友似乎不該再叫他叔叔了），那時當然是偷偷地約會，是陳春天第一次眞正的戀愛（以往都是單戀暗戀及一些抽象而不具體的模糊戀情），甚至都還沒有正式地做愛，一種模糊而強烈的情慾壅塞在陳春天初嘗愛意的身體，有時陳春天覺得自己會選擇這樣一個從小看著她長大的男人作爲她初次戀愛的對象，甚至不是因爲愛情而是一種信任，雖然那時她仍不知道爲何她只能信任這個長她十二歲已經娶妻生子的男人。

阿浪是媽媽在台中上班時認識的黑道人物大飛仔手下的小弟之一（陳春天始終搞不清楚那些上班地點到底是哪兒，記憶中媽媽化好妝出門就去上班了，而不上班的時間她總是素著一張臉，那形狀美好的臉龐上有著細密的皺紋），阿浪說他其實從來都不是眞正混幫派的，但那個大飛仔看起來就像是從電影裡走出來的藍波，印象好深刻，大飛叔叔因爲某次一清專案掃黑躲到梨山去種水果，陳春天的爸爸曾經開著車子帶著他們一家大小到山上去看他，那時大飛叔叔騎著一輛重型機車從山凹裡揚起滿天塵土地出現，雜亂的頭髮跟滿臉的鬍碴、碩大的身體、驚人的面孔，陳春天嚇得要命。每個上班小姐都會認識幾個這種黑道人物當靠山，而陳春天她媽媽的靠山就是當年在豐原潭子一帶相當有影響力的大飛仔，所以阿浪是對媽媽那幾年在台中做些什麼事情非常清楚的人（可笑的是阿浪的妻子曾經認定媽媽跟阿浪有一腿，但其實媽媽與阿浪一直情同姊弟，之間半點曖昧也沒有，大家都沒想到後來跟他有一腿的會是當時那個營養不良的醜小鴨陳春天）。

這個人知道許多陳春天想知道的關於她父母的事，但陳春天很少詢問，只有一次陳春天問過他，「你知道爲什麼我們家當時會欠下那麼多債務嗎？」陳春天多年來一直想問爸媽但始終開不了口。「詳細情況我也不清楚，好像是做什麼汽車貸款，爲人作保，票貼，結果是被騙了，被倒了三百多萬。改天跟你媽媽問看看，我問她或許會講，只是我懷疑連你媽都沒搞清楚過，她總是糊裡糊塗的。」阿浪回答。

是哦！陳春天說。其實還有很多疑惑但總是無法順利說出口。

開始約會之後阿浪經常問陳春天許多難以回答的問題，比如，「你爲什麼跟你們家的人都不親？」「聽說你學校放假都不回家？即使回家了也是關在房間裡看書。」

比如，那天阿浪對她說，以前媽媽總是告訴他，「阿春很看不起我。」媽媽竟對阿浪說她看不起她？阿浪說長久以來媽媽對於陳春天跟家人的疏離總是耿耿於懷，甚至許多次傷心哭泣，「我沒有看不起我媽媽。」陳春天淡淡地回答。對於阿浪每一個問題她都一貫地淡淡回答。

「那以前你弟妹寒暑假常到台中去住，爲何你都不願意去？」阿浪繼續追問。

陳春天呆住了。

是啊！爲什麼呢？爲什麼好不容易放假了她卻不去台中跟媽媽住呢？

爲什麼呢？

「你媽一直以爲你是因爲她做的工作而恨她。」阿浪說。

記憶是突然之間回來的。「那是因爲我爸爸不讓我去。」她說，近乎耳語，那甚至不是她從嘴裡發出來的聲音比較像是一種腹語術。

「爲什麼你爸不讓你去？沒道理啊？」阿浪在等紅綠燈時握住了她的手，她猛地抽回，兩隻手開始在臉上摸索，是啊爲什麼，爲什麼？她好想跟弟弟妹妹留在媽媽身邊但是爸爸總是打電話來叫她回去。而媽媽卻以爲陳春天是因爲看不起她不喜歡她。

當陳春天開始說話的時候她幾乎抓爛了自己的臉。

說出來就變成眞的了。

告訴了另外一個人那就不再是一種夜裡的噩夢而是一件無法否認的事。

但陳春天甚至說不完全，她說了什麼呢？等她恢復神智的時候，那些話已經收不回來了。阿浪搖晃著她的身體不斷地問她，「你說的事是眞的嗎？是眞的嗎？」

陳春天問他：「我說了什麼？」

阿浪回答：「你說媽媽不在的時候你爸爸欺負你。」

「是眞的嗎？」

陳春天沒有回答，只是任由阿浪不斷傳出越來越大的聲音淹沒她的耳朵，許多片斷的記憶閃過，像一些曝光過度的照片，一張一張快速閃過眼前並且消失不見，隨著雨刷上不斷被撥開的雨滴，隨著那一搖一擺一開一合的動作，隨著等紅綠燈時阿浪搖下車窗點燃一根香菸散發的氣味，隨著夜晚被雨水濡濕的霓虹燈一閃一滅，陳春天腦子有什麼東西突然炸開了。

陳春天搖搖頭，伸手接過阿浪嘴裡的香菸放進自己嘴裡用力吞吐，這雨總是不停就像阿浪的聲音總不休歇，答案是不存在的你不知道嗎？噓！請不要說話。

噓。

或許那是一顆震撼力太強的炸彈，投入這個大雨不停的夜晚在小小的車廂裡炸開，陳春天頓時魂飛魄散卻依然保持冷靜跟疏離，她說了什麼還有什麼沒說，這麼一來就可以解開所有的謎團讓事物變得合理嗎？那時陳春天並沒有想到她正要展開一連串因此而起的奇異荒唐的情事，所有相關的不相關的各類男人都被牽扯進這個「解密」的行動之中，以道義為名透過愛情的形式，其實背後是一種面對人性的陰暗卑微，面對那早已存在的傷害卻無力搶救的心情，所激發的強烈的「勃起」，一幕接一幕，一個接一個，那些男人懷抱著要將陳春天從童年解救出來的使命感來到她身邊，卻變成前仆後繼卻相繼陣亡的戰士，那樣不明所以地投入一場必然要失敗的戰役。

啊那些男人，以陳春天為中心輻射散開，她那始終沒有熟透的童女般身體變成一個處處皆成焦土的戰場，而觸目所及，滿是屍骨。

那晚阿浪將陳春天帶到一個廉價的賓館，他似乎有點困窘對於把這樣一個年輕的女大學生帶到這麼充滿色情意味的場所，於是當他接過櫃檯人員轉交的房間鑰匙，摟著瘦小的陳春天穿過那鋪著暗豬肝紅的地毯走道時不斷地自言自語，「你媽要是知道非把我殺了不可。」他有點近乎強迫地想要進入她但最後還是沒有辦法，陳春天的身體那時並未被任何人進入過，但因為當時她所陳述的，「被欺負了」，這模糊不清的敘述讓人摸不著頭腦，她的身體潔白而孱弱，那似乎是跟色情絕對無法產生相對聯想的，無跡可尋的一片空白，阿浪的性器此時的劇烈反應都讓他自己感到羞愧不安，但陳春天沒有任何空隙地緊閉著她的私處，一扇始終推不開的房門，像一只被封住的箱子，阿浪不知道經歷過多少女人了，那其中也不乏處女，而眼前這個，她到底是什麼呢？

他們枯坐在賓館床鋪上看著那些奇怪的色情影片。陳春天恢復了往日的活潑不斷地對電視中上演的色情畫面發出各種疑問，她甚至好奇地去撥弄阿浪始終硬挺的性器而感覺相當有趣。

陳春天把自己拆開為不同的人的能力總是在重要關鍵時刻就出現了，她無視於不久前才在阿浪面前說出了一個重大的祕密，況且還是令人驚慌困窘且無法得知細節的駭人之事，那時候的陳春天感覺到自己與眼前這個男人之間產生一種「密謀」的親密情感，那已經超越「偷情」的不安或刺激，姑且可以名之為愛情，但卻比愛情危險得多。

這樣的夜晚，陳春天過往所有的奇異行徑（那些噩夢、夢魘、潔癖、疏離，無數空白的記憶中不合理的斷裂，突如其來的狂放情感與相對來說非常冷感的身體等等）在此都得到了諒解並且開始以更為精巧複雜的機制繼續運轉，但她再也不是孤單一人了，她知道自己握有了一個開啓別人心靈偷走別人情感的祕密武器，她再也不要一個人默默地瘋狂了。

【第十章】

病院(五)

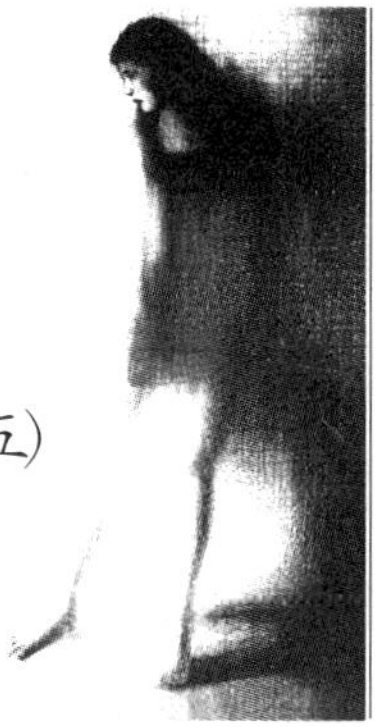

鬧鐘一早七點就響了，八點前得趕著到醫院去跟守夜的同學交接，陳春天伸手按掉嘩啦啦響不停的鬧鐘之後躺在床鋪上發呆，作噩夢了，夢境錯亂且不合理，一家人去搭火車，說要去花蓮看外婆（但其實陳春天的外公外婆是住在嘉義啊！她在夢裡一直覺得好奇怪），爸爸媽媽看起來很年輕，弟弟妹妹還年幼，但陳春天卻穿著一身洋裝高跟鞋還搽了胭脂，是前幾天去演講的打扮，爸爸說要把五條狗寄放到陳春天的住處去養，妹妹說她的三隻貓也要託放，因爲他們四個人要搬去花蓮住了，「我那個房子很小不能養狗跟貓。」陳春天囁嚅著說。「夠闊了啦！再多貓狗也放得下。」媽媽說。「那連我養的鱷魚也寄你那兒好了，每天都要餵牠吃一隻活土雞喔！不要忘記。」弟弟說。「不行啊！」陳春天抗議著，「我常常不在家，沒有人可以餵那些動物。」她想到鱷魚就害怕。「你就是這樣不會替家人著想。」爸爸憤怒地說。「我不要！」陳春天大叫。

陳春天開始在車廂裡奔跑了起來，推開一扇又一扇的門，走道上到處都擠滿熟睡中的流浪漢，好幾次都被那些橫陳的身體絆倒，陳春天倒下去又趕緊爬起來，跑到最後一節車廂，一推開門，爸媽弟妹四個人一字排開站在面前，都換了裝束跟年齡，穿著跟剛才見到的那些流浪漢很相似的破爛衣服，身軀卻高大得嚇人，「你是勒走啥？要走去哪？」媽媽拉住她的手。「借我一百五十萬。」妹妹說。「開玩笑我哪來這麼多錢？」陳春天一臉驚恐。「騙肖耶！誰不知道你有錢？有很多男人在養你吧！」媽媽說。不可思議媽媽怎會說出那種句子，記憶裡媽媽再怎樣偏心弟妹也不曾用這種歹毒的語氣對她說話。妹妹逼近陳春天，雙手抓住她的衣領，開使用力地搖晃，「都是你，都是你，如果不是你我們也不會變得這麼慘。」妹妹力氣好大幾乎要將她骨頭都搖散，陳春天想要哀嚎卻叫不出聲音，「媽，你叫妹妹住手！」她勉強發出了微弱的求救。

「這些都是你自找的，你知道背叛家人的下場嗎？」爸爸說。

陳春天用力掙脫妹妹的手然後用力朝車窗撞去。

鬧鐘在這時候響了起來。

好險，那只是夢而已。

即使作了噩夢也得趕到醫院去，在捷運上陳春天回想著那個夢，幸好現在不用去精神科做談話治療，不然醫生會怎麼分析她的夢呢？

「主治醫師來過了嗎？」陳春天問那個守夜的同學。「來過了。」高壯的同學看起來一臉疲憊，那時弟弟正在睡覺。「昨天還好嗎？」陳春天其實可以想像昨晚他大概累壞了。「沒什麼睡，兩邊一直在搖鈴，我都分不清楚是誰在搖了，只好一聽到鈴聲就爬起來。」同學苦笑著說，「隔壁的女孩子一直在哭。」他壓低了聲音，「醫生來過之後他們兩個卻都睡了，大概是生理時鐘亂掉，都睡白天的。」

弟弟悠悠醒轉。

「不好意思啊！眞謝謝你。」陳春天有點不安，這下往後要找他來守夜他一定不肯了吧！

「沒關係，往後缺人先打電話通知我，我白天先睡飽了再來。」同學有點爽朗地笑了。

陳春天開始準備幫弟弟刷牙洗臉，弟弟告訴她在加護病房護士都是怎麼做的，先把漱口水放在塑膠杯裡用潔牙棒沾濕讓弟弟自己刷牙，然後拿臉盆讓他吐掉嘴裡的髒水，把一瓶蓋沙威隆放進臉盆裡加上溫水，毛巾浸濕擰乾，給弟弟洗臉，然後「擦澡」。

「我最喜歡擦澡了。好舒服，每天都在等這時刻呢！」弟弟說。眞難想像以往常因爲不洗澡不收拾房間讓媽媽傷透腦筋的大男孩會變得這樣愛乾淨，「躺著不能動，熱熱的毛巾擦過身體會變得好舒服。」陳春天一邊小心避開傷口跟插管一邊用熱毛巾擦拭弟弟龐大的身體。「喜歡擦澡那以後一天擦兩次好了。」陳春天溫柔地說。「好啊！謝謝大姊。」弟弟發出有點撒嬌聲音，就是這種聲音讓人說他像個女生。「你很娘耶，不要在你同學面前這樣說話喔！」陳春天用力拍了一下弟弟的大腿。

「哇！好爽，姊，好人做到底，你等下幫我按摩大腿好不好，我昨天都不好意思叫我同學幫我按摩，腿都麻了。」弟弟繼續撒嬌。

什麼都好，別把鱷魚寄放到我家來就好。陳春天腦子裡發出這種聲音。當然她知道弟弟並沒有養鱷魚。

隔病床的女孩請的看護阿姨來了，接近四十歲皮膚黯沉矮胖的婦人，熟練地開始幫女孩處理各種事情，女孩情緒不太穩定，她的訪客從早上開始就絡繹不絕。

如果這時候弟弟大便了怎辦？她一個人力氣又小要如何撐起弟弟的身體一邊把屁股擦拭乾淨一邊又能快速地抽換看護墊呢？剛餵過他吃早飯，只給他吃了半碗稀飯，醫院的伙食看起來就很糟，「好想吃東西，可惜不能吃太多。」弟弟說，有食欲表示體力好多了吧！陳春天卻私心地想，吃得越多大便越多，還是少吃點好。

但他還是大便了。

陳春天只好跑去跟隔壁床的看護阿姨求救（以年紀來說陳春天實在不能稱人家爲阿姨，她自己都三十幾啦），她有點抱歉地解釋著弟弟的情況，並且詢問看護大姊怎樣做比較正確（不會讓弟弟痛，又可以快速地擦拭乾淨以免感染），「只有你一個人在照顧啊！眞辛苦。」「有什麼需要跟我說一聲沒關係。」看護大姊這麼說，戴上手套開始動作俐落迅速地協助陳春天幫弟弟更換看護墊，一下子就弄好了。

等待訪客的時間，陳春天跟弟弟聊天，她很希望製造一種比較愉快的氣氛，雖然轉到普通病房了，但那種令人焦慮的氣氛依然存在，每次翻身時的疼痛讓弟弟顯得非常不安，爸爸媽媽跟妹妹還有其他弟弟的同學不斷地打電話來詢問弟弟的狀況，陳春天現在手機二十四小時不敢關機，昨晚放弟弟跟那個同學在醫院陳春天晚上睡不安穩，離開加護病房好像離開了一個安全的環境，弟弟現在是處在一種連喝水都需要人幫忙的狀態，而，到底有多少人可以幫忙呢？她連晚上到底有沒有人可以來幫忙守夜都不知道。

她思考著請看護的可能性，光是看護費用一天就要兩千二，加上病房的自費一千七，陳春天不敢想像這些數字問題，弟弟雖然脫離危險，但躺在病床上的他看起來距離可以站起來走路似乎遙遙無期。（爲什麼腿始終動彈不得？爲什麼骨科醫師總是不來？隔壁林小姐的骨科醫師團傍晚已經來會診過了，陳春天不免疑心，是不是他們送過紅包所以得到比較好的待遇？）

窮人的苦難。

弟弟說：「在加護病房時昏昏沉沉一直在作噩夢耶！」陳春天問他作了什麼夢，「被怪物打啊！什麼樣的怪物都有，一直追著我跑，用大爪子把我踩扁，醒來時我才知道已經做完手術了，結果不能講話，全身都在痛。」

弟弟有點孩子氣的回答讓陳春天哭笑不得。幸好，幸好弟弟的個性一向樂天開朗，否則一定會產生「創傷後壓力症候群」吧！隔壁林小姐似乎有這種傾向，每回有新的訪客來她都用著虛弱而沙啞的聲音（喉嚨也是在插管時受傷了）一再地重複她當時是如何被一輛突然緊急剎車的汽車嚇到而摔倒，然後後面跟著一輛汽車將她撞進馬路中間，第三輛汽車碾過她，她那時有半個人都壓在汽車底下。「如果第二輛車把我撞倒之後下車將我扶到馬路邊，我也不會被第三輛車碾過，傷勢也不會那麼嚴重，我眞的以爲我要死掉了！」女孩總是氣憤地訴說，對於那肇事逃逸的第二輛車車主充滿了埋怨跟不滿。夜裡女孩總是睜著無辜的大眼睛並且不斷地嚎哭。

隔壁床的訪客依然絡繹不絕。

「今天怎麼都沒有人來看我啊！」弟弟說。「下午會有人來啦！你同學說要帶漫畫來給你看。」陳春天安慰他。

在等待訪客與訪客離開之間，在尿袋跟便盆之間，在慌亂地跑去護理站找護士與等待始終不出現的骨科醫師之間，在弟弟的昏睡與睡不著之間，陳春天極力維持清醒理智跟手腳靈活，在上上下下的各樓層裡，陳春天每回到醫院外頭的小花圃抽菸總是覺得頭腦一片空白。那時，文學、小說、電影、音樂，甚至包括之前不斷出現的往事，都離開她非常遙遠。

如此度過了在外科病房的頭幾天。

骨科醫師在弟弟轉到外科病房的第五天終於出現了。

原本他們最擔心弟弟的骨折問題（人總是這樣的，一開始求的是活命，接下來就要求健康，脫離危險之後才想到還有很多後續問題得注意），不過是十天前，那時大家一心一意只希望弟弟可以熬過那危險的時刻，如今，可以開始想走路的問題，復健的問題，甚至大家已經開始討論弟弟到學校去之後如何上學之類的事。可以討論這個是好的，陳春天這麼想，即使大家都還不知道弟弟何時可以下床走路。經過骨科醫師的診療之後說是右邊骨盆骨折（但並不是粉碎性骨折所以當初不需要開刀，也沒有打鋼釘固定），醫師做了許多手勢形容弟弟的骨盆如何往前折了一些，點點點，「是因爲骨折所以我的右腳都不能動嗎？」弟弟緊張地問，「可是隔壁林小姐也是骨折她的兩隻腳卻可以動來動去。」醫生說：「等其他部分都處理好之後可能需要做神經跟肌肉功能的檢查才會知道。」這個意思就是要他們等。

白天，有時會突然有一兩個同學來了，弟弟就顯得開心，高興地跟人說話，討論著開學之後的社團活動，弟弟有精神的時間並不長，體力似乎都留著見客人用。他已經學會靠著手臂的力量讓自己的屁股抬高方便別人幫他更換看護墊，陳春天可以想像那一定很痛，但除此之外也沒有其他辦法，他知道弟弟正在用自己的辦法設法解決陳春天照顧他時所產生的種種問題，比如晚上有人來守夜時他總是設法不讓自己提出太多要求，比如他想到用膠帶固定吸管，把水壺放在伸手可及的地方，這樣就不至於連喝個水都得叫人幫忙，比如陳春天買給弟弟吃的安素營養劑一瓶要六十元，弟弟總是說那個太貴了不用買（我知道大姊很累，弟弟這麼說，陳春天幾乎要哭了）。

隔壁林小姐的訪客多，禮物多，林小姐有二十四小時看護，還有媽媽天天帶煮好的魚湯稀飯來給她吃，但林小姐老是睡不著，老是喊痛，老是心情不好一直在哭。

緊隔著一層薄薄的布帘分開的是截然不同兩個世界，陳春天有時會擔心弟弟會不會羨慕別人有錢而自己不但受傷還是個貧窮的傷者，他們請不起二十四小時的看護，他們的家人甚至無法放下手邊的工作到台北來，但弟弟什麼都沒說，他只是注意著哪個輪班護士最容易忘記準時給藥，哪個實習醫生換藥的動作很粗魯會把他弄痛，可以開始吃飯之後他體力恢復得挺快於是弟弟就開始鍛鍊手臂的肌肉（或許他想到日後不知多長時間得拄著拐杖上學，他最擔心的或許是拄著拐杖要怎麼拿相機呢？），其餘時間他就不斷地看漫畫或者盯著天花板發呆。

陳春天想起弟弟小學的時候很長一段時間被同學欺負，那種老套的電視情節竟就在那個陳春天熟知的校園裡發生，弟弟後來去學了跆拳道，在一年之內長高十幾公分，也變壯了。陳春天的弟弟對付可怕現實世界的方式跟陳春天的消極退縮不相同，弟弟老實而單純但充滿生命力，這股生命力在這段期間無數次讓陳春天感覺到慚愧。

陳春天好累。不明所以的疲憊不斷侵襲她的身體，她感冒了兩次，本來就有點洗手癖的性格，每天處理那些穢物，又擔心把外面的細菌傳給病房裡的兩個病人，她近乎歇斯底里地不斷清洗著雙手以至於兩隻手都嚴重地皸裂脫皮，而醫院裡的空調更使她的皮膚乾燥發癢。她總是喉嚨痛，夜裡常會醒來好多次。

早上八點到晚上十一點都在醫院，在醫院的時間幾乎沒一刻得閒，梳洗、擦澡，每隔一兩個小時的按摩（倒不是爲了享受而是醫生吩咐，怕病人躺久了肌肉會萎縮），讓弟弟伸手抬腿（不能自己抬的那條腿得靠人去扶）做點小運動，換看護墊，把尿袋裡的尿液倒出來測量，一天四次給藥，三次餵飯（後來弟弟可以自己吃飯了，但因爲另一手要打點滴，所以得先幫他把飯菜都弄到一個盤子裡方便他單手吃），這些事讓陳春天忙得不可開交，連去吃個飯都得用跑的，「大姊你幫我看一下我弟，我下樓去吃個飯。」她這樣對看護大姊說。「你慢慢吃不要急，有什麼事我會打電話給你。」看護大姊說。弟弟那時仍非常容易焦慮，陳春天離開超過十分鐘弟弟就會很緊張地打手機給她。「大姊你去哪了？」弟弟不知道爲什麼對其他人都不太信任。

有一次看護大姊去吃飯，林小姐喊著，「大姊，你來一下好嗎？」原來是她尿布髒了（林小姐也跟著弟弟喊陳春天大姊），她說因爲看護沒幫她處理乾淨導致陰道感染，所以她很擔心如果看護很久才回來她又會感染，陳春天二話不說就幫林小姐換尿布了（她因爲骨盆打過鋼釘固定，下半身也可以動彈，身子又瘦小，幫她換尿布其實非常輕鬆），此後林小姐一直對陳春天感謝在心，以至於有什麼問題看護大姊都會幫她。

雖然如此但陳春天的心情一直緊繃，吃飯也是買個便當就趕緊上樓，以往的挑食挑場合什麼怪癖都沒了，即使食不下嚥也是盡量強迫自己吃，但累積在身體裡的疲倦一直不消散。

有一回她出了捷運走回家，看見有人在賣小籠包，才想起自己晚餐根本沒吃，買了四個小籠包邊走路邊吃，突然累得坐到路邊商店的騎樓下休息，一口一口吃著小籠包，那些濕軟的麵皮與蔥花豬肉內餡滑入喉嚨時竟顯得非常乾硬，她乾咳幾聲咳出了一些眼淚，於是更多眼淚滴落在小籠包上，她嘴裡塞滿了包子在路邊無聲地哭著，她好累好徬徨，回家的路爲什麼看起來很遠似乎永遠無法到達。

但那些軟弱而悲傷的時刻都會在大明時散去，鬧鐘一響她就會打起精神梳洗完畢下樓去搭車，她不要自己那麼軟弱那麼哀傷。你還得照顧你弟弟，陳春天對自己說。

弟弟同學來的時候是陳春天的下課時間，因爲病房擁擠，她總是到外面去走走，「有事打電話給我啊！我下去抽根菸。」弟弟開心地說：「去吧！」

醫院彷彿大型迷宮，有時她就在裡面漫無目的地遊走，這些日子下來她對許多樓層都很熟了，有時電梯人多等得久，陳春天就小跑步上下樓，當作是鍛鍊身體，曾經在電梯裡遇上家屬跟醫護人員推著已經往生的人下樓，陳春天一到樓下沒有出去抽菸立刻就趕回了病房，死亡好像隨伺在側並且蠢蠢欲動，她得趕緊上樓以免讓它有機可乘，使得她越發覺得不可以片刻離開弟弟。

每天晚上是最難熬的時候，總是不知道今天會來接班的人到底是誰，日子久了，大家都得恢復到日常生活裡，再熱情的同學也有自己的事情得做，更何況守夜是苦差事，同一個人連著守上兩夜，白天大概什麼事都做不了，打工的打工，家教的家教，有些父母不喜歡小孩老是往醫院跑，每天都得打很多電話轉來轉去才能確定某一個男同學晚上可以來輪班，陳春天這時候突然痛恨起自己並沒有一個固定的男朋友，以往那些苦纏著她的男人都跑到哪裡去了？應該找幾個來醫院幫忙處理大便才對的，心裡好像有這樣的名單，但卻無論如何都無法去打那些電話，而且現在根本就不想見到那些男人啊！陳春天這時想到自己跟別人的疏離，那種跟誰都是短暫而片刻關係的性格，那種平時根本不喜歡與人來往的怪脾氣，甚至，連她不去上班沒有固定工作的生活形態在這樣的時候都變成了致命傷（陳春天多希望自己可以賺很多錢給弟弟請看護）。

有一回弟弟的同學們都沒有空，陳春天臨時找了以前曾經認識的一些同志朋友，有一個其實不太熟的gay朋友來幫忙了，「我曾經長期照顧過癌症病人。」當陳春天正要開始那一大串「行前訓練」的解說儀式時那個朋友這樣說，當時弟弟非常配合地在陳春天臨走前大了一坨稀爛的大便，朋友俐落地跟陳春天兩人快速確實有效率地更換了看護墊，「你放心回去休息吧！路上小心。」朋友溫柔地對她說，那是陳春天最放心入睡的一晚。早知道多交些朋友，雖然這時候才醒悟這點有些太遲了。

轉到外科普通病房第八日，是陳春天的新書出版上市的日子，有一個小型活動要舉辦。

提早跟妹妹說過，於是妹妹搭車北上，另外兩個學姊跟學妹也終於找到空檔可以來幫忙了，那天病房裡很熱鬧，連事先沒通知的幾個同學都跑來了。弟弟顯得興奮而開朗，雖然躺在床上動彈不得卻很有活力地對第一次來探病的同學展示他身上的傷口。

演講前一晚陳春天帶著妹妹回到了她中和的住處。早在加護病房時陳春天曾經畫了地圖給妹妹自己按圖索驥兩次到她的家裡洗澡換衣服，卻是十幾年來第一次這麼貼近著在一張床上睡覺。其實那應該是再熟悉不過的畫面了，從小她們姊妹感情就特別好，小她四歲的妹妹老是跟前跟後黏著她，睡一張床，聊天聊到入睡，或者是陳春天帶著弟弟妹妹一起去看電影（他們在豐原擺攤或開店的時候小孩子最喜歡的娛樂就是去看電影），妹妹在整個成長過程裡幾乎都是陳春天身邊不可或缺的人，但這些年她們卻是疏遠到無力挽救的地步。

弟弟的車禍改變了一切。

陳春天知道自己會跟妹妹的關係逐漸疏遠絕對不只是因爲那個男人的緣故。那其中還有另一個轉折點，七年前爸爸跟陳春天的情人投資做生意，陳春天又因爲感情上的變化使得生意也受到影響，她們家的經濟在那次投資之後又超過預期地大崩盤，無論如何看起來都像是因爲陳春天的任性使得大家都陷入一種悲慘的處境。那許多許多逐漸產生的緊繃曲折繁雜不能細數，就像在某個路口轉錯了彎於是兩個原本同行的人就不斷地相繼遠離且越來越遠，陳春天記得許多次回老家碰上吃飯的時間，一上樓，妹妹正端著飯碗跟爸媽說著什麼，她一坐下原本熱絡的氣氛就僵住了，妹妹放下碗筷二話不說地快步走上三樓的房間。陳春天則是快速地吃完，唯恐打斷他們方才熱絡的談話興頭那樣匆匆離席。

一進門東西放好，泡了一杯奶茶給妹妹喝，陳春天開始翻箱倒櫃，找出各種自認爲適合妹妹穿著的衣服洋裝裙子褲子，她從國外買回來的民俗風提袋背包沙龍手環項鍊，甚至是鞋子，所有她能想到的最好的最合適妹妹的全都翻出來（那些絕對不是過季或是穿舊了的，幾乎都是陳春天在心情狂躁或一時興起時莫名其妙買下的昂貴物品），每當陳春天面對家人而感覺慌亂的時候她就會開始「送禮物」，好像如果不這樣做就無法拉近那無法跨越的距離。

然而這次上演的荒謬送禮物情節不那麼可笑了，妹妹認眞地試穿那些衣服（而非以往那種給我也是應該的，或者是你在幹嘛啊的嫌惡表情），並且跟她討論起之前劇場給他們上了一些肢體課程，其中有幾個動作對於長期坐電腦桌前的陳春天可能有幫助，說著說著放下了衣服躺在地板上示範著那看起來難度好高的動作。此時陳春天理解了一件事，以往總覺得自己每回跟家人碰面，自己除了掏錢或者送禮物找不到其他方法來讓氣氛變得比較和緩，但其實那也不是什麼可恥的事，以前讀書的時候她若帶同學朋友回家，媽媽也是一會送水果一會上茶一下子是甜點過一會又要吃晚飯，有些時候給禮物並不是因爲除了「錢」之外沒有其他可給，收禮物的人也未必是貪圖那禮物的價值，那是一種溝通吧！在很久以前陳春天跟他的家人就建立了這種溝通管道，而這也不一定只是單行道（幾年來她難得回家，但每次回去媽媽不也是大費周章地找出一大堆東西給她嗎？），付出的人未必吃虧而得到的人也未必受惠。

這是第一次陳春天拿出禮物而沒有痛恨自己。

相繼洗完澡之後陳春天拿出臉部保養品以及面膜。她們自小就有遺傳的雀斑，美白幾乎成爲長大之後必須長期處理的要務，妹妹躺在沙發上，陳春天撕開袋子拿出一張面膜小心地貼放在妹妹的臉上，然後拉出小板凳坐在沙發旁邊跟妹妹聊天，陳春天說著這幾日弟弟的情況，「弟弟每次都會在我要走前搶拉一坨大便。」陳春天說。「大便還可以控制時間啊？」妹妹回答，因爲面膜的覆蓋使得她的聲音聽起來好細小。「我應該叫他都留給你的，明天你就知道大便有多難處理了。」陳春天笑著說（作夢也沒想到可以這樣跟妹妹開玩笑，即使這是一個不怎麼高明的笑話）。妹妹有點撒嬌地笑了，那笑起來就瞇得彎彎的眼睛跟媽媽好像。

時間似乎回到久遠之前，那時妹妹還沒上小學，陳春天野馬似地老愛跟鄰居大哥哥去村子後面的竹林裡冒險，甚至一夥人爲了搶看布袋戲的座位而跟鄰村小孩打群架，抓泥鰍打彈弓釣魚放風箏騎馬打仗陳春天無役不與，女孩子裡最野就是她，妹妹那時臉蛋圓圓身體更圓就像個可愛的小皮球，老是跟前跟後，不許她跟就哭鬧，有時跟他們跑到竹林裡妹妹一個撲通就跌跤，磕破頭劃破腳，陳春天隨意找了幾片葉子在嘴裡嚼碎就敷在那些傷口上，繼續帶著妹妹跑，回家後被媽媽發現她免不了要挨頓罵，隔天照常帶著那個小麻煩出門去野。

甚至日後，陳春天與情人約會總也帶著她妹妹，陳春天不知道自己到底做對還是做錯了，她從來都不知道其他家人心裡到底在想些什麼。

長達幾年的疏遠在這次搶救弟弟的過程縮短了距離，但那絕對不是可以恢復到往日甜蜜時光的重大改變，就只是各自往對方那兒靠近了一點，她們始終沒有談論任何當時造成斷裂的原因，既不說明也不解釋，既沒有問題也沒有答案，只是在入夜之後各自上了床，像小時候那樣躺在一張床上，胡亂說著話直到睡著。

隔日陳春天先跟妹妹到了醫院，忙到下午才搭公車趕到世貿中心去，其實不是什麼盛大的記者會，就是在國際書展會場偏僻一角小小的演講，在那樣的場合她只是個幾乎大家都沒聽過的小說家，出版社原本貼心地問她：「還要舉辦嗎？」彷彿是知道她的混亂而擔心她無力處理，從弟弟被送進急診室開始這中間多少天過去了，陳春天幾乎已經遺忘了除了醫院以外的事物，曾經在回家的路上接到之前約會的男人電話，她竟輕微地感到惱怒：「難道不知道我很忙亂嗎？我不想見人。」口氣之冷淡讓男人非常吃驚（其實這個男人還算是她喜歡的，從來也不是個煩人的傢伙，事後陳春天對於自己對他的粗魯感到些微抱歉卻也無意再打電話去解釋），她甚至連回家後也不曾再打開音響聽音樂或看電視了，轉到普通病房這幾天她一回家就是躺在沙發上發呆，不斷不斷抽菸，然後吃藥，上床睡覺。

出去走走也好，陳春天這麼想（她甚至白癡地想著，說不定可以多賣點書給弟弟付醫藥費）。

她對著演講會場上二十幾個聽眾說話，握著麥克風的手微微發顫，應該談談小說，她卻說了弟弟的車禍，說起小時候賣衣服，說起三個小孩在鄉下那個小屋裡等爸爸媽媽回家，說起那些被被鄰居跟親戚排斥傷害的日子。

那是她第一次對著別人說出這些。

恍惚而沒有組織的話語，會場來來去去的人潮，各家出版社攤位的叫賣聲（不知道何時開始連賣書也像賣衣服那樣必須吆喝了），周遭幾乎淹沒她講話聲音的喧鬧，她似乎不是在演講而是在自言自語。

她那時仍不知道自己經歷的這些變化要將她帶到什麼地方，她只知道自己變了，有些什麼已經悄悄滲入她自以爲防衛得很好幾乎無懈可擊的內心，冰冷的、潮濕的，而同時又是熾熱的，安靜無聲地從她的毛孔滲入體內，奪走了一些，種下了另一些。

而依然持續醞釀發酵。

【第十一章】

出院

一日一日地，等待八根插管逐漸拔除，等到全部的管子都拔掉之後弟弟就可以出院了。主治醫生這麼說。

他們數著數，先拔了胸腔那根管子，再來是腹腔，先是左邊兩根，再來是右邊那兩根。只要觀察過管子裡滲露出的組織液降低到一定的量，就可以進行拔管的動作。陳春天以前都不曾見過所謂的「插管」，她覺得驚訝，細細的塑膠管從體腔某處伸出，那樣不會痛嗎？她問弟弟，「只要別拉到我的管子，倒是不會痛。」弟弟說，「像那天那個胖胖的實習醫生換藥很粗魯，被他扯了一下管子，痛了好幾天。」或許是全身到處都在痛，於是較小的疼痛就顯得不那麼嚴重，隔壁床林小姐老是睡不好，對看護發脾氣，她說她一閉上眼睛就會覺得胸悶無法呼吸，「就像那天被壓在車子底下的情況，車主拿千斤頂出來要把車子扛起救我出來，第一次千斤頂沒弄好，車子又重重跌下把我再壓了一下。」林小姐這樣對陳春天說。十天來的相處陳春天經常在林小姐心情不好的時候去安慰她（林小姐一直都失眠，家人朋友跟看護對於她失眠的事均不以爲意，反倒只有長期受失眠之苦的陳春天有耐性聽她說睡不著有多痛苦）。

弟弟最近都好睡了，白天睡，晚上睡，微張著嘴幾乎要流出口水的傻相，在頭部搖高的病床上半坐半臥光著一顆大頭，沉沉地入睡。

弟弟的泌尿科主治醫師人很好，轉到普通病房第一天就來看弟弟，不像那個骨科醫師得等上五天，之前陳春天他們心急如焚，弟弟的主治醫師卻說那個骨科醫生是教授，不能催，左等右等陳春天還曾經親自跑到骨科去找人，還被護士罵了一頓。出加護病房後幾乎每一兩天就會看見那個個子高大頭髮花白的泌尿科醫師在病房出現，有時會拿出注射針筒幫弟弟洗膀胱。我看不久就可以出院啦！恢復得很好呢！他說。醫師一早來幫弟弟拔掉膀胱的管子，如今只剩下從尿道出來的管子了，「出院後，等膀胱傷口癒合，用內視鏡小手術把裡面的支架拿掉，等到你可以自己排尿，這根管子就可以拔掉了。」他指著從弟弟的性器頂端伸出的管子說，這根管連接著尿袋時時可見清晰的淡黃色尿液增加，陳春天下樓去外頭抽菸時常看見有病人帶著這種尿袋也去抽菸，看久了不覺得稀奇，但有回看見一個穿著西裝的男人搭電梯，突然瞥見西裝外套底下露出尿袋的下半部，陳春天大感吃驚，因爲那人看來一點也不像病人。在醫院久了會把許多事情都當作平常，或許以後在馬路上逛街看見有人提著尿袋去買東西也不會吃驚了吧。

她想起自己的潔癖，以往即使跟人親近，同居之類的，大小便也絕不給人看見，也不看別人，是那種有人要當著她的面剔牙打呵欠她就會趕緊轉過頭去的性格，對於人與人間的「距離」特別在意。在醫院這十幾大日日幫弟弟清潔身體，處理大小便，天天看著他鬆軟的性器官（有次陳春天很無聊地想著，眼前這個，大概是唯一一個光溜溜對著她還沒有勃起的男人吧！面對自己負傷的弟弟還想起這種勃起的話題好像有點低級），不知道是因爲當時車禍受到撞擊受傷，還是因爲插著導管，弟弟的性器一點也沒有要勃起的跡象，有次弟弟很哀怨地說：「這玩意是不是壞了啊？」陳春天安慰他：「你這時候要是勃起，保證你痛死。」弟弟自我解嘲地說：「說得也是，不過，還是有點擔心啊！要是不能傳宗接代爸媽就要哭死了。」陳春天私下問過泌尿科醫師弟弟的性功能到底有沒有受損，醫生如往常一樣樂觀，只說：「管子都拔掉之後再觀察看看，依我看應該是沒問題啦！現在不需要擔心這個。」

其實也對，都不知道什麼時候才能走路呢！現在擔心弟弟的性功能有點太早了。

陳春天想起弟弟上高中的時候，有回爸爸很生氣地從弟弟房間搜出一大堆色情書刊，像以往一樣，爸爸不會直接對著他們幾個孩子發脾氣，有什麼話都是靠媽媽轉達，他的脾氣也都只在媽媽面前發作，那回媽媽說：「查甫囝子大漢攏嘛耶看這種冊，你走去罵伊，伊會自卑，以後會變不正常。」那次總算是度過一次風暴，弟弟自小性格軟弱，是家裡唯一的男孩但卻顯得秀氣文弱老長不大的樣子，爸爸沉默而嚴肅，凶起來脾氣之暴躁相當可怕，一板起臉弟弟就嚇得發抖，媽媽卻又特別寵愛弟弟，是那種即使上了高中也不願意讓他搬出去住，每天都還得交代天氣熱了要脫衣服冷了要加衣服，那種無微不至的呵護，在這樣兩種截然不同的管教方式底下使得弟弟的性格顯得退縮而天眞，高中以前講話甚至還會結巴。轉眼間弟弟已經二十七歲啦！想不到竟然會有跟他討論起「勃起」跟「性功能」問題的一天。

似乎有很大段的空白等待塡補，從陳春天二十幾歲之後逐漸與家人疏遠，記憶中弟弟妹妹似乎就沒有長大了，這次的意外就像將被折斷的骨頭強力拼起，加上夾板石膏固定，看似勉強接續，中間卻有更多空隙需要修復。

書展演講前一天妹妹北上就一直留在醫院，直到出院。

那段時間他們三個人一起在醫院病房裡，妹妹不像剛開始在急診室或加護病房的靈巧能幹，反倒是昏沉地躺在那張摺疊椅上每日看漫畫打瞌睡，一切雜事都是陳春天在處理，陳春天也由著她，每日看著弟弟妹妹在那兒吃這吃那，東聊西扯，真不像在住院好像去郊遊。

陳春天過分地寵愛著這兩個人，彷彿那是一種遲來的補償。

他們的身分對調了，妹妹又變成妹妹，大姊也變回大姊，像小時候那樣。陳春天小學五年級去學鋼琴，不能把弟弟妹妹放在家裡所以每次上課都一起帶去老師家，其實那學費好貴，一天學校音樂老師發現陳春天的音樂才能寫了信給她爸爸說請讓這孩子來學鋼琴，老師說願意收半價的學費，說服了爸爸，媽媽甚至還分期付款讓陳春天買了鋼琴，就這樣陸陸續續學了好多年。其實陳春天知道自己只是小聰明，她很善於在別人面前展露這種令人吃驚的能力，很多老師都被她騙了，彈鋼琴、學畫畫，一開始怎麼看她都是個不得了的聰明小孩，但只要到一個程度就上不去了，陳春天因此不知浪費了爸媽多少血汗錢。

鋼琴老師非常溫柔，整個鎮上對陳春天三姊弟最好的人就是這個老師，她甚至會幫這三個小孩剪指甲洗頭髮，弟妹的衣服破了也都是老師補的，陳春天在那兒彈鋼琴，老師就準備水果跟餅乾給弟弟妹妹吃，小時候弟弟講話老是結巴，是老師一句一句教弟弟好好說話，弟弟那時對兩個姊姊都叫「姊姊」，是老師說：「春天是大姊，秋天是二姊，要記住喔，大姊跟二姊，要這麼叫人家才分得清楚。」於是這麼多年來弟弟都很恭敬地喊大姊二姊，倒是妹妹，她從不叫陳春天姊姊，她喊陳春天「陳婆婆」，喊媽媽「姑娘」，好像在她心裡面這個姊姊跟媽媽身分是錯亂的。

她拾回了一個妹妹，救回了一個弟弟，竟然是因爲一場車禍。

二月十二日，弟弟拔掉膀胱管子隔天，被強制出院了，「讓我們多住幾天吧！我弟還不會走路耶！」陳春天跑去跟醫生說。醫院病菌多，多住不見得是好事，醫生這麼說。陳春天總是疑心，認爲唐突趕他們出院是個錯誤的舉動，不知道背後是否有更爲複雜的原因，但醫生要他們出院他們也無法改變，說病房不夠，後面的病人已經在樓下急診室等待，他們前腳剛走，後腳就有個全身骨頭幾乎都跌斷的老太太住了進來。

出院那一早非常忙碌，陳春天跑去買了輪椅跟拐杖（弟弟高大，小型輪椅坐不下，買的那台要價五千元），前一天已經讓弟弟練習坐著輪椅去交誼廳看電視，那是他第一次下病床，一坐到輪椅上竟然臉色發白全身顫抖把大家都嚇了一跳，小文學姊推著弟弟的輪椅，弟弟好興奮，雖然剛才幾乎暈倒，但仍掩飾不住滿心的喜悅，「哇，可以看電視了，好想看電視喔！」那時弟弟的兩腿無力，起床下床都得有人攙扶才能挪移，「腿都是軟的耶！會不會壞了啊？」弟弟嘟囔著，但仍開心被推去看了半小時電視。看見弟弟完全無法站立的樣子陳春天心涼了半截（隔壁床林小姐也是骨盆骨折啊！可是人家她生氣的時候會在床上兩腳踢來踢去表示抗議，看起來可靈活得很），陳春天鼓起勇氣拿出最後一點希望跑去護理站問護理長：「我弟弟的腿完全沒力氣，把他帶回家我一個人無法照顧他，可不可以再讓我們住幾天？」其實人還蠻和藹的護理長回答她：「病患臥床二十天了，身體跟腿會沒有力氣是很正常的，讓他多動一動慢慢就可以恢復了，還是出院好，有什麼問題可以打電話到護理站來。不要太擔心，他已經復原得很快了。」事到如今除了出院好像也沒別的方法。

弟弟雖然不能走，但對於出院卻是滿心期待，其他人七嘴八舌討論著到底出院好還是再住幾天，他自己卻一口答應要出院，「可是你根本還不能走耶！」妹妹說。「我一個人扛不動你。」陳春天說。「我很快就可以學會走路了，眞的，你們讓我出院吧！」弟弟蒼白著臉急切地說。

出院那日，一切都慌亂，先是去七拼八湊籌出院費用（以爲有全民健保費用也要不了多少，但結算下來還是要七萬多，一時間陳春天跟她妹妹都亂了手腳），採買各種醫療用品（以後得自己換藥了，所有的一切都得自己處理喔！先用碘酒把傷口清乾淨，再用生理食鹽水把碘酒洗掉，陳春天其實有點緊張，她實在無法想像自己能夠拿著棉花棒伸到那些看起來就好痛的插管後的傷口上，弟弟的皮膚癒合能力不好，身上五六個較大的傷口都有點發炎，看起來怪恐怖的，但陳春天又想到自己以前也沒想過可以幫人清理大便，後來還不是做得好好的？事到臨頭硬拚就對了。於是仔細記下護士說的那些步驟，太多了只好拿紙筆來記），辦出院手續，開醫生診斷證明，申請收據副本，領藥，還有堆滿病房的一大堆東西（光是漫畫就幾十本）得一一打包，陳春天跟妹妹忙得暈頭轉向，趕著中午十二點出院，好不容易一切都弄妥當了，叫一輛計程車，設法把雙腳動彈不得的弟弟弄上車。車子出發前往陳春天在中和的家。

一路上弟弟都盯著車窗外的世界好像看什麼都新鮮，陳春天看弟弟那模樣幾乎哽咽，「這是一條搶救回來的命啊！」弟弟一定帶著終於回到現實人生了的心情，「好久不見了啊世界，我回來了。」她幾乎可以想見弟弟心裡小小的歡呼，一個二十七歲的大男孩，死裡逃生，此時在一輛不斷起伏顛簸的計程車裡，每一個跳動都會拉扯他的傷口，但是弟弟沒叫痛，好像已經忘記了疼痛，只是貪心地不斷凝視車窗外每個經過的人車景物，彷彿就怕一眨眼會遺漏了什麼。

急診室，開刀房，加護病房，普通病房，出院，轉到陳春天家，每一個步驟都是新的開始，有全新的難題跟挑戰，之前每一關他們都一起度過了，但眼前新的難關依然使他們感到惶恐。車子停在摩天大廈前面，陳春天跟妹妹先搬下六七大包的物品（奶粉看護墊紗布藥水牛奶水果棉被報紙枕頭衣服什麼都有），把輪椅跟拐杖扛下車，再來扛弟弟，大樓的管理員看見這景象跑出來幫忙，幸好有他們，弟弟現在根本無法移動他的雙腿，得有人幫他抬輪椅，終於弄好一切順利上了二十八樓。

他們都累壞了。

出院應該是值得大肆慶祝的喜事，但他們姊弟三個都有些驚慌失措，帶回一個還不能走路的傷者，放在這個摩天大樓裡，光是上下樓想到就令人頭痛。而且，現在已經沒有任何醫生護士了，也沒有電動或手動的搖床，弟弟那種老是腿麻背痛的問題怎解決？妹妹明天就得離開了，接下來，只剩下陳春天，她一個人要怎麼二十四小時照顧弟弟？陳春天沒有把握，對於弟弟跑到她家來住這件事就已經感到頭痛不已（她可能會睡不著，她得吃安眠藥，但如果吃了藥弟弟叫她不醒怎麼辦？），而且弟弟現在這樣子到底什麼時候才可以開始走路？中間還得回去複診，光是想到要移動他就覺得好困難，還有很多部分得處理，連膀胱裡的支架都還沒拿掉，更何況以後還得學走路、復健，天啊光是想這些就好想尖叫。

但是陳春天沒有尖叫，她顯得冷靜異常（雖然她確實非常慌亂且不安），她集中心力注意著一切，設法應對接下來的種種困難並決心要一一排除。

那晚他們很早就睡了，妹妹一早要趕著搭車回台中，夜裡弟弟醒了幾次，陳春天也醒了，換看護墊、按摩腿、幫他看紗布有沒有滲漏、檢查尿袋（弟弟老是覺得尿道的管子有阻塞），排尿不順弟弟總覺得痛。陳春天夢裡也像是清醒，一點點聲響她就醒來，似乎總是聽見弟弟低聲地喊著：「大姊，大姊。」好幾次她突然醒來卻發現弟弟妹妹都在熟睡。

妹妹七點離開，弟弟九點吃完早飯餵過藥沒一會就又送急診了。他臉色發白，狂呼肚子痛，他說膀胱裡有尿排不出來非常難受。陳春天連忙叫計程車又把弟弟送回台大醫院，一路又推又拉找路人幫忙才把弟弟弄下車推進醫院上到泌尿科門診，恰好之前的醫師有門診，他親自幫弟弟洗膀胱，原來是尿管真的被一些膀胱裡的廢皮屑阻塞了（病人對自己的身體最清楚，不能說他們是神經質）。上下計程車都是一大工程，不過他們畢竟做到了。醫生把自己的電話號碼給陳春天：「有什麼問題就立刻打電話給我。」醫生說。

那天後半段過得平靜，陳春天趁弟弟在睡午覺時跑去大潤發買菜，買了新鮮的魚買了蔬菜水果買了牛奶還買了弟弟的內褲跟外套，之前在外科病房時每天看見林小姐的媽媽帶自己燉的魚湯跟排骨粥來探病陳春天都覺得好內疚，人家都說開刀要多吃魚才會長肉，對傷口有幫助，但陳春天哪有時間回去煮粥燉湯。弟弟胃口好一向就不是挑食的人，他從未因爲比較而抱怨任何事，他既不羨慕林小姐有看護，也不嫉妒別人有錢，更沒有因爲林小姐一家人帶來各式各樣的補品禮物鮮花而自己的家人不在身邊顯得難過，或許因爲弟弟知道他有個大姊在，這個曾經被弟弟笑稱「長大之後就不太熟了」的大姊，一直都在他旁邊。弟弟安靜且知足，他一直是這樣平淡樂天的性格，以前人家老是問他，大姊二姊功課都這麼好，你怎麼都讀那麼爛的學校？弟弟說：「因爲我既沒有大姊聰明也不像二姊那麼認眞啊。」語氣裡沒有一絲不滿。

陳春天經常討厭自己身上流著的血液，她憎惡命運所帶給他們一家的苦難，但她卻一直覺得弟弟身上有某種非常罕見而稀少的東西，一種可以穿透任何污穢的、難堪的、醜惡的爛泥卻依然開朗單純的性格，弟弟並不特別聰明也沒有過人的天分，但他那種樂觀開朗這次卻救了他的命。

傍晚開心地煮了魚湯跟稀飯一起吃，兩個人看了很久的電視。陳春天家電視沒有裝第四台，她跟弟弟先看了卡通「棋靈王」又看了「柯南」，之後看新聞，然後是八點檔，弟弟好像要把二十幾天來沒看的電視一次看光，而陳春天則是懶洋洋地陪著他看。弟弟總是坐著那台紅色的輪椅在屋子裡挪來挪去，其實屋子小，轉來轉去就那一丁點大，不過弟弟還是興奮地一下轉到書架一下子轉到電腦前面，終於離開醫院那種重複與單調，弟弟有好多事想做。

陳春天給弟弟看她那本旅遊書，弟弟一一翻閱並且認眞地告訴她怎麼拍照可以拍得更好（其實陳春天沒有認眞聽，因爲她大多聽不懂）。他們甚至還討論了以後一起出國去旅行的事。晚上弟弟還開心地跟媽媽說了電話，然後十點吃過藥上床，一夜平靜，半夜只被弟弟叫醒三次而已。

但結果隔天弟弟又去住院了。

尿管又阻塞，打電話去醫院找他的泌尿科醫師，醫師說：「這樣跑來跑去也不是辦法，反正幾天後就要動手術，那再來住院吧！」陳春天又提著大包小包帶弟弟去台大，那時她已經無法仔細分辨許多事情了，根本沒睡好，整天都在忙，又被弟弟突發的疼痛嚇出一身冷汗，醫生幫他們安排了三人健保房，就這樣又回醫院去了。

那時學校已經開學，所有人都以爲弟弟已經康復，這下連一個來接手替換的人都聯絡不到，陳春天下定了決心，「我就住在醫院吧！」不這樣也沒別的辦法可想了。有一度她覺得世人似乎已經遺忘了他們倆，陳春天跟她弟弟被遺忘在這個醫院的病房，再也沒有人可以來幫她了。住在醫院？這整個過程難道是要設計來考驗陳春天的嗎？一定有八百年沒有跟陌生人一起同房了，天啊！連在自己家裡都會睡不著的陳春天，每次跟情人同床即使吃了藥也常躺在床上幾小時無法成眠的陳春天，她即將要到一個三人病房陪睡，而且是躺在那種塑膠摺疊椅（她認床挑床，只要床鋪有點不舒服、枕頭不是她喜歡的材質就會難受得整夜翻滾）跟至少四個以上的陌生人同一個房間（另外兩床的病人加上照顧他們的家屬或看護），至少五天，直到弟弟動完膀胱內視鏡手術一切安好出院，這段時間，她得全天候待在醫院裡。

她尚未做好準備但她已經下定決心。

結果事情並沒想像中嚴重，泌尿科病房跟外科病房不同，來的人多不是急症，老人比較多，醫生護士都顯得溫和而親切，那種突然奔來趕去推著護理車叮叮咚咚借過借過的緊張畫面少見，雖然是三人病房卻顯得比較清靜，弟弟自從有醫生隨時可以幫他清除尿管的阻塞之後心情也開朗很多，甚至連伙食都變好了。那五天陳春天偶爾出去買飯抽菸透氣弟弟也不會那樣緊張地一直打電話。

但陳春天總覺得自己在夢遊。日復一日地重複相同的程序，一早的擦洗、清潔、更換看護墊清理大便、餵藥等等程序已經做得很熟練，晚上十點半熄燈讓大家都睡覺，陳春天就開始看書，就著走道小小的燈光看著一本小說，十一點半吃第一顆藥，十二點吃第二顆，然後滑進醫院給的棉被裡有點不舒服地睡著，七點半起床。半夜有幾次要起來幫弟弟搖床，按摩腿部（他的腿一直在發麻），但她總能做完這些事情之後又昏昏睡去。

已經說不出是疲倦還是麻木，陳春天日日在醫院裡穿梭，看著弟弟逐漸好轉，看著自己變得消瘦而倦怠，看得出弟弟已經很努力了，現在半夜除非緊急也都不叫醒她，弟弟自己設法抬腿翻身，大便時間也都固定在晚餐之後，他正用自己的方式努力著減少對大姊的依賴。

第三天傍晚開始禁食，灌腸，第四天中午動手術拿掉膀胱支架，手術那天一個攝影社的學弟來了，一路陪著陳春天推病床在開刀房門口等待。又是開刀房！發生車禍時也是這樣推進開刀房然後枯等六小時結果卻變得一發不可收拾，陳春天在開刀房外的等候區不斷想起當初來到這裡的那天，漫長而昏亂，她那時完全無法進入狀況，她那時彷彿只是個走錯戲院的觀眾，她只能焦躁而疏遠地看著妹妹東奔西走，她尷尬而茫然，但如今一切都好熟悉，只是個小手術，發生錯誤的機會很低，她甚至還可以跟那個學弟聊天。

手術後弟弟很快就醒來，還跟學弟在病床上討論攝影展的活動，似乎不多久他就可以回學校參加第一次外拍。

第五天觀察一整天，看拔掉導管之後弟弟可否自己排尿，起初總是艱難而怪異的，「想不到我現在才在學尿尿！」弟弟自我調侃，陳春天拿著尿壺對準弟弟的性器，放鬆，照著醫生說的方式，放鬆，讓尿液自己流出來，陳春天這樣說自己都覺得尷尬。

出院那天二月十八日正是弟弟的二十八歲生日，幾個同學來幫忙，這次行李少很多，弟弟的腿也有點力了，雖不能走但可以小站一會，他拄著拐杖讓人把輪椅推過來，然後坐下，推來推去的，還有同學推他去外科病房看以前的室友「林小姐」。

陳春天跟其他同學約好要給弟弟一個驚喜，畫好地圖寫上地址，晚上他們一大群攝影社同學跟班上同學要到中和陳春天的家給弟弟慶生。陳春天記得小時候弟弟生日常遇到農曆新年，那時店裡都忙，弟弟會自己在日曆上寫著「冬冬生日」提醒家人，有一次大家真的都忙忘了，媽媽一上樓看見弟弟自己捧著一個小小的海綿蛋糕上面插著一枝蠟燭，一邊哭一邊給自己唱生日快樂歌，那次媽媽也哭了，等陳春天上樓時就看到那母子兩個一把鼻涕一把淚地在分吃著那個小得不能再小的海綿蛋糕。

七點一到，陸陸續續地手機響，一波一波的人湧進陳春天的家，小小的房子竟可擠下二十幾個人，同學們細心地幫弟弟重配了眼鏡作爲生日禮物（原先的眼鏡在車禍當場撞飛不知去向），班上導師給的卡片，社團同學寫的一大張滿滿都是簽名的卡片，禮物、蛋糕、可樂，人聲笑語，充滿這原本從來都只有陳春天獨自一人的小屋，她的房子從未如此溫暖熱鬧，今天是弟弟生日，也是他重生的日子，那麼陳春天呢？

同學們都好羨慕陳春天的家可以看夜景，一個一個輪流跳上她的床鋪去眺望遠方，屋子太小椅子不夠，陳春天走來走去不知道該坐在哪兒，後來她選擇了一個角落安靜坐下，望著這一屋子年輕人的談話，陳春天倚靠著牆角的書架發傻，讓自己在這喧鬧之中得到一種休息。

弟弟許下願望，吹熄蠟燭。

生日快樂冬冬。大家這麼喊著。

「這段時間大姊最辛苦，我們跟大姊說謝謝。」小文學姊這麼說，「謝謝大姊！」大家異口同聲這麼說。

謝謝大姊，這聲音迴盪在小小的屋子裡，陳春天對自己說，謝謝你沒有半途逃走。她眼睛裡有一點眼淚但並不想哭，一個對生命絕望的人竟然可以救活另一個垂死之人，這是什麼道理？一個在別人口中是最冷漠最無情的人，一個連自己都不愛的人，竟可以這樣溫柔耐性對待另一個人，這其中一定有什麼特殊的道理只是她還沒想通，會不會其實陳春天早就不是陳春天了，她已經被一種什麼阿信之類的苦命女人附身，才會變得這樣良善溫和？

或者是，那場車禍撞開了她的頭腦，在她自己不知道的時候，把什麼奇怪的裝置植入了她的思維，難道她已經變成一個熱愛生命也熱愛別人的人了嗎？她不相信。

會不會是在急診室那天有一個輕微的小小的死亡已經發生只是她還不知情，死去了那個一心求死的陳春天，活轉了誰？

好多問題都沒有答案。

這時氣氛多麼溫馨動人眞應該大家一起放聲歌唱，但是陳春天心裡有個聲音在叫喚，還沒結束喔還沒！事情沒這麼簡單的知道嗎？不要輕易相信這看起來很和樂的畫面，不然你會變得更痛苦喔。

小心。

倘若你以為這樣就得救了，明天醒來你會被新的挫折感擊倒，會因為自己怎麼沒有變得更快樂更開朗而厭惡自己。不要以為這就是幸福快樂闔家團圓的結局，不要以為第二天回到家裡就會像電視劇演的那樣全家人一起抱頭痛哭感嘆生命失去那麼多經歷這許多苦難而一切已經過去，你們又是親愛團結的一家人，千萬千萬不要這麼天眞。不然這次你會失望得一下子跌到最低再也無法爬起來了喔！

要小心注意啊！

她提醒著自己。

不過她暫時想不了那麼多，此時她非常疲倦而弟弟很快樂，等人群散去她還得記得幫弟弟量體溫換尿布，然後趕快吃藥上床一早要起來煮稀飯，要放很多小魚熬煮製造很多鈣質讓弟弟的骨頭強壯快點學會走路。

她知道還有很多事情等著她去做。

陳春天想要什麼願望呢？她在床上這樣問自己，然後慢慢地沉入了深深的睡夢中。

【第十二章】

時間

沒有時間是對的時間。

一路上陳春天心裡反覆琢磨著這個句子。似乎是一種思考模式，有時突然跳出一個句子，一個畫面，甚至是某段音樂，陳春天就會像被某種執念抓住般好幾個小時一直處在那個狀態裡出不來。

車窗外不斷往後退去的景物，西部幹線，自強號，下午三點半。從台北出發，在新竹路段下了陣雨，車窗上還附著許多未乾的雨點，此時經過豐原站卻是天朗氣清，甚至有些炎熱，陽光從兩片俗麗鮮綠色窗帘中間的縫隙滲入，陳春天帶了一本小說，斷斷續續一路翻看，陽光散落在書頁上，字體變得斷續花白，膝蓋躺著一本攤開的筆記本，停在空白的那頁，沒有時間是對的時間，整個旅程裡陳春天寫下這個句子，而且這還不是她自己想出來，而是在一部紀錄片裡聽見舊金山市長說的。「豐原站，豐原站到了，下車的旅客別忘了隨身攜帶的行李。」陳春天有一股下車的衝動，不過現在豐原不是她的家了，記得以前在中壢讀大學，一回年節假日回豐原，曾擠上人潮洶湧的火車，上了車發現自己在放置行李的車廂，一個半小時的車程走了兩個半小時，她從頭到尾都被夾在兩個高個子男人的中間，幾乎窒息。

三十歲之後的陳春天，若不是長時間在屋子裡寫作，就是搭著各種交通工具在路上。遠行是陳春天生活裡重要的部分，她有大中小三款旅行箱，一個Nike圓桶型旅行袋，PUMA背包，依路途遠近行程長短決定該帶什麼樣的行李，櫃子裡總有成套的旅行用盥洗組合，許多年來，就是這樣來往於各個國家、城市、鄉鎮，住不同的旅館、酒店、飯店、民宿，彷彿離開才是她停留的姿態。

我的流浪就是一種安定。

陳春天曾經在某本書裡讀過這個句子，對她很受用，在往後不知還要多久的飄流浪蕩裡，那像一個指標顯示出歸去的方向。

旁邊的中年婦人一路打瞌睡，每次間歇醒來都會問陳春天：「這係叨位啦？」聽完答案就滿意地睡去，不知道她要到哪一站呢？總來不及問她，陳春天要在嘉義站下車，接下來的路段誰會提醒這婦人記得下車呢？陳春天搖搖頭，應該是與她無關的事吧！

好像是傷心無處可躲，於是就一路逃竄。在許多藺居在都市或鄉村，因著工作家庭伴侶等等緣由而無法任意離開所在地的朋友眼中，陳春天這些自由來去的任性舉動是無比令人豔羨的，更何況還有那麼許多個散落各地的情人。陳春天擁有大把大把的自由與古怪經歷任其揮霍，她的人生像是怎麼寫都會不斷岔開主題而衍生出更多枝葉繁複的變奏，每一個變奏都令人瞠目結舌，一本散亂而厚重的書本，裝訂部分已經散脫，每一紙散落的書頁都自有生命似地逃逸而去。

許多次，陳春天都在這樣的車程裡兀自望著窗外，曾經有鄰座的乘客與她搭訕，話題突兀難以接續，不想說話又顯得尷尬，離開座位也無處可去，相比之下搭乘統聯客運是一種比較安靜的選擇，大型的座位，除了末尾幾排，都是單獨的座位，扶手上有自動控制，可以調整音響電視的音量、椅子的仰俯，不想看前頭電視裡播放的影片，就把音響關掉眼睛閉上，加高的大型巴士在高速公路疾駛，車身輕微搖晃，就當作是在一種均勻的晃盪裡逐漸讓自己睡著。

還是喜歡搭火車。

喜歡窗外變化的景物，有時是破落的城市背面，有時是綿延的鄉村，若走東部幹線還可以看見海岸景觀，喜歡火車經過鐵軌發出的轟隆哐噹，進入山洞短暫的黑暗，幾個小時的車程並不沉悶，多年來，許多小說情節都是在這樣的車程中想出來的，只要鄰座沒人打擾，那是一種在人群之中的孤獨，思緒隨著窗外景物不斷轉動，故事就這樣展開。

陳春天要去見她的情人。

陳春天見情人，這情節多麼熟悉，不在同一個城市的愛情使得她的感情有了迴轉的空間。長久以來，陳春天歷任的情人散居台灣各個大小城市，甚至其他國家，有一段時間她收集每次相見的火車巴士車票或是飛機票的票根，後來又覺得自己荒唐，把一整個紙盒的大小紙片都丟了。

有時是男人有時是女人，有的年輕有的年長，有些單身有些已婚或是有伴，或許一天或許一星期或許長達半個月，這樣的會面對陳春天來說都是一趟旅程，將她從原有的生活裡拉出一條支線，是一種逃逸也是一次休憩，旅程結束，陳春天還是會回到她自己的屋子裡，獨自一個人生活。而那些關係或長或短，最後都無疾而終。

好像是很小的時候開始就已經學會這樣在封閉車廂裡思考著，夜裡，無論是躺在拼裝車簡陋的貨架上，或是在擠得滿滿的福特小轎車的後座，身邊總是堆滿了衣服，陳春天記得那風景，從黑色帆布的縫隙往外看，來去的車輛喧囂著，從轎車車窗貼著擋光玻璃紙望出去，看見從市集熱鬧的店鋪，寬敞的馬路，逐漸轉進鄉間的產業道路，再轉進他們居住的小村子，行經兩邊都是水稻田、竹林的鄉間小路，風景逐漸變得淡漠稀薄，那樣的行進路線彷彿旋轉的電影畫面，每個日夜不停轉動。成年之後陳春天住到了都市，偶爾才回到這個鄉下的老家，村子的變化很少，只是水稻田有許多都休耕了，那曾經是她每日上學必經的道路，她無數次記起那些夜裡看見的景象，以及白天去上學時看到的景物，那是再也不會回來的事物，說不清是喜是悲，她只知道心情不好的時候她會隨意搭上一輛車，漫無目的讓車子載著她遠行，好像只是想要回到從一個小縫隙望向外邊世界的時刻，那樣的時刻她可以沉入自己的想像裡，沉入回憶中。

移動著，從黑夜的邊緣，緩緩爬行，到底看見了什麼呢？其中有會改變的及不會改變的，有已經消失及不會消失的，而她只想記得那些移動的方法，在記憶裡不斷移動，卻好像什麼地方都未曾到達。

站在火車站大門前等著情人開車來接她的時候，看見兩個白衣黑裙齊耳短髮的高中女生手牽著手在一旁說話，好像是在道別，一會含蓄地擁抱，一會又害羞地分開身體，個子比較高瘦的女孩面容清秀，另一個則是圓圓臉蛋孩童般圓滾的身材，高瘦女孩的側臉讓陳春天想起高中時候愛上的第一個女孩，又黑又直的短髮，沒有別上髮夾，挺秀的鼻梁細長的眼睛，沉默而似乎無處不在的身影，陳春天望著那熟悉而陌生的女孩發呆，好久好久了，那時陳春天才十六歲。她曾經多麼單純熾熱地給她暗戀的那個女孩子寫信，那時她仍不懂何謂肉體歡愛，她甚至沒有眞正談過戀愛，體內滿滿的情慾無處可去沒有言語可訴說，每天她像雕刻一個最堅硬的石頭那樣雕刻著她愛情的原型。

這許多年來陳春天已經無法分辨什麼是愛情，因爲太多人來到她的身邊她總是隨意地隨手招來一輛車子就上了車，「何時要下車呢？」她的朋友曾經問她，其實陳春天不知道，這些漫無目的的旅程怎會有適當的下車地點呢？她想到自己多少次在深夜裡收拾行李倉皇離去，戀情開始時刻的興奮刺激恩愛纏綣已經消失無蹤，遺留的狼狽尷尬跟無力收拾的殘局使得陳春天幾乎是「跳車離去」。所以她就不要去愛或者被愛了。

傷害或者被傷害，損傷或是被損傷，破壞或是被破壞，陳春天所能想到的人與人之間的關係都只剩下了這些，好像如果與誰靠近接下來的就是連自己都無法阻止的核爆。

「別愛我。」陳春天很想在自己的額頭上刻字，像某些原住民族的黥面或者年輕人的刺青，「別愛我」，陳春天對著某個新認識的人這樣說，類似宣告的語言卻更像是一種撒嬌，天啊她真恨自己，多麼忸怩噁心惺惺作態，在「別愛我」跟「請愛我」之間沒說出口的只是「我不會負責的」，若她真的要那樣自絕於世實在太簡單，把門關上不就得了。

但是她沒有。

她敞大門並且敞開身體像張揚一個斑駁破爛的舞台，上演的是最老套的戲碼。

戀愛使她成爲另一個人，寫作也是，陳春天想這麼說，「我想要成爲那不是我自己的另一個人。」這就是答案懂了嗎？

要成爲誰呢？爲什麼非得一次一次去證明自己並不是自己呢？

沒有時間是對的時間，沒有人是對的人，沒有地方是對的地方，陳春天不斷發展著這樣的句型好像國中時代學習的英文造句。

沒有死亡是對的死亡。沒有愛情是對的愛情。

沒有一種人生是對的人生。

發展到這裡已經俗濫了。停止吧！陳春天咬著自己的手指，一輛白色吉普車停在她面前，陳春天打開車門上了車，迎面而來是情人的微笑，「餓了嗎？要吃點什麼？」戴著墨鏡的男人穿著白色polo衫卡其色休閒褲，沒看見他的鞋子不知道是什麼樣式，陳春天攬住他的頸子吻了他。

看著這個男人想起的卻是另一個，有時陳春天得用一種分類系統來收納她記憶中那些身分性別年齡國籍各異的情人，否則好像會喊錯名字似的，陳春天的情人要帶她去阿里山度假。是這個不是那個，她認眞分辨著，這個男人四十五歲了無論容貌身材看起來卻像三十五歲不到，有車有錢在山上還有一棟度假小木屋。是因爲有錢人老得慢嗎？她想起父母超越年齡的老邁，有人說看一個人的手就知道他過的是怎樣的一生，男人握住陳春天的手，這雙手在第一次約會時陳春天就注意到了，這是個沒操勞過的人所擁有的手，像個鋼琴家的手，這個男人所經過的是怎樣的一生呢？

這是一種溫和有禮的交往，時間與空間的距離使得兩個人看起來對彼此的生活都是一種漂亮的加分，有時陳春天會覺得這是最適合她的生活了，看起來與誰有關卻實際上沒有任何眞實關連。

他們先去一家餐廳吃了飯，然後到超市採買幾天食物，開車上山。男人送給陳春天一件名牌駝色短皮衣，尺寸正好合身，她想起弟弟車禍當天自己穿著妹妹那件駝色大衣的困窘，想起眼前這件皮衣價格起碼是那件的幾倍，她覺得一切都荒唐極了。男人經商，每回出差總會帶來一些禮物，香水、口紅、皮包、圍巾，或者是好幾條香菸，這是第一次拿到他送的衣服，陳春天身材比一般人瘦小，送衣服給她是一種極大的冒險，但這次非常之合身。

有吃有玩又有禮物拿，而且男人長相斯文身材結實談吐不俗事業有成，如果是度假的心情，沒有比這個男人更適合的對象了，他們從不詢問對方不相見時的生活，跟誰交往，做些什麼，好像世界只有兩種狀態，在這裡或是在別處，在別處時他們是毫無關係的，只有在這裡的時候他們才有短暫的往來。

男人打開小木屋的大門，屋子有濃重的潮氣，他把手上的大包小包放在廚房的木頭餐桌上，然後打開所有窗戶讓空氣流通，每回都是相同的舉動，陳春天放下自己的行李包，去打開音響，這次她帶來三張CD，首先播放的是納京高，男人也喜歡的。他負責食物跟房子，陳春天負責音樂。在電話裡他問陳春天這次要住幾天，「兩三天吧！不一定。」陳春天說。這裡可不是不高興就可以叫計程車半夜離開的地方喔！陳春天對自己說。

經過十幾天的努力，弟弟已經可以撐著單隻拐杖走路，第二次出院之後弟弟以飛快的速度復原著，十幾天的進展著實令人吃驚。爲了不吵醒陳春天，他開始學著半夜自己下床走到輪椅邊推到廁所，再撐起拐杖進去尿尿，天知道那是多辛苦的學習而一切都在陳春天熟睡的時候練習著，然後弟弟慢慢可以站了，從拄著兩隻拐杖一步一步學走，第一次到醫院複診時帶著拐杖又推著輪椅，第二次去復健他們已經沒有帶自己的輪椅了，讓弟弟自己走進醫院再去借用醫院的拐杖，一日一日，復健，學習，陳春天常帶弟弟到六樓的空中花園練習走路，這樣十幾天過去，弟弟已經可以走得很順了，雖然不能久站，雖然不能蹲下，但他已經可以自己走路了。三月五日陳春天叫了計程車把弟弟送回學校宿舍，結束這近二十天的「同居生活」。

把弟弟送回學校之後下了山一進門她就給男人打電話，約好三天後見面。幾乎兩個月完全沒見，發生車禍的時候打過一次電話，「有什麼需要就打給我。」那次陳春天會打電話不是爲了尋求安慰，而是想要打聽男人是否認識台大醫院的創傷科跟骨科醫師，她因此翻遍電話簿找了一大堆其實不熟的朋友。「我認識的醫生都是榮總的，但如果眞的很需要我可以去找人想辦法。」男人說。此後陳春天沒再打過電話給他，中間接到他的電話也是淡淡地毫無任何心情跟他說話。

結束漫長照顧弟弟的日子，她需要性，需要跟一個活生生的人一起擁抱，她需要有個人來洗去她身上醫院的氣息，她需要有人帶她離開，而且她需要的是一個不會來問她「爲什麼」

的人。

陳春天躺在木頭椅子上抱著抱枕發呆，納京高唱著〈This Can't Be Love〉，男人走過來坐在陳春天身旁，提起她的腿開始撫摸她的小腿肚。

陳春天想起她幫弟弟擦澡的時候弟弟每次都很享受的樣子，這時的陳春天也是很享受，享受著男人那沒有操勞過的雙手在她的身體上動作的輕柔。好久了，天啊整整兩個月了，這中間陳春天的身體沒有被任何人碰觸過，這對她來說是非常少有的空檔，她覺得自己的皮膚乾燥而老舊，像一張長期在陽光下曝曬而泛黃乾脆的報紙，似乎只要用力就會粉碎。

這不是愛情。那是什麼呢？

認識至今八個月來他們都在做什麼呢？

交往之初，曾經有過激情而纏綿的時刻，男人曾經問她，「這是什麼呢？」在那時候如果陳春天把自己的心打開那就會是一個有可能的愛情嗎？但她知道自己根本沒辦法，於是她說「別愛我」，這句老套的台詞她說得琅琅上口。她到底是在給誰打預防針呢？

她突然想到這可能是最後一次見他了，於是在床上時特別地狂亂。那是一次充滿了最初的激情與長期累積下來的默契而產生的，魔幻的性愛。

「你知道我喜歡你嗎？」男人說，陳春天從床上站起來走到窗邊點了一根菸，三月是春天了，山上氣候寒涼，音樂已經播完，靜謐的屋子裡可以聽見窗外的蟲鳴。

他們曾相約絕口不提關於「愛」的字眼，這是陳春天維持自己的方式，若是其他人，見上三次她大約已經厭煩，這中間她也曾想過要跟誰穩定地交往，但卻被人覺得「太過自我」、「太冷淡」而讓情況弄得有些不堪，陳春天對人越來越冷感了，雖然她在床上始終是熱情而狂放的。這男人是經過篩選留下的，但她連這個都想放棄了。

「你知道我想要離開了嗎？」陳春天說這句話的時候沒有回頭，她望著窗外逐漸昏暗的天色，心裡有一種輕微的疼痛。其實爲什麼非得斷了不可，放在那兒當作一種可靠而實用的備份不是正好，這人是陳春天的名單裡最漂亮的一個名字。但她想把整個電話本都撕掉，把那些名字全部忘記。

「爲什麼？」男人走過來摟住了她的身體。「別凍著了。」

正確原因無可說明。陳春天轉身吻了男人的嘴。

其實他們相處的時候甚至是愉快的，男人說著各種陳春天所不知道的事，關於那些陳春天還沒去過的國家，關於有錢人如何生活，如何花錢，甚至，男人會說著他如何與其他女人相處，他在三十五歲那年離了婚，此後再也不願意進入任何固定的關係，努力工作也賺了大錢，他提著一只行李箱走遍世界各地，在一次陳春天去演講而他去出差時他們在一個飯店的餐廳相遇，此後，每隔一個月總會見上一兩次，這樣經過了八個月。

他們都知道這不是愛情。

但男人不知道的是，陳春天覺得這樣已經夠了。八個月，已經太久了。

「如果有一天我愛上你了怎麼辦？」陳春天問男人，他們站在木屋的屋簷下望著外面的林木，夜氣寒涼，男人的大衣包裹著陳春天瑟縮的身體。

「眞有那一天我就把你娶回家。」男人不經意地說。

「別說這種話。」陳春天掙脫了男人的懷抱逕自往黑暗的森林走去。不要對我說這種話，我會當眞的。

陳春天喜歡阿里山，或許因爲外公外婆都是嘉義人，小時候她曾經在嘉義住過一段時間，媽媽跟她說過許多關於阿里山的故事。

跟這個人是不可能的，陳春天心知肚明，他們可以一起度假，瘋狂地做愛，愉快地一起吃喝談笑，甚至是孩子氣地到處逛街採買東西，但再多就沒有了。他給不了陳春天想要的那種愛情。

「那到底是什麼呢？」男人曾經開玩笑地問她，「可以具體形容看看嗎？」

陳春天曾經被那樣地愛過，她知道內容，但是那一次她躲開了，於是她知道當那種愛情出現的時候她依然會躲開，她渴望的是她自己承受不了的東西。

他們兩個在一起之所以會那麼愉快是因爲他們都是無法愛人的。

關於陳春天的一切男人都不知情，他甚至以爲她是個記者，他既不知道她寫作，也不知道在那個小屋裡的陳春天一點都不是他所看見的那麼堅強那麼狂野而任性，他從沒看過陳春天會把自己關在屋子裡十幾日無法下樓，會痛苦得在地板上打滾哀嚎，會望著窗外的天空站在椅子上設法打開紗窗想著要從二十八樓一躍而下。他什麼都不知道所以才會這樣迷戀著她。

而陳春天對這男人也是一無所知。他們或許待在一個空間底下超過一星期就會對彼此厭煩到想吐。

這怎會是愛情。怎有可能？

弟弟回學校之後的兩天陳春天在屋子裡獨坐，心裡好像空掉一大塊，渴望好久了的獨處突然變成一種煎熬，記憶中不知有多久不曾與人這樣朝夕相處這麼長時間，那個十來坪的套房竟可以容許兩個人一起生活？眞離奇，或許因爲其中一個是不良於行的傷者吧，也或許因爲這個人是她的親弟弟。

但陳春天想要跟人好好地相處看看，她想要設法進入一種比較穩定的生活，她不要再那樣飄來蕩去了。（但要降落在什麼地方呢？）這段時間有許多雜亂的心情一時還無法整理清晰，有一次從醫院回家的路上她突然想到她或許可以生一個孩子，一種突然出現的念頭抓住了她，「生一個孩子」，或許有一個孩子她就不會再孤單了，她可以把心裡無處可安放的情感全部傾注在那個孩子身上，她想到她可以那樣照顧弟弟她做得幾乎比正職的看護還好，每日她都細心地幫弟弟剪指甲、搽乳液，可能的感染都沒有發生，弟弟好吃好睡這些天來還長胖了些，相對於隔壁床林小姐雖然有二十四小時看護，有一大堆親戚朋友來探望，弟弟的復原速度卻是異常迅速。陳春天從不知道自己可以這樣照顧別人，即使是小時候三個孩子相依爲命，她那時每天得做飯洗衣服哄弟妹上床，但那時她畢竟只是個十來歲的小孩，家裡又亂又髒，什麼事情都弄得亂七八糟，她無法分辨照顧一個重傷的病人跟一個嬰孩到底哪一個比較困難呢？

當然陳春天身體太糟，她抽菸喝酒吃藥成癮，她精神狀況不穩定，她甚至無法想像她是否眞的有那麼多愛意可以專心去愛一個孩子。但她想要愛，她想要去愛什麼，某一個人，是她願意去愛的，她願意絕不放棄地去愛，去承擔，去接受，如果是從她身體裡分生出的一個嬰孩，是她心甘情願懷胎十月忍受一切痛苦生育而下的，那她一定會去愛吧！被陳春天全面地愛上的孩子，甚至是準備來讓陳春天傾所有力量去愛的孩子，一個孩子，但她一想到這個，想到自己會因爲太過愛那孩子而做出種種稀奇古怪的事吧！被陳春天所愛上的人都承受了那些，如果全部集中在一個孩子身上，那麼這孩子的人生將會是何種光景？好可怕。

不對不對，她還沒準備好，她現在連自己都照顧不好，她怎能任性去生一個無辜的孩子。

媽媽生下陳春天的時候準備好了嗎？陳春天想起以前讀過芥川龍之介的小說，河童，那似人似怪的物種，在母體胎中時會被詢問：「想要降生在這個世界嗎？」若胎兒決定不要，就可以返回子宮不需降生，陳春天讀到那小說時非常震動，她想著如果在出生之前有人詢問她是否願意來到這世界，她或許會搖搖頭說，我不要。

我不要。

陳春天好像聽見自己那個尚未著床的胎兒這樣對她說。

這不是你應該做的事。

男人做著晚餐，木屋裡彌漫著食物的香味，陳春天翻閱男人在超市買來的報紙，突然開始對著他說起這兩個月在醫院的種種，話語一開頭就無法停住，她不停地說著，男人沒有放下手中的鍋鏟湯勺，以往陳春天最喜歡這樣的時刻，男人在廚房那邊忙碌著，她在客廳這邊遠看，從背後看來男人的身影像是剪紙，熟練而精準的動作移動在流理檯跟瓦斯爐之間猶如舞蹈，食物的氣味跟香菸燃燒的味道融合，床鋪上還有歡愛時發散的汗水跟體液餘味，屋子裡似乎還迴盪著呻吟與呢喃，一種化不開黏稠的親密，那尚未被命名的情感在這看來似乎沒有半點色情意味的煮食動作裡，有時會讓陳春天幾乎感動起來。

但這次沒有。

不是那樣子。

屋子很安靜只聽見陳春天的聲音，男人不知道在何時關掉了排油煙機，使得原本的喃喃自語變成一種巨響的獨白。陳春天眼中似乎沒有看見這個男人，以及小屋裡的一切，她看見的是台大醫院的加護病房裡來去匆忙的醫生護士，看見爸爸媽媽跟妹妹圍在病床旁邊不發一語只是看著弟弟沉睡的臉，她看見走道上推過來移過去的病床兩旁都跟隨著焦急的親人，她聽見救護車咿哦咿哦的鳴笛，聽見各種滴滴答答的儀器聲響、病患家屬的哭嚎、傷者痛苦的喊叫，以及其他，醫院的畫面也退去了，繼之而起的是一個黑暗的房間，右邊牆壁上有個小小的氣窗可以看見些微月光，那是陳春天的房間，在一個樓梯下方，黑色的山葉鋼琴矗立在床鋪旁邊，陳春天用棉被裹住自己的身體，好像聽得見什麼在喊叫，有人敲打著她的房門喊著她的名字，我不要。

陳春天這麼說。

沒有人可以活在往事裡那麼久的，就是因爲這樣才無法繼續眼前的生活，就是因爲這樣才會把所有的事情都弄砸了，就是因爲這樣才傷害了自己也傷害了愛她的每一個人，陳春天無法分辨過去未來以前跟現在的差別，爲什麼所有的事情都跌撞在一起？陳春天問著，一定有什麼地方弄錯了吧？

但沒有回答。

曾經有一度她以為弟弟必然會死去，就在她從醫院回中和的捷運上，她感覺死神抓錯了對象，那無數次想要自殺並且準備去這麼做的陳春天被遺忘了，死神揀選了她最鍾愛的弟弟作為替代，就像當年帶走她媽媽的寶貝大兒子，陳春天是被指定留下來見證這一切的，於是死已經變得不可能且不被允許，那麼她根本毫無退路。

可是她看見弟弟從支離破碎到逐日康復，他竟然躲過了死亡跟殘疾，不到兩個月就能拄著一根拐杖回到學校上課了。她親眼看見那變化，人是可以這樣突然被打倒的，有許多人送進醫院就沒再出去了，有些人一躺在病床上就再也起不來了，而有的人可以從那種生命垂危的狀態掙脫，身上開滿各種傷口像一片炸彈轟炸過的廢墟，不久後卻好端端走出了醫院，人竟是可以這樣被修復的。

那中間的過程是一本奧妙難解的大書。

生命是有過程的。陳春天親眼看著那些生生滅滅展開如她難以清楚解釋的故事。生生滅滅，開開合合，都是有過程的。那陳春天的過程呢？

她覺得疲憊而哀傷，好多事情都做錯了，首先就不該來到這個無法離開的地方，接著也不該對這個奇怪的男人說這麼多話，更不應該的是，她好想回家，不是台北那個高級套房，不是這個或那個情人的房子，而是在鄉下那個破舊的透天厝。

誰可以爲她指出回家的方向？

「來吃飯。」男人走到陳春天面前拉起她的手。

「你可以帶我回家嗎？」陳春天對他說。她想起男人曾經開車帶她去環島，在中橫公路某個路段幾乎拋錨，那時天色已暗但男人毫不驚慌，他從容地下車打開引擎蓋，弄一弄又上路了，那輛白色吉普車是台灣少見的車款，可以爬山涉水，那麼一定可以到達很困難的地方吧！陳春天想著，只要他願意，什麼地方都可以到達吧！走不到的可以搭車，車到不了的可以坐船，船不能及的還可以搭飛機，只要他願意，什麼地方都可以到吧！他有錢有車而且他喜歡陳春天。

「你得先告訴我你家在哪兒。」男人溫柔地說，他兩手托住陳春天的臉，看著她。陳春天覺得有什麼橫陳在她與這個男人之間，是一個即將開口卻無法說出的問題。

是啊！我家在哪兒呢？

陳春天垂下了眼睛。

【第十三章】

鐘擺

時間大片大片遺落在斑駁的雨聲中，大雨從陳春天下車之後開始降落，穿著人造毛皮領圍的大衣等在馬路旁邊還是凍得發抖，持著香菸的左手，提著行李包的右手，交換交換，這兩隻手不斷地交換著手上的物件，彷彿在進行一種遊戲，陳春天躲在統聯客運候車亭的鐵皮屋簷下瑟縮著身體，時間是二〇〇四年三月二十五日，前天才死去的爺爺明天要舉行喪禮了，她正等待著妹妹陳秋天來帶她回老家。身旁的人們正從一台十四吋電視裡觀看著總統大選之後持續不斷的示威抗議活動，交雜著討論與談笑，而那似乎很遙遠了，誰誰誰當總統，誰誰誰中了冷槍，而誰誰誰又說那一定是自編自導自演，周遭一切都正在退去，以一種極爲緩慢的速度退後淡出，再過不久，陳春天即將面對她生平第一場與她切身相關的喪禮。

「媽媽要我們去幫她買普拿疼、綠油精跟黃長壽。」一上車妹妹就這麼說。等了好久才等到妹妹的車子，車廂狹小顯得妹妹的身體比記憶中來得龐大。「媽媽都快不行了。」妹妹又說。「什麼？」陳春天聽見自己的聲音在吼叫。

「沒事啦你幹嘛那麼大聲！我是說媽媽快累壞了，你都不知道那些人有多恐怖。媽媽三四天沒睡覺了。」妹妹的聲音變得柔和而遙遠，落在車窗上的雨滴吵得陳春天頭好痛，剛才在統聯客運上一直播放著公共電視頻道關於樹蛙的紀錄片，冷氣太強，廁所傳來阿摩尼亞的味道卻不消散，隔壁的男人一直不斷從塑膠袋子裡拿出各種食物來吃，樹蛙的叫聲，拉扯塑膠袋發出的窸窣聲，後座某一個乘客的手機每隔五分鐘就會響一次，那人會大叫著，「你擱等一下啦，塞車，塞車啦我哪有什麼辦法！」

時間感不斷被打亂，陳春天每次感覺到身體裡的時鐘被撥快之後就會出現無法控制的慌亂，彷彿可以看見巨大的鐘擺不知被誰偷偷跑去用力搖晃加快了速度。

鐘擺。左右左右，左右左右左右，左右左右左右左左左右右右右，亂了。

那是用任何藥物都無法再撥回正常速度的毛病，陳春天可以感覺到自己正在逐漸地失控，弟弟出車禍那天也是這樣，那時候是鐘擺被調慢了，使得她在三天之後才有辦法正確感知到眼前到底發生了什麼事情，而在五天之後她才能夠像個眞正的大姊那樣開始張羅起各種看護病人的動作。

而此時她感覺到心悸頭暈噁心想吐，但她仍不知道自己應該在那場喪禮裡扮演什麼角色。

車子停在「竹圍仔」外頭，到處已經都停滿了車。竹圍仔是這個小聚落村民對這個住處的稱號，比外面馬路稍微低一點的大片農地當年各自分割成爲住家，幾十年來這兒住著姓陳的一群人，新的舊的高矮房舍群聚在前後兩面茂密的竹林圈起的凹地，每戶人家幾乎都有點親戚關係，於是遠遠地，可以看見聚落入口已經休耕多年的廢棄農田搭起了塑膠雨棚，沿著下坡的小路走，進入聚落中心，這兒的大地主有一片以前曬稻穀的水泥空地如今搭著做喪禮法事用的棚架，到處都是披麻戴孝的人，陳春天的爺爺年逾九十三，五代同堂開枝散葉算是地方上的大家族，這裡還維持著舊有傳統，婚喪喜慶都會在這片空地上舉行盛大儀式，所有人都來了。

那是陳春天最害怕的時刻，本來就是怕見人的性格，如今免不了要見到一大堆認識的不認識的親戚，更何況其中有很多是她非常厭惡的。

十幾年前陳春天一家從豐原搬回這個村莊，離開多年的屋子像一個被塵封的博物館，抖抖灰塵打掃乾淨，又可以繼續住了。外觀仍是破舊狹窄，裡面的裝潢雖已更改但卻是無法挽救地不適合一家子居住，一樓原本作為客廳的房間改成陳春天跟妹妹的臥房，而後卻堆滿過季的衣服變成廢棄的倉庫，三層樓的房子卻只有一間浴室兼作廁所（陳春天對那間狹窄的浴室充滿了恐懼，有時她回家甚至忍住不上廁所，太多難堪可怖的事都曾經在那個浴室上演，她不懂為何爸爸把整個家都改造過卻獨獨留下這個象徵往日傷害與不堪的小浴室）。這些年來年邁的爺爺奶奶都是媽媽在照顧，可笑的是，當年大家像驅趕一隻流浪狗那樣詆毀攻擊她媽媽，爺爺奶奶更是毫不留情地否認了這個「已經被離婚」的媳婦，而後來媽媽卻成為村人眼中無可挑剔的「好女人」，在「歹查某」跟「好女人」之間經歷一場多麼漫長的放逐與返回的戲碼。一開始陳春天總無法理解媽媽為何願意去照顧那曾經傷害過她的人，且不是做表面工夫，而是十幾年如一日那樣細心地照料。

為什麼？

或許媽媽真的就只是見不得人受苦，無論親疏遠近，只要來到媽媽身邊，受苦的人就有福了（陳春天呢喃著這個句子感到輕微的恐怖）。媽媽日復一日餵養著每個夜市菜市場的流浪狗，在鄉下的屋子外面多年來餵養著野貓前後不知道有多少，這又是媽媽另一項為人詬病的「秀斗」行徑，總以為鄉下人熱情好客對動物應該是最有愛心，事實卻不然，他們連對人類都沒有愛心，陳春天從小就看透了，在那些碎嘴而看似親切、鄰里街坊間的噓寒問暖裡，充滿了多少無可言喻、毫無道理的惡意，她看見這些親戚鄰居是如何傷害他們認為「不應該存在」的人事物，她看見媽媽辛苦救活的小貓小狗如何被人毒死，被偷偷帶到遠地去野放，正如當年他們全家被驅逐的過程，她恨透了這些偽善的人。

陳春天父母兩邊都有長壽的老人，爺爺奶奶外公外婆都超過九十歲，而且在八十幾歲時都還能自己煮飯打理生活起居，以往陳春天想起自己身上流著這種長壽的血液總覺得非常困擾（所以她如果想死非得自殺不可了），兩邊家族的老三都在四十九歲那年去世，陳春天的三伯以及三舅，前後幾年分別意外身亡，但兩次喪禮陳春天都沒有參加（婚喪喜慶都別找我，她一開始就這樣表達，她父母知道勉強也沒用，陳春天就是那種一旦被勉強就會變得非常生硬而冷漠的個性)。於是這是她第一次參加自己親人的喪禮(天啊多幸運,那時沒把弟弟救回來的話,就是白髮人送黑髮人了)。

「四嫂最有孝。」兩個姑姑老是這麼說,爸爸的五兄弟走了一個,剩下四個,大伯已經七十幾歲,大伯母長期被糖尿病折磨,後來也病逝,二伯跟三伯母在三伯去世後竟然「姘」在一起,那過程真的好離奇,大家忙著辦喪事,喪禮完畢不到一個月就被人發現他們兩個在逗陣了,一向形象最好的二伯不但顏面盡失,且事發後一不做二不休索性工作也不做,日日就賴在三伯母開設的美容院喝酒賭博,被人當作是吃閒飯的廢人,一次因爲喝醉酒連車帶人跌進田裡,被破裂的車玻璃畫花了臉,那被毀容過的臉顯現出他不斷下墜而無法停止的悲慘。二伯母及她的四個女兒(就是那個肖仔堂姊阿惠一家)對於這些親戚放任那姦情反而排斥二伯母都感到憤怒,於是幾乎都不回鄉下來了(老人家的觀念,既然兒子死了,媳婦與其改嫁還不如留在家裡,況且三伯母一向是最擅長攏絡人心的,陳春天無論如何都無法原諒三伯母當年散播謠言,並且使他們一家被整個村莊及小鎮上的人嘲笑排斥的作爲,即便是在三伯母日後自己也成爲別人指指點點的對象,似乎顯得不那麼刻薄囂張,陳春天那時只是想,你現在終於知道被人瞧不起的滋味是什麼了吧!陳春天沒有媽媽那種菩薩心腸)。三伯母就靠一張嘴展現她的孝心,把屎把尿那種苦差事別想找她。五叔跟五嬸爲了分財產的事情跟爺爺奶奶爭執之後就搬離了這個村落,於是只剩下媽媽。在爺爺奶奶無法自己料理三餐之時,僅剩的四兄弟曾經說好要輪流照顧，但那種一星期輪一家的方式讓爺爺奶奶毫無尊嚴於是再也不肯去了（奶奶總是數落著她到其他家去的時候他們展現的臭臉跟不耐煩，連電視都不給我看ㄋㄟ，轉來轉去攏總咧看嘿番仔話我嘛聽無咧演啥？），於是就變成每家一個月出三千元，陳春天的媽媽負責煮三餐，結果那個三千也是得催債似地催半天總要不齊（誰教你們一早就把田地賣了分財產，財產不分的話還有人理，現在是無產無業的兩個老人了誰管，陳春天這樣想）。

媽媽跟爸爸成了爺爺奶奶僅剩的忠實依靠。

陳春天萬萬沒想到老人是這樣死去的。

兩個月前弟弟車禍的時候就知道爺爺病了，其實是老人病，以前幾乎每星期爸爸都要開車帶爺爺去街上的「林仔」那兒注射，街上就兩家診所，「保東」跟「林仔」，幾十年的老診所了，不過就是給給藥打打針，真正檢查也查不出個所以然。奶奶性格開朗大方，年紀比爺爺大上三歲，但一直都很硬朗，爺爺以前都還能騎腳踏車去街上的土地公廟跟人下棋喝茶，一次不小心跌倒之後就不願意出門，老是抱怨這裡痛那裡痛（陳春天經常想，爺爺或許是憂鬱症吧！在三伯去世之後逐漸開始，那些虛構出來的病痛，那種毫無根據的不滿挑剔，週期性的厭食、低潮，都是憂鬱症的徵兆），爺爺越來越瘦越來越難照顧，他總是抱怨著自己就要死了而一定會沒有子孫送終，他懷疑自己的兒子女兒會私下作主將他送去養老院並且就此棄之不顧，他不像奶奶可以藉著看電視打發時間，爺爺總是坐在藤椅上發呆，望著虛空，有時會生氣地敲擊手杖胡亂罵人甚至突然放聲大哭。

他承受著一種無以名狀的痛苦。

一次的感冒使爺爺整個倒下。

送到醫院去急救，住院十幾天，請了一個看護，「恁阿公眞軋意那個看護，講伊對我雄好，將手上戴的金戒指攏總拔下來送給看護，出院後，阿公思念那個看護親像咧病相思，他故意不吃不睡把自己弄破病就想返回去醫院給那個看護照顧。」在醫院看顧弟弟的時候，媽媽這樣對陳春天說，是在星巴克喝咖啡那天，媽媽活靈活現地描述爺爺種種奇怪的舉止，「恁阿公就是想麥有人對伊好，伊講吃哈大漢沒人對他哈呢好過。」

再次入院已是病入膏肓。加護病房住了幾日都不見好轉。

鄉下人都希望在家裡死去，於是在斷氣之前送回家，到家時只剩下微弱的氣息。

接到病危通知的時候陳春天正在花蓮出差，等她回到台北時爺爺已經去世了。

陳春天跟妹妹一起回家。「先去靈堂那邊拜阿公。」一進門媽媽就這麼對她們姊妹說，拿出白色孝服布鞋給她們換穿，媽媽的臉很浮腫，看得出疲憊跟勞累，之前來往於醫院家裡的操勞，這幾天辦喪事的細碎繁雜，她知道媽媽那種「什麼事都要做到最好」的性格，怕得罪人、怕被親戚說閒話，而這一個大家族人多嘴雜眞正要做事卻又無人出力，媽媽會被弄得多累可想而知。「恁哪無回來不知要呼人講嘎多難聽。」媽媽揉著太陽穴坐下來抽菸，在長壽菸的濾嘴抹上綠油精是媽媽的癖好，燃燒出來的氣味是一種難以形容的胭脂味，這幾乎已經成爲媽媽的招牌，看媽媽很享受似地用力吸菸，臉上有著難掩的淚痕。弟弟的拐杖擱在一旁，正在木頭大椅子上癱坐著看電視，他的傷幾乎都好了，走路還有些一拐一拐，身體也因爲肚子上很長的手術傷口拉扯住皮膚，顯得有些駝背，近二十天沒見，弟弟胖了點，精神看起來不錯。

若不是看見弟弟的拐杖陳春天幾乎要忘記不久前弟弟還躺在病床上動彈不得呢？不到一個月，他已經可以拄著單隻拐杖到處走，那張爲他買的紅色輪椅還放在陳春天家裡，收起來也嫌占地方。

媽媽一邊抽菸一邊說話，難得三個小孩都在（而且看起來都健健康康的），雖是在喪禮的悲傷氣氛中，媽媽卻顯現奇異的愉快一直興奮地說話，陳春天非常確定這一直是媽媽的夢想，看見她的三個孩子在眼前，而不是東一個西一個也不知道在外地做些什麼，或許長久以來媽媽忍受著那麼多痛苦爲的就是讓一家團圓而所有的分崩離析都可以煙消雲散。

但陳春天知道這只存在於媽媽的夢想。

「恁阿公送回來厝內躺不兩天，恁二伯跟三伯母就去叫師公來念經，叫大家開始準備喪事。」看媽媽的表情就知道她要開始說故事了，「恁二姑有一個查某囝阿芬在童綜合病院做護士，那天二姑伊全家返回來，阿芬去看阿公，就開始號，講阿公還未死你們就叫人來念經準備要把他送去埋，阿芬唉祝大聲ㄟ，大聲罵，你看，阿公嘴還在動，他想要喝水啦！我趕緊拿棉花棒沾水給阿公弄濕嘴唇，恁阿公眞正整張嘴一直動，甘哪很嘴乾，我看了就開始哭，叫你爸緊把阿公送去病院。阿芬在一邊大聲哭，阿公沒死，阿公如果死了也是活活被你們餓死渴死的！」媽媽說到這裡又開始哭了，「恁爸趕緊把阿公送去童綜合病院急救，大伯二伯攏有跟去，在醫院急救了一會，恁爸看阿公肚子餓，去樓下商店買了一塊麵包要餵他吃，回到病房大伯他們已經簽了放棄急救同意書，就按ㄋㄟ，又送回來厝內，這聲就沒救了。恁老爸歸路直直哭。」

剛才進門時陳春天有看見二姑一家人，幾個女兒都長得亭亭玉立，她無法分辨哪個是叫做阿芬的表妹，每個人都披麻戴孝看起來面容都很相似。大部分的親戚她都不認識，以前一起玩的鄰居小孩紛紛結婚生子，如今都已經變成中年人，只有陳春天未婚住在都市而且她看起來就像從都市來的，在人們眼中陳春天苗條時髦，一點都不像已經三十五歲的樣子。她可以感覺人們用奇異的眼光望著她，從剛才下了車一路走進屋子，那驚奇的眼光始終不斷跟隨，她突然想起母親嫁進門的那天或許也是被這麼多好奇而估量著的眼光一路尾隨，在這個看似安靜平凡的小聚落，來了不平常的人，於是人人都起了防衛心。那才是媽媽悲劇的開始。

阿公算是壽終正寢，超過九十歲喪事當成喜事辦，最小的曾孫還得穿上象徵喜氣的衣裳。人們好似不知該哭還是該笑，彷彿不知道這是喜事還是喪事，喧鬧且漫長，急就章的喪禮中充滿各種來不及處理妥當的細節，陳春天看見大姑跟二姑給遠道來的舅公下跪，原來是當時爺爺病危沒有通知，好像這次訃聞發得也草率，爺爺是人瑞了，在地方上照理說可以得到更高規格的喪禮，五嬸跟兩個堂姊都在說著這次會這樣辦都是「三伯母」主意的，「白包一定收不夠了！光是付這些錢就不夠，叫他們拿錢出來一個推一個，三嫂說，不關我ㄟ代誌，我尪已經死了。講黑啥米肖話，分財產的時陣伊那ㄟ不說伊尪死啊免分！」七嘴八舌的話語散布在四周，吵來吵去都是錢的事。

陳春天還沒看見她爸爸。

妹妹跟弟弟昨天就回來了，弟弟腳不方便，大多事情都是妹妹幫著張羅，「昨晚摺蓮花摺到半夜，所以媽媽好幾天沒睡了。都不知道辦喪禮這麼麻煩。」妹妹說。他們家從不拜拜（除了以前開店時每年七月十五會跟附近商家一起中元普渡），全家人對所謂的繁文縟節都非常反感，爸媽為了「好做人」還會多少做做樣子，他們三姊弟卻是從小就無法融入這種氣氛，其中又以陳春天最為嚴重，她一直抗拒著要去靈堂給爺爺上香，並不是不想看爺爺，而是剛才進門前已經聽到三伯母的尖嗓子在那兒吼了，真不想在這種場合碰見她。

「爸爸昨天叫我去辦現金卡。」妹妹說。「辦現金卡幹嘛？你知不知道那利息很貴啊？」陳春天回答。「怎可能不知道。但是，他們半個月沒去夜市做生意了，現在還要忙喪禮，可能連喪禮的費用都籌不出來，誰會相信我們家沒錢？說沒錢人家會罵我們不孝。」妹妹說。

「怎麼不先問我？」陳春天說。她倒很好奇這次缺錢竟然沒找她（但或許之前很多次也沒找她，她不知道自己喜歡被找還是不喜歡）。

「我們想你也沒錢吧！弟弟車禍你不是花掉很多錢了。」妹妹說。

陳春天覺得頭暈，對啊！她有錢嗎？她還有錢嗎？弟弟沒有保險，醫療險跟意外險都沒有，他是當完兵工作一年多才又去考大學，以往陳春天家的小孩沒有國立大學是不許讀的，讀不起，當時弟弟考上那所學費昂貴的私立大學，爸爸說，伊不是讀冊的料子啦！趕緊去賺錢卡妥當！是陳春天跟妹妹說服了半天才讓弟弟用助學貸款上了學。此後他打兩個工，還不夠應付台北昂貴的房租跟生活費，更別提辦什麼保險了，兩個月來住院跟自付的醫療費、輪椅拐杖生活費等等花掉十幾萬，都是陳春天先墊的。當初撞傷弟弟的車子情況複雜，因為他們是被連續兩輛車撞倒的，而第一輛車已肇事逃逸，留在現場的那一輛小**MARCH**，車主年紀才二十三歲是個年輕男孩姓黃，在加護病房跟普通病房時黃先生跟他媽媽來看過兩次（我兒子很乖，白天上班晚上讀夜校，他爸爸死後家裡就靠他一個人賺錢，黃媽媽這樣說。看來也是窮人家的孩子，陳春天無論如何都開不了口談賠償問題，等到弟弟出院之後這事就此不了了之）。陳春天知道她爸媽或許不會諒解她，弟弟傷得那麼重，若可以多少要點賠償對他往後復健也是幫助，但是，該怎麼說呢？當時弟弟他們那部車是被別人先撞到路中間，黃先生的車刹車不及才又攔腰撞上，兩部車都全毀了，如果眞要打官司或許可以要回點錢，出院後陳春天跟弟弟商量，「我看他們也很窮啦！你要打官司嗎？」她問弟弟。弟弟說：「我都沒事了，算了吧！」

一種窮人對於窮人的體恤，這是經歷過的人才能明白的。

「錢的事我會想辦法，不要去辦什麼現金卡了。」陳春天對她妹妹說。

「大家一起想想辦法吧！」妹妹輕聲回答。她看了陳春天一眼，那一眼，充滿著太多沒有說的話語。

兩個人一起下樓去了，妹妹帶著陳春天到爺爺奶奶的住處，靈堂就設在前廊，棺木在後面，陳春天跟著妹妹跪下撚香祈禱，爺爺的照片看起來很慈祥，笑瞇瞇的，不知道是幾歲拍的照片。「那ㄟ攏無哭？」她聽見三伯母在一旁低聲對大姑說，「你看伊姊妹有奇怪否？自己ㄟ阿公死去攏沒哭。」她還在說，「囝仔大漢啦！都市人本來對家族就沒啥感情。」大姑說。陳春天握緊了拳頭，妹妹按住了她的手，「別理她們。那種女人的話不用聽。」

陳春天拜完站起身來，回頭，直直往三伯母面前走。三伯母好像真的很慘啊哭得眼睛都腫了，陳春天一滴眼淚也沒掉，她站定在三伯母面前，凝視她的眼睛，沒有說一句話，只是望著她，她想看看這個女人還可以多惡毒，她那張紅咚咚的嘴唇還可以吐出多少傷人的話？爲什麼就非得跟別人過不去，爲什麼即使在這樣的情況下還要碎嘴。陳春天望著她的三伯母，直到三伯母低下頭，然後轉身倉皇離開。

陳春天望著三伯母的背影想起小學時代每次到學校附近雜貨店買東西都會被老闆娘用話語傷害的記憶，存在三伯母心裡的或許是一種連她自己都無法解釋的陰黯吧！直到後來她也變成那家雜貨店的老闆娘最喜歡八卦的對象（她們倆一直是街上最喜歡撥弄是非的好拍檔，三伯母的美容院跟那家雜貨店就在隔壁），跟自己丈夫的二哥「逗陣」，且弄得人盡皆知，連自己的兒女都不諒解，即使因爲爺爺奶奶的接納，後來她都大剌剌跟二伯一起出現，但，那始終揮之不去的「某種醜陋不堪」像烏雲一樣緊跟著她，讓她變得更防衛更好攻擊，或許這就是她一直避之唯恐不及卻知道自己早晚要遭遇人性之中無法以仁義道德約束的部分，無論是誰，都有可能在一夜之間從那個丟擲石塊的人變成被驅逐的「肖仔」。

誰都可能遭遇這樣的事啊！你知道嗎？你現在終於知道了嗎？

陳春天突然覺得三伯母的身影跟她刻薄的言詞都變得令人悲哀。

身邊來去都是親戚，冗長而不知所爲何來的傳統儀式每一個步驟都有規矩，陳春天總也不懂，妹妹說：「我看你也不會弄這些，你去陪阿嬤吧！」

對啊！她還有個九十六歲的阿嬤呢。「阿嬤還好嗎？」難以想像這對夫妻一起生活超過七十幾年，如今爺爺撒手而去，奶奶會變成怎樣？「弟你要不要去看阿嬤？」她問弟弟，因爲實在很害怕自己一個人走進那都是親戚的屋子裡，超過十年以上沒有在這種家族聚會裡出現了，她擔心自己那種不識時務的個性會導致嚴重的難堪。

那是這個聚落最靠裡面的一個屋子，屋後以前是大片竹林延伸到下個聚落，有一條狹小的溪流隔開住屋與其後的田地，陳春天小時候常在這個小溪裡跟同伴一起釣魚抓泥鰍，也好幾次在竹林裡看見蛇。走進那個小小的三合院，幾乎像是個迷你模型一樣的小房子，陳春天小時候這三間小房舍裡住滿了三家人，右邊隔成一小房小廳不到四坪的低矮屋子是她爸媽結婚時的新房，陳春天八歲之前他們一家都住在這裡，那時還沒分家，男人下田（除了陳春天的爸爸跟三伯在當木匠），女人也下田（陳春天的媽媽不會種田，於是洗衣服煮飯的雜務都落在她身上，媽媽常說起懷著陳春天時嚴重害喜，全身水腫，還得蹲在屋後的小溪邊洗一家十幾口的衣服，有時洗到她幾乎站不起來）。那時的生活是圍繞著這小三合院的作息而起伏，後來十年只剩下爺爺奶奶獨居在此，除了右邊這間房子，其他兩間都廢棄不用，裡面堆滿陳春天他們家這幾年做生意失敗的遺跡（堆積如山的衣服、吊衣服的衣架、鐵杆，有一次投資做羽毛球拍拍賣所剩下的球拍跟貨架，後來做手錶批發時訂做的壓克力櫃子好幾十個都堆放著），陳春天跟弟弟走進那右邊廂房。

果然有很多人在。大姑二姑，幾個表妹，幾個很老的女人（她們好像是阿嬤的妹妹，都很老了），一張很大的木頭床擺放在客廳裡，阿嬤就坐在床上，二姑問阿嬤：「你甘知影誰來看你？這是誰你知否？」阿嬤兩隻小小的眼睛沉陷在鬆垮的臉上望向她這邊，「是阿春跟冬冬。」阿嬤回答。「恁四兄生耶，」阿嬤繼續說，「阿春變祝水耶恁看。」

她驚訝於阿嬤的好眼力，這次回來有很多人都不認得她了。大家好像都擔心阿嬤神智不清，於是不斷追問她各種事情，「阿嬤你講這個是誰？」「這是誰的囝仔？」阿嬤每次無比準確地回答，大家都非常振奮。

但不時阿嬤會想走到外面去，阿嬤會問著：「叫恁阿公好返來吃飯了，歸工在外面做啥？」她會想從床上站起來去看看爲何外頭人來人往這麼熱鬧，但有時她又好像知道爺爺已經過世了，她會望著紗門外久久地看，她晚上不睡覺，白天昏沉，在爺爺去世那天奶奶進入了一種失去時間感的狀態，她不斷地回答這個那個問題，她認得每個兒孫，認得每個遠道而來的遠方親戚，但她不認得時間。

陳春天知道那是什麼，是鐘擺，在某一刻被撥快，於是某些重大的失落就止住了，跳過那個斷裂的時刻，快速向前，甚至可以倒帶回轉，但當下沒有了。

牆上的掛鐘白底黑字簡單清晰，時間指著一點十五分，已經停住了，指針動也不動，陳春天小聲問弟弟：「知不知道阿公是幾點斷氣的？」弟弟說：「不知道，好像拖蠻久的。」

陳春天知道一點十五分並不是一個指標性的時間，而只是一個突然被喊停的時刻。像她生命中某些片斷，說停就停了。

阿嬤凝望著紗窗外走動的人影而陳春天望著那只掛鐘。

記憶的鐘擺繼續搖晃。

陳春天走出屋子沿著中間的通路走到外面那片廢棄的田地裡，雨一直下個不停，她身上單薄的孝服已經全部濕透，她想要從那些頭戴白色尖帽上面飾有褐色孝紗看不清楚面容的人群裡認出哪一個是她的爸爸哪一個是她媽媽，但她認不出來。她穿過泥濘的田土遠遠看見一群人圍著熊熊火光正在燃燒紙錢，在雨水與寒風中那紙錢的氣味好刺鼻，她認出了那個矮壯的身影，陳春天知道那個人是她爸爸。

四兄弟裡最矮的一個，此時看起來更矮小了，他的手不斷地從一疊紙錢裡一張一張攤開然後丟入火堆，四周都是細碎的哭聲，陳春天走得很慢，火光映照出爸爸的臉，那是她沒有見過的面容，說不出是哀傷或者是平靜，深刻的皺紋擁擠著他的臉，道士在一旁搖鈴念著咒語經文，另一旁也有火堆正在燒著紙房子車子那些祭品，好像到處都光亮亮的。

陳春天走到她爸爸的旁邊，那時爸爸並沒有發現是她。

她做了一個自己都感覺驚訝的舉動，她突然握住了爸爸的手，爸爸轉頭看她。

那時火光依然熊熊燃燒。

這就是爸爸的手嗎？比她想像中更為粗糙乾澀，幾乎像是從泥土裡直接拿出來地潮濕沉重，陳春天不但沒有握過爸爸的手，甚至沒有直視過他的臉，那一直被認為是做不到也不可能的事。有一回，那時剛大學畢業，跟一個女朋友在家裡住，剛戀愛的女朋友不知道是因為殷勤還是愛屋及烏的心態，那時對陳春天的父母展現出相當不尋常的「孝心」，把她也拉入了那個「家庭互動」裡，過年期間女孩開車帶著媽媽去鹿港擺攤（爸爸多高興又來一個會開車的幫手了），陳春天被分配到跟爸爸去東勢（她很想不要這樣被分配但是不敢說出口），擺攤之前他們停好車先去一個路邊攤吃飯（陳春天血壓血糖都低禁不起餓），她清楚記得生性節儉的爸爸點了一碗乾麵，陳春天點了什錦炒飯跟餛飩湯（爸爸沒有點湯），面對面吃飯時陳春天一直低頭望著她面前的炒飯沒有抬頭，吃到一半爸爸突然拿起湯匙從她的餛飩湯裡舀了一匙湯，陳春天嚇得全身發抖，再也無法進食。

那些日子。好多好多，太多了，就算都丟進火堆裡也燃燒不盡。

但她卻握住了她爸爸的手。

爸爸抬頭看著她。那蒼老的面孔彷彿就要裂開。龐大的哀傷在他那隻近乎失明的灰濁眼睛裡形成螺紋，「阿春你返來啦！」爸爸說。

「我回來了。」陳春天緊握著她爸爸的手。

有很多眼淚來不及哭，有太多的曲折無法細數，那中間遠去的不斷遠去，留下巨大的傷口還明白留在那兒，她知道已經傷害過的無法復原，她知道已經破裂的無法挽回，她知道她或許仍會一路逃竄，她知道她或許仍會在生與死之間掙扎徘徊，她知道她永遠無法召回那已經失去的美好時光，教一切不堪的往事統統消失，她知道這多年來的疏離與斷裂不是一次車禍或者一個喪禮可以弭平。她知道或許在任何一次噩夢醒來的夜晚她就會失足從高樓墜下。

她都知道。

然而這一刻，此刻，她誰都不恨。她想要原諒。

這一刻，在四周火光飄搖瀰漫紙錢灰飛的雨夜裡，雨水濡濕了她的臉龐，她知道或許這是唯一一次這樣握著她爸爸的手，然而答案卻寫在她的手心，那些許多次想要大叫「爲什麼？」的疑惑都有了答案。我知道你傷害過我，陳春天在心裡默默地說，那是不對的事，但是我知道你的悲哀，作爲一個無力丈夫的悲哀演變成一種無法控制的瘋狂，你心裡或許有著比我更龐大的傷痕跟黑暗，你知道你傷害過我，我知道你都記得。我原諒你。你要記住從這一刻開始我已經原諒了你。

她聽見鐘擺搖晃滴滴答答，那停住了的時間突然開始轉動。

這一刻，她是陳春天。

她回家了。

INK PUBLISHING 文學叢書 085
陳春天

作　　者　陳　雪
總 編 輯　初安民
責任編輯　高慧瑩
美術編輯　許秋山
校　　對　高慧瑩　陳　雪

發 行 人　張書銘
出　　版　**INK**印刻出版有限公司
台北縣中和市中正路800號13樓之3
電話：02-22281626
傳真：02-22281598
e-mail:ink.book@msa.hinet.net
法律顧問　漢全國際法律事務所
林春金律師

總 經 銷　成陽出版股份有限公司
訂購電話：03-3589000
訂購傳真：03-3581688
http://www.sudu.cc
郵政劃撥　19000691 成陽出版股份有限公司
印　　刷　海王印刷事業股份有限公司

出版日期　2005年 3 月 初版
ISBN 986-7420-57-8
定價　280元

國家圖書館出版品預行編目資料

陳春天／陳雪 著.-- 初版，-- 臺北縣中和市：
INK印刻，2005〔民94〕
面；　公分（文學叢書；85）

ISBN 986-7420-57-8（平裝）

857.7　　94002202

K INK INK INK INK INK INK IN
INK INK INK INK INK INK INK
K INK INK INK INK INK INK IN
INK INK INK INK INK INK INK
K INK INK INK INK INK INK IN
INK INK INK INK INK INK INK
K INK INK INK INK INK INK IN
INK INK INK INK INK INK INK
K INK INK INK INK INK INK IN
INK INK INK INK INK INK INK
K INK INK INK INK INK INK IN
INK INK INK INK INK INK INK
K INK INK INK INK INK INK IN
INK INK INK INK INK INK INK
K INK INK INK INK INK INK IN
INK INK INK INK INK INK INK
K INK INK INK INK INK INK IN
INK INK INK INK INK INK INK
K INK INK INK INK INK INK IN
INK INK INK INK INK INK INK
K INK INK INK INK INK INK IN
INK INK INK INK INK INK INK
K INK INK INK INK INK INK IN
INK INK INK INK INK INK INK
K INK INK INK INK INK INK IN
INK INK INK INK INK INK INK
K INK INK INK INK INK INK IN